Hanna Krall

Legoland

Aus dem Polnischen
von Wanja W. Ronge

verlag neue kritik

Die vorliegende Sammlung setzt sich zusammen aus dem Band »Hypnoza« von Hanna Krall, der 1989 in dem Warschauer Verlag »Alfa« erschien, und Veröffentlichungen der Autorin in der »Gazeta Wyborcza«.

CIP-Titelaufnahme der Deutschen Bibliothek

Krall, Hanna:
Legoland / Hanna Krall. Aus d. Poln. von Wanja W. Ronge. - Frankfurt (Main) : Verl. Neue Kritik, 1990
ISBN-3-8015-0242-2

Umschlag Spiecker Verlag und Werbung
Druck WS Druckerei Bodenheim

Inhalt

Rosenfeld

Zurückgekehrt ist Rosenfeld.

Gesehen wurde er auf dem Flugplatz von Rom.

Er stand inmitten von Reisetaschen, Bündeln und Koffern und klebte mit zitternder kraftloser Hand Gepäckzettel auf. Daneben stand eine kleine hellhaarige Frau mit zwei aschgrauen Kindern, das waren die Ehefrau und die Kinder von Rosenfeld. »Jesus Maria« rief er, »dieser Junge, das Wunder mit den blauen Augen, ist mein Sohn, ein Rosenfeld, Vater Daniel hat ihn persönlich im See Genezareth getauft!«

Gesehen wurde er im Flugzeug.

Es war eine IL 18, Warschau hatte sie als Ersatz für eine andere gewichtigere IL geschickt und der Flugkapitän Leśny bat darum, vom Heck zur Spitze vorzurücken, weil das Flugzeug nicht ins Gleichgewicht geraten konnte. »Sollen wir drücken?« fragte jemand beflissen; »nicht nötig«, antwortete die Stewardeß herablassend; der Kapitän gab bekannt »Herrschaften, wir haben die Grenze von Polen überschritten«. Und Rosenfeld lehnte den Kopf zurück, schloß die Augen, und über seinen schwarzen Krausbart flossen die Tränen. Rosenfeld weinte vor Glück, denn er überschritt die Grenze von Polen.

Gesehen wurde er in Lublin.

Er hat haltgemacht bei seiner ehemaligen Ehefrau, einer hochgewachsenen, ruhigen Frau mit glattem, nach hinten gekämmten und zu einem Nest gebundenem Haar. Die ehemalige Ehefrau hat eines ihrer zehn Quadratmeter großen Zimmer an Rosenfeld, seine aktuelle Ehefrau, die beiden Kinder, die Taschen und Koffer abgetreten und holte die roten Pantoffeln aus dem Schrank. Rosenfeld zog seine Pantoffeln an, und schon zum zweiten Mal an diesem Tag sagte er: »Ich bin zurückgekehrt.«

Von der hochgewachsenen Ehefrau hatte er sich auf Empfehlung der Ärzte getrennt. »Sie leiden an MS, einer Verhärtung von Geweben und Organen. Um diese fürchterliche Krankheit zu bekämpfen, müssen Sie in sich selbst eine Motivation zum Leben erzeugen. Und was kann bei einem Mann schon einen größeren Willen zum Leben erzeugen als Kinder, eine neue Frau und ein neues Heim?«

So sagten es die Ärzte, und Rosenfeld mußte sich an ihre Empfehlungen halten und eine Motivation finden.

Diese fand er im Zug nach Żywiec. Sie hatte blaue Augen und war fünfzehn Jahre jünger als die hochgewachsene Ehefrau, die in ihm die nötige Motivation zum Leben nicht mehr erzeugte. Dafür führte sie ihn geradewegs nach dem Scheidungstermin, aus dem Gerichtssaal kommend, in den Laden und kaufte ihm eine gesteppte Winterjacke. Der Winter nahte, die zukünftige Ehefrau erwartete ein Kind, und auf Rosenfeld kamen größere Ausgaben zu.

Zwei Jahre später schützte die MS ihn vor dem Internierungslager: »Einsperren ist nur unter Krankenhausbedingungen möglich«, schrieb der Arzt, dem er durch die Wojewodschaftskommandantur der Miliz vorgeführt wurde. Und drei Jahre später, das war schon in Israel, stellte sich heraus, daß es gar nicht MS war, sondern die ungefährlichen Folgen einer Hirnhautentzündung, an der er in seiner Kindheit litt. Was ein anderes Gebrechen von Rosenfeld erklären würde und zwar seinen Gedächtnisschwund, *amnesia retrogarda*.

Wegen dieser Amnesie kann er sich nur an bestimmte Dinge erinnern, weniger an die unangenehmen als an andere, aber auch an die nicht der Reihe nach. Zum Beispiel an die Arbeit in Świebodzin, die darin bestand, die Mitgliedsbeiträge für die Bauernpartei ZSL einzusammeln. Diese erledigte ihm ein Aktivist des Volks, dessen Tochter er im Café »Telimena« kennenlernte. Dank dieses Treffens gebar die Tochter des Aktivisten Rosenfeld ein Töchterlein, der Kreis Świebodzin wiederum rückte bei den Mitgliedsbeiträgen an die erste Stelle der Wojewodschaft. Leider begann der Krieg im Nahen Osten, und der Chef des Komitees des ZSL sagte: »Sie werden sich, Kollege Rosenfeld, von der Aggression lossagen müssen, in aller Öffentlichkeit von Świebodzin.« Worauf Rosenfeld nach Kielce umzog, wo man ihn mit der Beschaffung von Ersatzteilen für Aufzüge beauftragte und wo er auch noch attestierte Drahtseile besorgen sollte. Das war ein ziemlich komischer Auftrag, denn in den letzten Jahren gab es keinen in Kielce, der auch nur ein einziges Ersatzteil für Aufzüge zu Gesicht bekommen hätte, doch davon wußte Rosenfeld nichts und bat um einen Lastwagen. »Guten Tag, der Herr«, sagte er im Betrieb für Aufzugseinrichtungen in Służewiec, »ich bin Rosenfeld.« »Sehr angenehm«, sagte jener Herr, »Apfelbaum mein Name.« Mag sein, daß er nicht genau »Apfelbaum« hieß, aber ganz bestimmt so ähnlich (was damals, achtundsechzig, ganz besonders prächtig klingen mußte in Warschau, im Stadtteil Służewiec). Tatsache ist jedoch, daß Rosenfeld noch am selben Abend mit dem Lastwagen, vollbeladen mit Ersatzteilen, nach Kielce zurückkehrte.

Leider ging die Ehe mit der Tochter des Funktionärs in die Brüche. Trotz der Erfolge bei der Versorgung von Kielce mit attestierten Seilen. Rosenfeld zog um nach Breslau. Dort lernte er eine einnehmende Krankenschwester kennen, die eine gewisse Zeit später ein Gedicht von Rosenfeld in der literarischen Wochenzeitung fand und einen Brief an den Redakteur schrieb. Auf diese Art erfuhr Rosenfeld, daß sein Sohn in der Gegend von Kraśnik wohnte und schon ein halbes Jahr alt war. Eilig zog er in die Lubliner Gegend, um dessen Mutter zur Frau zu nehmen, er bekam eine Stelle in der Bibliothek, und alsbald heiratete er... nur eben halt die Bibliothekarin, eine hochgewachsene, ruhige Frau, mit Haaren gekämmt als Nest.

Also ließ sich Rosenfeld in Lublin nieder. Er war Sanitäter beim Rettungsdienst, Autor von Plaudereien im Studiokino und Rausschmeißer im Restaurant »Powszechna«, wo er zur Probe eingestellt wurde. »Sie sind so ein intelligenter Mensch, und da wollen Sie sich mit diesem Gesindel abgeben?« fragte er am ersten Abend den ersten entbehrlichen Kunden. Das Argument zeigte Wirkung, und Rosenfeld wurde einer der besten Rausschmeißer im ganzen Lubliner Land. Nach einigen Monaten wurde in der *Kamena* seine erste Reportage über das Restaurant »Powszechna« abgedruckt. Von da an schrieb er Reportagen, lyrische Berichte und Gedichte. Im Jahre einundachtzig hat der Redakteur Edward Borowski sein Poem über Lodz im *Głos Robotniczy* veröffentlicht. Diesen Redakteur traf Rosenfeld später in Rom auf der Via Nomentana. »Olek«, sagte der Redakteur. »Ich habe ein Problem.« »Was hast du denn für ein Problem, Edward?« fragte Rosenfeld. »Ich habe eine Ikone im Silberhemdchen zu verkaufen.« Und Rosenfeld dachte sofort an den Pfarrer Sergio, der sich ihm gegenüber sehr gut verhalten und ihm sogar eine wunderbare elektrische Schreibmaschine geschenkt hatte. Nun ja, diese Maschine war ohne die polnischen Zeichen »ż«, »ź«, »ę« und »ą«, »doch wofür«, so tröstete sich Rosenfeld, »wofür brauche ich denn diese ›ę‹ und ›ą‹ in der Poesie?« Sofort begab er sich in das Centro Russia Ecumenica, wo sie Ikonen verkaufen und wo auch Pfarrer Sergio arbeitete. »Er hat mein Poem über Lodz abgedruckt«, erklärte er ihm die Situation. »Und was will er für die Ikone haben?« fragte der Pfarrer.

»Ist doch nichts dabei«, wehrt Rosenfeld mit einer etwas lässigen Geste den Dank des Redakteurs ab. »Da hat der Herrgott mir erlaubt, mich bei dir zu revanchieren für die Veröffentlichung des Gedichtes.«

»Bist du nicht zu eilfertig, wenn du den Herrgott für solche Lappalien bemühst?« beunruhigte sich der Redakteur.

»Ich habe Ihn ja gar nicht in diese Angelegenheit hineingezogen«, erwiderte Rosenfeld. »Er ist ohnehin überall, warum sollte Er dann nicht auch auf der Via Nomentana in dem Moment sein, in dem du mit deiner Ikone vorbeigehst?«

Am besten gelangen Rosenfeld Gedichte über die Angst.

ich trage einen anzug aus angst vor mir
ich legte einen anzug an aus geschmeidigkeit strahle ich im anzug
mit dem doppelreiher durchlöcherter zähne lächele ich die herrschenden an

verbeugen nach rechts verbeugen nach links ein tag vergeht nach
dem anderen so ist es fein

Oder:

ich machte es mir wohnlich inmitten meiner angst
schaue mich darin um im wohnungstyp w3 es sind
37 meter im quadrat
plus klo und wird es nacht dann bette ich mich in das sofa...
... habe sogar noch etwas platz
zum umdrehen auf die andere seite

Oder:

beruhige dich mein flatternder herzmuskel
sogar wenn irgendwas dich bedroht
das ist eh ohne belang...
beruhigt euch ihr beiden kammern
in die vorkammern dringt kein fremder ein

Oder:

die angst wohnt in mir und ich bin klein in anbetracht meiner
angst
beim namen dich zu nennen fürchte ich mich es ist schwierig sogar
sehr
mit dir sich zu befreunden...
unzertrennlich sind wir ich und mein genosse – angst

Nachdem er die Motivation im Zug nach Żywiec gefunden hatte, sollte Rosenfeld sich weniger fürchten.

Tatsächlich. Dann kam auch noch der August und ein Bekannter, den er in Żywiec getroffen hatte, beschäftigte Rosenfeld in der Region Vorbeskiden im Bulletin für Landwirte. Die Angelegenheiten der Landwirtschaft waren Rosenfeld nicht fremd seit jener Zeit, als er die Mitgliedsbeiträge für die ZSL einsammelte, er ging also mit Elan an die Arbeit. Doch leider kam dann alsbald der Dezember, und Rosenfeld fürchtete sich mehr noch als sonst.

Nach einer weiteren Unterhaltung schrieb Rosenfeld einen kurzen Brief an General Kiszczak, den Innenminister. »Sehr geehrter Herr General«, schrieb Rosenfeld. »Wenn sich schon jemand mit mir unterhalten muß, dann möchte ich bitten, daß dieser jemand ein Intelligenter ist.«

Nach Monaten meldeten sich zwei Herren: »Wir sind jene Intelligenten«, stellten sie sich vor und gaben Rosenfeld zu verstehen, daß es sicher besser für ihn sei, wenn er ausreisen würde. Woraus Rosenfeld schloß, daß es sicher schlechter für ihn wäre, wenn er bleiben würde, und er beschloß zu emigrieren. Natürlich, gemeinsam mit seiner blauäugigen Frau und dem aschgrauen dreimonatigen Sohn.

Die blauäugige Ehefrau erhielt einen echten polnischen Reisepaß, der aschgraue Sohn erhielt einen echten polnischen, dem Rosenfeld dagegen wurde ein Zettel von der Größe eines Schulzeugnisses ausgehändigt, mit dem Sichtvermerk: »Reisedokument. Putjewoj dokument. Titre de voyage... « Darunter die Photographie des schwarzen, bärtigen Rosenfeld und die Information: »Der Besitzer dieses Dokuments ist kein polnischer Staatsbürger. Wladjelez nastojaschtschowo dokumenta... Le titulaire de ce titre... « Und so weiter.

Rosenfeld fand sich in Israel wieder.

Er war Briefträger, arbeitete in einer Schokoladenfabrik, schulte um als Klempner und kehrte Bahnhöfe.

Er sagte später: »Ich fuhr nach Israel, weil es da keine Polen gibt. Aber wißt ihr, was sich herausstellte? Dort gibt es Juden.«

Hinzu kommt, daß diese Juden vom Judentum des Rosenfeld gar nicht beeindruckt waren, auch nicht von seinen Gedichten über die Angst, sie wollten nur, daß die Briefe rechtzeitig ausgetragen wurden und der Bahnhof ordentlich gefegt war.

Worauf Rosenfeld Israel verließ und sich nach Rom begab, wie einst von Lublin nach Żywiec oder von Świebodzin nach Kielce.

Rosenfelds Schwester telefonierte in den Vatikan, zu einem bekannten Pfarrer: ihr Bruder habe in Israel Schulden gemacht, die der alte Vater nach dessen Ausreise zurückzahlen müsse.

»Das stimmt«, bestätigte ruhig Rosenfeld. »Mein Vater hat mir niemals auch nur einen Groschen gegeben. So sollte er mir jetzt dankbar sein: er zahlt nun seine Schuld ab und kann in aller Ruhe seine Augen schließen.«

Daß Rosenfeld im Vatikan eintraf, ist eine Tatsache. Daß der Papst aus seiner Privatschatulle die vierköpfige Familie Rosenfeld ein Jahr lang unterstützte, sollte nicht wundern. Denn wo sollten die Kinder des Rosenfeld sonst getauft werden, wenn nicht im See Genezareth, und wer, wenn nicht der Papst, sollte die Familie Rosenfeld unterstützen?

Zurückgekehrt ist Rosenfeld.

Seine ehemalige Frau holte die roten Pantoffeln vor, mit Rührung haben ihn die verkaterten Stammgäste der »Stylowa« begrüßt. Was die hiesigen Juden betrifft, jene gehobenen und gebildeten, so empfinden sie Abscheu und Abneigung gegen das, was sie über Rosenfeld hörten. Aber ja doch, sie können schon noch mit Juden sein, jedoch auf einem bestimmten Niveau. Am besten mit den deutsch-pariser Juden. Mit einer gewissen Arendt, einem gewissen Husserl, immerzu. Zur Not auch noch mit den Jelineks aus Wien (Arzt, Maler, Tenor oder Likörhersteller). Doch Rosenfeld? Zerstreuter Held ewiger jüdischer Anekdoten? Würde er wenigstens seinen Bart stutzen. Oder nicht immer an seinen Fingernägeln knabbern. Oder sich die Zähne einsetzen lassen. Oder etwas gedämpfter lachen. Oder für sein Mittagessen selbst bezahlen. Oder nicht so unverschämt über die Angst schreiben. So ein Rosenfeld bringt es fertig, das Image des gehobenen Juden zu zerstören, das dieser unermüdlich aufbaute mit flatternden Kammern und Vorkammern.

Zum Glück ist alles in Ordnung.

Rosenfeld ist abgereist.

Gesehen wurde er auf dem Hauptbahnhof, um einundzwanzig Uhr fünfundzwanzig im Zug Leningrad-Köln.

Die Fenster waren geschlossen. Hinter der dreckigen Scheibe die Augen und der zahnlose Mund Rosenfelds, schwärzer als irgendwann sonst.

Am Tag zuvor sagte jemand: »Sie sind nicht zurückgekehrt, Herr Rosenfeld. Sie sind ein Tourist. Ihr Visum läuft morgen ab. Vor vier-

undzwanzig Uhr haben Sie die polnische Grenze zu überschreiten.«
»Aber Herr Rosenfeld«, fügte ein anderer hinzu, »Sie hätten das ›Reisedokument‹ nicht annehmen müssen ... «

Nach dieser Unterhaltung brachte Rosenfeld die Ehefrau, die Kinder und ihre guten arischen Reisepässe zur Familie, verkaufte die elektrische Schreibmaschine, das Geschenk von Pfarrer Sergio, und kaufte eine Fahrkarte.

»Ja, aber wohin soll ich denn zurückkehren?« rief jenseits der Scheibe Rosenfeld.

Zum letzten Mal wurde er gesehen im Fenster des Waggons Nr. 256 auf Bahnsteig drei.

Frau Gretchens Augen

1.

Dieses wissen wir ganz sicher:

Das Mädchen war eine Deutsche und hieß Gretchen;

sie wohnte in einem hübschen kleinen Städtchen am See, nicht weit von Grünberg, Zielona Góra;

das Städtchen wurde von der Roten Armee im Januar 45 erobert;

im September 45 gebar Gretchen eine Tochter, die sie Margarethe nannte;

das Kind war die Frucht einer Gewalttat, verübt an Gretchen durch die siegreiche Armee;

zwei Jahre später gebar Gretchen eine zweite Tochter;

Gretchen und Margarethe reisten nach Deutschland aus;

das jüngere Mädchen wurde im Städtchen zurückgelassen;

die jüngere Tochter von Gretchen und Schwester der Margarethe war damals vier Monate alt und hatte eine beidseitige Lungenentzündung;

großgezogen hat sie ein kinderloses Ehepaar aus der Gegend hinter dem Bug;

soviel also wissen wir, alles übrige sind Vermutungen.

2.

Wie sah Gretchen aus?

Von der heutigen Photographie her zu urteilen war sie schön, wenn auch klein und zierlich. Der Zaun, an dem sie steht auf der

Photographie, reicht an ihre Brust, und es ist ein niedriger Zaun, verglichen wiederum mit den Lilien, die im Garten wachsen.

Die Photographie stellt eine ältere Dame mit einem liebenswürdigen Lächeln und hellem, noch vollem Haar dar, Gretchen war somit eine Blonde.

Es sei denn, daß die Haare der alten Dame gefärbt sind, doch eher nicht, denn auch die Augen sind hell.

Was für Augen hatte Gretchen?

Blaue? Graue? Sie erinnert nicht die Augen der älteren Dame, die sie starrsinnig »Frau Gretchen« nennt, denn als sie sie sah, bemühte sie sich, sie nicht anzusehen. Die andere lächelte sie ziemlich hilflos an, dann erhob sie ihre Blicke und bemerkte in den Augen von Frau Gretchen etwas Bekanntes, etwas, was sie schon im Leben gesehen haben mußte. »Diese Augen haben etwas Anheimelndes«, dachte sie flüchtig, doch sie war bemüht, sich weder an sie zu gewöhnen, noch sie im Gedächtnis zu behalten. Sie hatte nur einen Wunsch: daß dieses erste Treffen mit ihrer Mutter nach dreißig Jahren schleunigst ein Ende haben sollte.

Wieder nach Hause zurückgekehrt, überlegte sie, was das war, dieses ihr von irgendwoher Bekannte, das sie in den Augen der alten Dame bemerkt hatte.

Walter versucht ihr einzureden, daß sie sich selbst in ihnen gesehen habe, ihre eigenen, graugrünen Augen, doch sie ist davon nicht so sehr überzeugt und nimmt es nur ungern an.

3.

Wie hieß die jüngere Tochter von Frau Gretchen?

Der Vater aus der Gegend hinter dem Bug hatte ein Bündel mit nach Hause gebracht, in dem sich ein Kind mit Lungenentzündung befand, aber keine Geburtsurkunde.

Die Eltern aus der Gegend hinter dem Bug nannten sie Teresa.

Sie trägt diesen Namen heute noch, doch wie hieß sie wirklich?

(WIRKLICH? Warum sollte ein von Gretchen gegebener Name wirklicher sein als der Name aus der Gegend hinter dem Bug?)

Nun, gut. Helga? Hilde? Dorothea? Walter, ihr Mann, schlägt Lotte vor. Goethe war Pflichtlektüre in Deutschlands Schulen. Ob Gretchen es noch schaffte »Die Leiden des jungen Werther« vor dem Krieg zu lesen? Denn nach dem Krieg wohl nicht mehr, nach dem Krieg gab es die Front, siegreiche Armeen, Leichenfischen, Margarethe... Männer gab es nicht mehr in der deutschen Kleinstadt, sie sind umgekommen oder waren in russischer Gefangenschaft, es blieben die Frauen, und ihre erste Beschäftigung, als die Front heranrückte, war, die Leichen aus Flüssen und Seen der Gegend herauszufischen. Dort, wo Walter wohnte, der spätere Schwiegersohn von Gretchen und Mann der Teresa, schwammen die Leichen des Krieges den Fluß Pregel hinunter, und in der Gegend des Städtchens füllten sie den malerisch gelegenen See. Nein, »Die Leiden« entfallen, also nicht Lotte.

Hatte die jüngere Tochter Gretchens überhaupt einen Namen?

Hatte es überhaupt Wert, einen Namen zu geben für vier Monate?

4.

Warum ließ Gretchen ihre Tochter in Polen zurück?
Walter sagt, bestimmt nicht aus Schlechtigkeit, sondern umgekehrt aus Liebe und Furcht.

Walter, Sohn von Ulrich und Hildegard, Bruder von Siegfried und Horst, stammt aus dem Ermland. Als sie nach dem Krieg ausgesiedelt werden sollten, sagte die Mutter: »Wartet hier, ich schaue mir das mal an« und ging zum Bahnhof.

In einem der Waggons des überfüllten russischen Zuges bemerkte sie eine Frau in einem Pelzmantel, und es zeigte sich, daß die Frau unter dem Pelz völlig nackt und das Kind, das sie in den Armen hielt, tot war. Die Frau streckte das Kind in Richtung der Mutter von Walter und bat darum, es zu beerdigen: »Ganz egal wo«, sagte die Frau, »es geht auch neben den Gleisen«, und Walters Mutter stürzte ins Haus, atemlos, und rief: »Wir rühren uns hier nicht von der Stelle!«, ohne das Kopftuch abzunehmen, holte sie aus dem Keller den noch übriggebliebenen Schwarzgebrannten hervor und lief zu Herrn Lipski, der zwar vor dem Kriege Dorfvorsteher war, aber doch schon einen gewissen Einfluß bei den neuen Machthabern hatte.

»Die Geschichte von Gretchen«, schlußfolgert Walter, »hätte ähnlich ausgesehen haben können. Verstopfte Waggons, Hunger, Kälte und dieser Entschluß – das kranke Kind bei guten Menschen zurückzulassen. Ein Entschluß, erzwungen aus Liebe und Verzweiflung.«

5.

Gerne möchte sie so von Frau Gretchen denken. Daß sie sie nicht mitnehmen konnte. Daß Hunger herrschte, Kälte ...

6.

Achtzehn Jahre lang lebte sie in der ruhigen Gewißheit, Tochter des Ehepaares aus der Gegend hinter dem Bug zu sein; eines Tages hat der Ortspoet, der im Milchbetrieb beschäftigt war und ihr seine Gedichte vorlas, zu ihr gesagt: »Weißt du eigentlich, daß du gar nicht ihr Kind bist?«

In jenen Jahren trieben sich in Polen einige resignierte Lokalpoeten herum, die die weniger hübschen Mädchen liebten und die Gedichte von Stachura, und so nahm sie an, daß der Dichter etwas ausgedacht hatte, was er für seine Poesie benötigte. Auf alle Fälle fragte sie die Mutter: »Ist es wahr, daß ... «, und die Mutter begann zu weinen und sagte: »Gretchen ... Sie hieß Gretchen ... Du warst damals vier Monate ... «

Sie stellte keine Fragen – damals nicht und auch nicht später. Vielleicht wollte sie der Mutter Unannehmlichkeiten ersparen, vielleicht aber auch aus anderen letztendlich nicht ganz klaren Gründen. Übrigens hatte sich nichts verändert in ihrem Leben, einzig daß das Gefühl der stillschweigenden Übereinkunft verlorengegangen war. Alles begann zweifelhaft zu werden, alles konnte auch anders sein, was anderes bedeuten und anders verlaufen.

Sie verließ den Lokalpoeten.

Sie verließ die Kleinstadt.

Schloß ihr Studium ab, heiratete und gebar einen Sohn, den nannte sie Igor.

7.

Die Eltern aus der Gegend hinter dem Bug kannten Gretchen nicht, sie wußte also, daß der Vater aus der Gegend hinter dem Bug nicht von ihr das Bündel nach Hause gebracht hatte. Woher er es brachte – weiß sie nicht, sie fragte nicht. Bekam er es? Fand er es? Vielleicht lag es hingeworfen vor irgendeiner Haustür? Er war Briefträger, fuhr über die Dörfer, jemand hätte ihm sagen können, daß ein Kind zu haben ist.

Vielleicht sagte es Herr Jackowski?

Herr Jackowski tauchte in ihrem Leben gleichzeitig mit Frau Gretchen auf, als sie dreißig Jahre alt war. Eines Tages rief die Mutter aus der Gegend hinter dem Bug sie in die Kleinstadt zurück und sagte, daß jemand aus Deutschland sie sehen möchte.

»Das ist Gretchen«, sagte die Mutter.

Am nächsten Tag fuhren zwei deutsche Frauen mit einem deutschen Auto vor, Mutter mit Tochter, beide elegant, schlank, mit bemalten Augen, und die ältere von ihnen ging mit schnellen, energischen Schritten auf die Mutter aus der Gegend hinter dem Bug zu, eine behäbige, ungeschminkte und kräftige Frau. Und sagte etwas. Sie sagte auf deutsch: »Grüß Gott, zweite Mutter«, und sie konnten sich denken, was es wohl bedeuten sollte. Doch mehr verstanden sie nicht. Sie standen da, alle viere und schauten aufeinander, doch eigentlich schauten nur die anderen drei, denn sie bemühte sich, den Blick an beiden deutschen Frauen vorbei zu lenken; plötzlich schaute Frau Gretchen sie an und lächelte. Da genau bemerkte sie etwas Bekanntes in den Augen von Frau Gretchen, etwas, was sie schon irgendwann im Leben gesehen haben mußte.

Tags darauf fuhr sie zu den Leuten, bei denen sich die deutschen Frauen aufhielten; es war auf einem Dorf, nicht weit von der Kleinstadt.

Inmitten der Stube stand ein großer Tisch, die Gäste saßen drum herum und sangen deutsche Lieder.

Sie saß zwischen Frau Gretchen und einer schlanken Frau mit einem Faltengesicht, schwarzen Augen, dunklen Haaren, hinten geflochten zu einem Zopf. Man sagte ihr, daß diese Frau Hebamme sei, also konnte sie sich denken, daß sie vor dreißig Jahren Frau Gretchen geholfen hatte, die Töchter zu gebären.

Die Leute am Tisch waren ausgelassen, und sie sangen immer lauter.

Frau Gretchen sagte etwas zu ihr, doch sie verstand nicht, was, weil es zu laut war und weil Frau Gretchen deutsch sprach.

»Was sagt sie«, fragte sie die Hebamme.

»Sie sagt, daß Krieg schrecklich sei«, erläuterte die Hebamme mit gesenkter Stimme.

Frau Gretchen sagte wieder etwas, ein wenig lauter und wieder, und es zeigte sich, daß Frau Gretchen immerzu zwei, drei Worte wiederholte: »Krieg ist schrecklich, Krieg ist schrecklich, Krieg ist ... «

»Wojna jest okropna, wojna jest okropna, wojna jest... «, übersetzte die Hebamme, bis sie mit dem Kopf nickte, daß sie schon versteht.

Das war alles, was Frau Gretchen sagte.

Sie blieb bei den Leuten über Nacht. Sie steckten sie unter ein Federbett. Zum ersten Mal in ihrem Leben lag sie unter einem Federbett, es war ihr heiß, sie öffnete das Fenster und sah den Wald.

Sie sprang aus dem Fenster und lief in den Wald.

Im Wald dachte sie: »Mein Gott, was stelle ich hier bloß an, ich bin schließlich dreißig Jahre und habe einen fünfjährigen Sohn«, sie kehrte um, kletterte durchs Fenster ins Zimmer zurück und zog das Federbett über sich.

8.

Am nächsten Tag sagte die Hebamme ihr, daß Herr Jackowski gestorben sei und daß ihr irgendwelches Geld zustehen würde.

Es war das erste Mal, daß sie den Namen »Jackowski« hörte. Sie fragte nicht, wer er war und warum ihr etwas zustehen würde von ihm.

Die Hebamme erklärte ihr, daß es Ersparnisse des gesamten Lebens wären, daß sie unter der Matratze des Herrn Jackowski gefunden wurden und daß sie sich das Geld nehmen sollte.

»Es ist eine Menge Geld«, erklärte die Hebamme. »Gretchen sagt, daß es dir zusteht.«

»Ich will kein Geld«, sagte sie der Hebamme. »Ich kenne Herrn Jackowski nicht. Bitte grüßen Sie Frau Gretchen von mir.«

9.

Von Herrn Jackowski wissen wir nicht viel. Er wohnte auf dem Lande, lebte allein, erhängte sich, nach seinem Tode fand man unter der Matratze eine Menge Geld. Sicherlich hat sich in Verbindung mit diesem Tod Frau Gretchen in Polen wieder eingefunden.

Sie fragte nicht, welchen Vornamen Herr Jackowski hatte. Sie weiß nicht, was er zu Lebzeiten getan hat und warum er sich erhängte. Sie weiß nicht, warum Frau Gretchen zu seiner Beerdigung anreiste. Sie weiß nicht, wo er begraben liegt. Sie versucht nicht, darüber nachzudenken, warum ihr das Geld zustehen sollte.

10.

Seit dem Tod des Herrn Jackowski sind zwölf Jahre vergangen. Frau Gretchen ist nie wieder in ihrem Leben erschienen.

Walter, ihr Mann, sagt, daß sie nicht erschien, geschah nicht aus Schlechtigkeit, sondern umgekehrt aus Feingefühl. Um den Frieden nicht zu stören, alte Wunden nicht zu öffnen, nicht Tränen fließen zu lassen.

»Es hat doch niemand geweint«, stellt sie klar.

»Wie denn keiner? Hat die Mama etwa nicht geweint?«

»Nein. Sie begrüßte sie ganz freundlich, sie lächelte sogar ... «

»Und du? Nicht einmal du hast geweint? Das ist nicht schön«, rügt sie ihr Mann. »Du hast dich nicht verhalten, wie es sich gehört. Es gibt bestimmte Situationen, in denen der Mensch sich benehmen muß. Es erscheint die verlorene Mutter, sagt ›Grüß Gott‹, also sollte die Tochter einige Tränen vergießen zur Begrüßung.«

»Ich weine, wenn meine Mutter aus der Gegend hinter dem Bug mir Lieder aus Wilna vorsingt. ›Es eilt ein Mädel mit schnellem Schritt zu ihrer Mutter Grab, schleicht sich zurück verstohlen, doch

Stiefmutter sucht den Stock unverhohlen ... ‹, dann, ja dann zerfließe ich in Tränen, aber nach ›Grüß Gott‹, da sollte ich weinen?«

11.

Walter sagt, daß seine Frau verstört herumsitzt. Weil sie eine Deutsche ist. Weil sie keine Deutsche ist. Weil ...

»Eines ist sicher«, sagt Walter. »Wenn dieses Polen alle verlassen haben werden: Polen, Deutsche, Juden, Litauer ... , wenn ein leerer Raum übrigbleibt, durch den der Wind einige Strohhalme, Zeitungsfetzen und Reste des kollektiven Geistes vor sich hertreiben wird ... , wenn allein nur noch zwei Stimmen durch diese Leere hallen werden, die von Mazowiecki und von Rakowski, die – ›Ist da jemand?‹– rufen werden, weil sie wissen wollen, ob jemand geblieben ist, den sie regieren könnten – dann antwortet ein leises einzelnes Stimmchen: ›Ich bin noch da, ich ... Noch nicht schließen ... ‹Und das wird die Stimme meiner Frau sein«, beendet Walter seine Worte.

12.

Walters Familie wohnte in Ostpreußen, die Urgroßeltern in Königsberg, die Eltern, Tanten und Cousins in der Gegend von Allenstein auf einem Gut, Kösnick-Fluß, am Fluß also, denn es gab noch Kösnick-See, doch sie waren nicht vom See, sondern vom Fluß.

Als erste verließen Kösnick-Fluß drei Tanten, Vaters Schwestern, die nach Dänemark zu evakuieren dem Admiral Dönitz noch rechtzeitig gelang; die vierte Tante, Frieda, ist schon vorher nach Königsberg durchgekommen.

Nach den Tanten fuhr Vater. Er versenkte den Karabiner im Eisloch, mit dem letzten Zug gelangte er nach Königsberg, vor allem machte er sich auf die Suche nach Frieda, der jüngsten Schwester. Die neuen Bewohner ihrer Wohnung erzählten, daß beide, Frieda und ihr Sohn, an Hunger gestorben sind während der Belagerung. Der Vater fragte dann nach ihrem Grab, und es zeigte sich, daß Frieda kein Grab hat, weil die anderen Hungrigen die Leichen zerteilten, eine Suppe daraus kochten und sie verspeisten. »Das waren nicht die Russen«, gelang es dem Vater noch einem der Cousins mitzuteilen, bevor die siegreiche Armee ihn an zwei Pferde band, die in verschiedene Richtungen loszogen. »Das waren nicht die Polen... Das waren die eigenen deutschen Landsleute, die Tante Frieda und ihren Sohn gekocht und verspeist haben... «

Dann gab es die Aussiedlungen.

Dann fuhr Herr Lipski, der der Mutter von Walter half, sie von der Aussiedlerliste zu streichen, denn obwohl er Dorfvorsteher vor dem Krieg gewesen war, hatte er doch Verbindungen zu den neuen Machthabern.

Nach Herrn Lipski fuhr Herr Głowiński, Sohn der Frau Głowińksi, jener Nachbarin, die auf Walters Mutter einredete: »Du Hildchen, bete polnisch, die Mutter Gottes kann kein Deutsch... « Den Vater der Nachbarin Głowiński hatte man während der russischen Teilung Polens den Ermland-Drzymała* genannt, und der Sohn der Nachbarin emigrierte mit der Tochter in die BRD, wo die Tochter Selbstmord beging, weil jemand den Deutschen zutrug, daß Polen ihr im Kampf um das Polentum des Ermlandes und der Masuren Auszeichnungen verliehen hatte.

Nach dem Enkel und Urenkel des Ermland-Drzymała fuhr Pfarrer Kamiński in die BRD, derselbe, der Walters Oma getauft hatte – ihr war nämlich im Traum Gott erschienen, er kam hinter einer Wolke hervor und sprach: »Mensch«, sagte Gott zur Oma, denn im Gegensatz zur Mutter Gottes kannte er die deutsche Sprache, »Mensch, werde Katholik... « Die Oma erzählte den Traum Pfarrer Kamiński und starb, vom starken Eindruck ganz bestimmt, und der Pfarrer erteilte ihr die heiligen Sakramente nach dem Tode.

Nach Pfarrer Kamiński fuhr die zweite Oma, weil sich alle Schwestern des Vaters, evakuiert durch Admiral Dönitz, wiedergefunden hatten, außer Frieda, das ist klar. Die siebzigjährige Oma fuhr zu ihrem siebzigjährigen Mann, den sie dreißig Jahre nicht gesehen hatte;

* Michał Drzymała (1857-1937) war eine Symbolfigur der polnischen Bauern im Kampf gegen die Germanisierung durch Preußen. Das preußische Gesetz von 1904 verbot es den Polen, auf neu erworbenem Grund Häuser zu bauen. Drzymała versuchte dies zu unterlaufen, indem er einen Zirkuswagen auf seinen Grund stellte. [Anmerkung des Übersetzers]

mit sich nahm sie einen riesigen Koffer voll mit Erde aus ihrem Garten; im deutschen ordentlichen Garten riß sie Wacholder und Rosen heraus, streute die eigene Erde aus, pflanzte Kartoffeln und Möhren und atmete erleichtert auf. »Endlich kannst du Ärmster mal eine anständige Gemüsesuppe essen… « Als ihr Mann starb, schaufelte ihm die Oma einen Grabhügel, aber es zeigte sich, daß auf einem modernen deutschen Friedhof alles flach sein muß. Die Friedhofsverwaltung ebnete den Hügel ein, und die Oma kam abends mit Schubkarren voll eigener Erde, dieser aus dem Garten, und schüttete ihn wieder auf. In der Nacht wurde das Grab geebnet, und morgens kam die Oma mit eigener Erde… Nach einigen Wochen kapitulierte die Friedhofsverwaltung, und auf dem modernen deutschen Friedhof gibt es ein einziges wirkliches – da mit einem Hügel versehenes – Ermlandgrab.

Nach der zweiten Oma sagte Walters älterer Bruder Siegfried zur Mutter: »Nun, Mutter… «, und fuhr.

Nach dem älteren Bruder fuhr Walters Mutter. Die Nachbarin Frau Głowińska sagte ihr: »Du, Hildchen, bete polnisch, denn die Mutter Gottes… «, und die Angestellten der Schule, in der sie eine Wohnung bewohnte, obwohl pensioniert, sagten, »In der BRD wartet wohl eine andere Wohnung auf Sie… Oder was, Frau Hildegard?«

Nach der Mutter fuhr niemand mehr, denn Horst, der jüngere Bruder, starb an einer Blutung, und Walter befaßte sich gerade damit, das Kontaktnetz für einen bestimmten untergetauchten, herausragenden Oppositionellen zu organisieren.

Als Horst erkrankte, sagte Walter zum Oppositionellen: »Entschuldige, aber ich verzieh mich mal für ein paar Tage… «, und fuhr, doch traf er seinen Bruder schon ohne Bewußtsein an, verbunden mit Apparaten, die ihn in diesem Zustand noch zwanzig Jahre hätten halten können. Den Ärzten sagte er, daß sie den Bruder loskoppeln sollten, denn das Überdauern ohne Psyche schien ihm menschenunwürdig, er beerdigte Horst in Kösnick-Fluß und kehrte zu dem herausragenden Oppositionellen im Untergrund zurück, der schon auf ihn wartete, da er von den anderen Verbindungen abgeschnitten war.

Nachdem der Oppositionelle den Untergrund verließ, stellte sich Walter vor dem Möbelgeschäft in die Schlange für die Kücheneinrichtung »Talia« an. Er stand vor dem Laden acht Wochen, tage- und nächtelang, bei Frost, und wenn jemand mürbe wurde und aufgeben wollte, rief er empört: »Desertieren? Sich der Erinnerung entledigen? Dies bißchen Sperrholz und Spanplatte zerfällt ohnehin gleich, aber der Stolz, durchgehalten zu haben, der überdauert Jahrhunderte.«

Das Überlebendensyndrom

Arnold Friedman: Unternehmer in der Holzindustrie und Elektronik; *Yosaif Yarmush*: Chassid; *Henry Fenigstein*: Arzt; *Dubi Arie*: Kunstmaler; *Baruch Goldstein*: Theologe; *Dov Marmur*: Oberrabbiner der reformierten Synagoge.

Arnold:

Mein Vater war arm. Er hatte eine Kuh, eine Stube, eine Frau und fünf Kinder.

Es gibt Arme, die haben nichts.

Es gibt den Juden, der sich was borgt von dem Armen, der nichts hat.

Und es gibt den, der in einer Ecke bei dem Juden wohnt, der sich was borgt von dem Armen, der nichts hat.

Mein Vater war auf dem Gipfel dieser Leiter, denn hinter der Stube, in der wir alle wohnten, war eine zweite, die ein Laden war, jeder Jude nämlich besaß in Rakoszyn etwas Verkäufliches.

In Rakoszyn gab es tausend Häuser, eine katholische Kirche für die Ungarn und die Polen, eine unierte Kirche für die Ukrainer, eine jüdische Synagoge und einen eigenen Rakoszyner Kalender. Im Frühling wurde die Gans für Pessach gemästet und im Herbst das Huhn für Jom Kippur, nach Rosch Haschana, wenn die Nachmittage kürzer zu werden begannen und die Schatten immer länger, wurde Most für den Wein angesetzt, nach dem Wein wurden die Federn gerupft und nach den Federn kam die Zeit der Kartoffelernte zur Chanukka für die Lattkes.

Diejenigen, die diesseits der Kirche wohnten, sprachen jiddisch mit ungarischem Akzent und die, die neben der unierten Kirche wohnten, sprachen jiddisch mit ukrainischem Akzent.

Als in Rakoszyn das Ghetto eingerichtet wurde, wollten unsere ukrainischen Nachbarn eine meiner Schwestern bei sich verstecken und die ungarischen die zweite, doch mein Vater dankte ihnen sehr und sagte, daß es ihm lieber wäre, wenn die ganze Familie zusammen umkommt, denn dann wird er wenigstens wissen, welchen Todes seine Kinder gestorben sind.

Kurz vor Pessach sagte unser ehemaliger ukrainischer Nachbar, der jetzt Polizist war, meinem Vater: »Ihr habt noch zwei Nächte. Heut schlaft normal, morgen macht euch bereit und übermorgen hole ich euch.« Mein Vater bedankte sich beim Nachbarn für die Freundlichkeit, die Mama bewirtete ihn mit Wein vom Vorjahr, und wir gingen schlafen.

Am nächsten Tag packten wir unsere Sachen, setzten uns vors Haus und hörten diesem seltsamen Geräusch zu, das anwuchs in der Stadt. Als wäre es ein Stöhnen, ein Gesang... Als es sich uns näherte, sagte ich meinem Vater, daß ich doch lieber leben möchte als mit der ganzen Familie zu sterben und begab mich in Richtung Makuczew. Vor Makuczew holte mich mein jüngerer Bruder ein. Er hielt ein Bündel in der Hand und sagte, daß der Vater befohlen hätte, daß ich zurückkommen sollte, doch ich war schon fünfzehn Jahre alt, also antwortete ich, daß niemand mich herumkommandieren werde. Da nahm mein Bruder einen Anzug aus dem Bündel, den von Bar Mizwa, und sagte, daß ich auf mich aufpassen sollte, und kehrte nach Rakoszyn zurück.

Zwei Wochen danach verluden sie uns in Makuczew in Waggons, und wir stiegen in Auschwitz auf der Rampe aus. Das Aussondern nahm Doktor Mengele persönlich vor, er wählte gesunde Kinder im Alter von vierzehn bis siebzehn Jahren aus, Mengele war ruhig und sehr schön. Er schwieg und gab nur mit dem Zeigefinger ein Zeichen: nach links, nach rechts, nach links, nach links, nach links..., und SS-Männer führten die Kinder auf die Seite. Die Kinder weinten nach ihren Eltern, die Eltern versuchten die Kinder wegzuholen, die SS-Männer brüllten, in dem ganzen Lärm waren wir zwei ruhig, Mengele und ich. Er, weil er nur mit dem Finger zeigte und ich, weil ich niemanden hatte, nach dem ich hätte weinen können.

Übrig blieben wir, Kinder ausgewählt durch Mengele, fünftausend, und wir belegten fünf Baracken. Wir beteten, wie man uns das zu Hause beigebracht hatte: morgens priesen wir Gott, weil er uns den Tag gab, abends beweinten wir die Zerstörung des Tempels von Jerusalem, zwischen den Gebeten fingen wir Läuse, und das Barackenkommando, das Kanada genannt wurde, schob uns Schokolade zu von den vergasten holländischen Juden.

Zu Rosch Haschana stellten sie uns vor den Baracken auf. Wir legten die Kleidung ab und Mengele zeigte, wer auf die Seite gehen sollte, nicht mit dem Finger, sondern mit der Hand, in der er eine angezündete Zigarette hielt. Wenn die ausging, zündete er eine neue an und zeigte wieder die Richtung. Am nächsten Tag sagte jemand von den erwachsenen Gefangenen: »Seht ihr den Rauch? Das sind eure Kollegen, die auf die Seite gingen.«

Zu Jom Kippur stellten sie uns wieder vor den Baracken auf.

Zum Laubhüttenfest wurde auf zwei Pfosten ein Brett gelegt, und wer unten durchgehen konnte, ohne sich zu bücken, der ging auf die Seite.

Nachdem die Herbstfeiertage des Monat Tischri zu Ende gegangen waren, von denen einige sagen, daß in ihnen sich alle Geheimnisse der Juden wiederfinden, fanden alle jüdischen Kinder schon in einer Baracke Platz.

Befreit haben uns die Amerikaner. Es war in den Bergen auf dem Weg nach Dachau. Sofort begab ich mich nach Rakoszyn und wartete. Ich wartete sechs Monate, doch es erschien niemand mehr. Als ich verstand, daß es nichts zu warten gab, kehrte ich zu meinen Kollegen aus dem Lager zurück. Nach London flogen wir mit dem Flugzeug, nach Halifax fuhren wir mit dem Schiff und von Halifax fuhren wir mit dem Zug. Ein paar stiegen in Montreal aus, ein paar in Toronto, der Rest in Vancouver, denn der Zug fuhr nicht mehr weiter.

Yosaif:

Unsere Bewegung, im Chassidismus Chabad genannt, nach den Anfangsbuchstaben der drei höchsten Hypostasen Gottes – Chochma, die Weisheit, Bina, die Vernunft und Daat, das Wissen – wurde vor zweihundert Jahren vom Raw von Rußland, Schneur Salman von Ladi, Schüler des großen Maggid, Baer von Mesritsch, gegründet. Der Sohn des Salman ließ sich im Städtchen Lubawicz nieder, die nächsten Generationen seiner Enkel lehrten, daß der Weg zu Gott durch den Verstand führt, bis die bolschewistische Revolution heranrückte. Unser Rebbe hielt sich damals in Rostow am Don auf. Zum Purimfest 1920 nahmen die Bolschewiki die Stadt ein, und der Rebbe sagte: »Ich mag sie nicht. Ich kann nicht bleiben, wenn sie schon so nah sind«, und starb. Die geistige Führung über die Lubawiczer Chassidim übernahm Josif Jizchak, Urenkel des Salman von Ladi in der sechsten Generation.

Viele Juden verließen Rußland, doch Josif Jizchak ist geblieben. Er konnte die Menschen nicht verlassen, denen die Jewsekcja – die jüdische Sektion der bolschewistischen Partei – erklärte, daß das Gebet Aberglaube sei und daß Mikwe der Hygiene widerspreche, und daß die Gotteshäuser in Clubs für den Komsomol umgewandelt werden sollten.

Eines Tages, als Josif Jizchak im Kreise seiner Chassidim ins Gebet vertieft war, drang eine Gruppe bewaffneter Tschekisten in das Gotteshaus ein. Der Älteste von ihnen zog die Pistole heraus und zielte auf den Rebbe.

»Dieses Spielzeug«, sagte er auflachend, »änderte die Ansichten über diese Welt bei so manchem Klugen vor dir.«

»Dieses Spielzeug«, erwiderte Rebbe Josif, »kann einen Menschen erschrecken, der viele Götter und eine Welt hat. Doch ich habe einen Gott und zwei Welten, eine gegenwärtige und eine zukünftige, und so fürchte ich mich nicht vor deinem Spielzeug.«

Josif Jizchak war einer der chassidischen Führer, die im sowjetischen Rußland blieben und das religiöse Leben der Juden zu organisieren versuchten: am 15. Juni 1927 wurde er verhaftet. Man verhörte ihn nächtelang, quälte ihn, schloß ihn in Dunkelhaft zusammen mit

Ratten ein, doch in den Hungerstreik trat er erst, als man ihm den Tefillin abnahm, den zu tragen der Jude während des Gebets verpflichtet ist. Nach drei Tagen des Hungerns gab man ihm den Tefillin zurück, und die inbrünstigen chassidischen Lieder des Rebbe erschollen erneut in den Korridoren des Gefängnisses. Er hörte auch nicht auf, theologisch zu arbeiten, und Überlegungen zum Talmud wie auch Kommentare zur Tora notierte er auf Zigarettenblättchen.

Eines Tages brachte man ihn direkt aus dem Kerker zum Gefängnisleiter. Der Leiter informierte ihn über eine Strafmilderung und zeigte ihm ein Dokument. Auf dem Blatt oben las der Rebbe: TODESSTRAFE, doch die Worte waren durchgestrichen. Etwas tiefer stand geschrieben: ZEHN JAHRE NACH SOLOWKI, doch daneben sichtbar das Wort »Njet«. Und noch etwas weiter unten sah er: KOSTROMA, DREI JAHRE.

»Bürger Rebbe, Sie haben sechs Stunden Zeit«, sagte der Leiter. »Sie begeben sich nun nach Hause und bereiten sich auf die Reise vor.«

Es war Donnerstag.

»Wann kommt der Zug in Kostroma an?« fragte der Rebbe.

»Freitag abend.«

»Das tut mir leid«, erwiderte der Rebbe. »Ich pflege nicht am Sabbat zu reisen.« Und so ließ man den Rebbe bis Sonntag im Kerker.

Josif Jizchak verließ Rußland, den Bitten der Chassidim nachgebend, die um seine Gesundheit besorgt waren. Zur allererst begab er sich in das gelobte Land, wo er lange an der Klagemauer betete. Dann fuhr er in die USA, wo er dem Präsidenten Hoover einen Besuch abstattete. 1933 ließ er sich in Warschau nieder.

Als das Ghetto eingerichtet wurde, da haben die Chassidim den Rebbe Josif zum Verlassen bewegt. »Einer muß am Leben bleiben«, sagten sie. »Einer muß die Weisheit des Volkes bewahren«, und Josif Jizchak, dessen Vorname ich trage, der sechste Zaddik von Lubawicz, verließ Warschau und kam über Wilna und Shanghai nach Amerika.

Henry:

Ich bin Philatelist. Briefmarken sammle ich seit fünfundsechzig Jahren: ich sammelte im Kreczmar-Gymnasium auf der Wilczastraße, während des Medizinstudiums, im Warschauer Ghetto, und nun sammle ich in Kanada.

Im Ghetto arbeitete ich im Krankenhaus auf der Gęsiastraße. Eines Tages fragte mich ein bekannter Philatelist, ob ich mich mit einem deutschen Philatelisten treffen wollte.

Ich wollte.

Der deutsche Philatelist kam in unser Krankenhaus in Dienstkleidung: in der Uniform eines Hauptsturmführers der SS. Entsetzt kamen sie zu mir, als er nach mir fragte, doch der SS-Mann begrüßte mich freundlich, setzte sich in den Sessel und sagte, daß ihn das alte Danzig, das alte Deutschland und gute englische Kolonien interessierten.

Er fragte, für was ich mich interessiere. Ich erwiderte, daß ich alle Ghettos sammelte: Briefmarken, Postkarten und vor allem Briefumschläge mit Stempeln der Ghettopost. Leider hatte er nichts für mich, doch ich hatte viel für ihn, also kam er oft, und wir saßen Stunden über den Katalogen von Michel.

Ich hatte viel Arbeit, denn außer der Tätigkeit im Krankenhaus und der Beschaffung guter alter Briefmarken, für Konrad – so hieß mein Bekannter, der Hauptsturmführer – nahm ich auch noch an den Untersuchungen über den Hungertod teil. Diese führte eine Ärztegruppe im Ghetto durch, die die einmalige Chance für die Medizin ausnutzte: den Überfluß an Untersuchungsmaterial. Für die wissenschaftliche Untersuchung sind Sezierungen nötig, und ich war Pathologe, Assistent von Józef Stein, Doktor der Medizin und Philosophie, so daß die Durchführung zu meinen Pflichten gehörte.

Seziert habe ich im Krankenhaus im Stadtteil Stawki, ehemals ein Schulgebäude, im Seziersaal im Parterre. Die Organe, die den Leichen entnommen wurden, legte ich der Reihe nach auf die Waage, die Studenten lasen die Ergebnisse ab, anschließend stellte ich die Tabellen zusammen: Hautfärbung, Hungerödem im Verhältnis zu der Hautfärbung, die Häufigkeit des Schwindens bestimmter Organe in der Hungerkrankheit, und so weiter.

Ich stellte fest, daß bei den hungernden Menschen sich fast alles verkleinerte oder schwand: das Herz, die Lunge, die Leber, die Nieren... Einzig ein Organ verkleinerte sich nicht: das Hirn.

Konrad kam also häufig, setzte sich in den Sessel, schaute den Katalog durch und brachte mir seine Bitten vor. »Weißt du, was ich gerne hätte?«, sagte er. »Eine anständige Kolonie des neunzehnten Jahrhunderts, zumindest eine Mauritius.« Oder: »Hast du vielleicht eine alte Österreicher?« Ich beschaffte ihm die Briefmarken durch andere Philatelisten, Konrad zahlte mit Bezugsscheinen für Kohle, und ich kehrte in den Seziersaal zurück.

Alle Sezierungen habe ich selbst durchgeführt, gekonnt und emotionslos. Heute noch, aufgeweckt in der Nacht, könnte ich es im Dunklen tun. Die erste Bewegung, ein horizontaler Schnitt, vom Arm über das Schlüsselbein, von links nach rechts, die zweite Bewegung, von oben über das Brustbein nach unten, bis zum Schambein, die dritte, das Öffnen des Brustkorbs und des Bauches, schon mit der Schere ... Dreitausendsechshundertachtundfünfzig Herzen, Nieren, Gehirne und Lungen legte ich auf die Waage.

Am 20. April 43 rief Konrad an.

»Du solltest nicht im Krankenhaus bleiben«, sagte er. »Ich schicke meinen Adjutanten.«

Ich hatte zwei Möglichkeiten: glauben oder nicht glauben.

Ich glaubte.

Der Adjutant von Konrad führte mich und eine Gruppe meiner Bekannten zum Umschlagplatz. Wir warteten zwei Tage, am dritten Tag kam ein Ukrainer und las unsere Namen vor. Wir gingen zu den Waggons. Am Abend kam der Zug in Lublin an. Ich weiß bis heute nicht, ob Konrad vorher wußte, daß der Zug nicht nach Treblinka fuhr oder ob er es speziell für mich erledigte. Wie auch immer, Lublin war eine schöne Revanche des Kollegen Philatelisten für die Mauritius.

Danach war ich in sechs Lagern: in Bodzyń, Radom, Auschwitz, Vaihingen, Hessental und Allach, und als ich gerade in das siebte unterwegs war, da hielt der Zug, in dem wir uns befanden, mitten auf den Feldern, irgendwo im Süden von Deutschland. An dieser Stelle schnitt sich mein Kriegspfad mit dem Kriegspfad der amerikanischen Armee des Generals Patton. Kurz danach kam ich nach Kanada.

Dubi:

Meine Mutter hatte sieben Schwestern, alle Schwestern hatten Ehemänner und Kinder, wir wohnten in Nowolipki. Nur wir überlebten, meine Mutter und ich. Wir reisten nach Palästina aus, gleich nach der Ankunft starb meine Mutter. Sie war sechsunddreißig Jahre alt. Sie war nicht krank, sie klagte über nichts, sie hielt, scheint es, ihre Mission für beendet. Sie überlebte den Krieg, rettete mich, brachte mich nach Palästina ... Sie hielt wohl ihre Mission für beendet und meinte, daß sie nun das Recht habe, sich ihren Schwestern anzuschließen.

Wie die Tradition es verlangt, das ganze Jahr über, Tag für Tag, dreimal täglich, sprach ich das Kaddisch für meine Mutter. Nachdem das Jahr herum war, fuhr ich zu einem Kibbuz und bat um drei Dinge: viel Essen, unliniertes Papier und einige Buntstifte.

Mit siebzehn ging ich zum Militär. Ich wurde Fallschirmspringer und kämpfte im Sechstagekrieg. Ich kämpfte in Jerusalem. Wir trugen kleine Transistorradios bei uns, die gaben Meldungen von der Front durch. Wir hörten die Stimme: »Unsere Soldaten erobern Ostjerusalem, sie nähern sich der Klagemauer, die Kämpfe halten an ... « Das war über uns, wir waren es, die Ostjerusalem eroberten, doch erst als wir die Meldung hörten, begriffen wir, was geschehen war: wir eroberten Jerusalem, wir näherten uns der Klagemauer. Auf einmal verstanden das alle, und alle hielten im selben Moment an. Sie streiften die Rucksäcke ab, jeder zog seinen Tallit hervor, sie warfen ihn über die Uniform und sagten laut: *Schema Jisrael adonaj elohejnu adonaj ehad...* Höre Israel, der Ewige ist unser Gott, der Ewige ist einzig ... Dann wurde der Tallit wieder eingepackt, die Rucksäcke aufgesetzt, und wir liefen weiter. Der Krieg dauerte an.

Was mich angeht, so öffnete ich weder noch schloß ich meinen Rucksack. Ich war aus einem sehr fortschrittlichen Kibbuz, der seine Soldaten nicht mit einem Tallit ausstattete.

Anschließend besetzten wir, in einer Luftlandung aus Hubschraubern, die Golan-Höhen und kehrten nach Hause zurück. Mein Haus befand sich von da an im Kibbuz Shaar Agolan, Tor des Golan, zwischen Jordanien und Syrien, einen Kilometer jeweils von jeder Grenze. Zwei Jahre hindurch nächtigten unsere Kinder in Bunkern, und manchmal verließen sie diese den ganzen Tag nicht, trotzdem hat keine der siebenhundert Familien den Kibbuz verlassen. Erst nach dem Jom-Kippur-Krieg, als die Kinder ins Freie konnten, bat ich um Erlaubnis zum Studium. Fünf Jahre lernte ich Malerei an der Akademie der Künste, anschließend kehrte ich zurück zur Arbeit auf die Avocado-Plantage.

Beim Pflanzen der Avocadofrüchte überlegte ich, was ich mit dem Rest meines Lebens machen sollte. Als ich feststellte, daß ich es weiß, fuhr ich zum Professor der Akademie. »Ich muß ein Bild malen«, sagte ich zu ihm.

(Es kann sein, daß ich es schon vorher wußte: als ich Jerusalem eroberte und die Soldaten ihr *Schema Jisrael adonaj*... sprachen. Aber vielleicht noch früher: als ich den Kaddisch für meine Mutter sprach, die sich entschloß, sich ihren sieben Schwestern anzuschließen, die vergast wurden in Treblinka.)

»Ich muß ein Bild malen. Die Geschichte des Volkes... «

Der Professor riet mir, daß ich es weit von Israel malen sollte, weil nämlich der Künstler sich von seinen Emotionen befreien muß und eine Distanz gegenüber seinem Thema haben sollte.

Ich erklärte den Mitgliedern des Kibbuz, daß der Künstler Distanz haben und sich von seinen Emotionen befreien muß, und der Kibbuz erklärte sich mit meiner Ausreise einverstanden. Sie kauften mir eine Fahrkarte, und ich kam nach Kanada.

Baruch:

Geboren bin ich in der Bronx, meine Eltern sind in der Bronx geboren, meine Großeltern kamen aus Polen in die Bronx. Alle waren gute religiöse Juden. Ich sollte auch ein guter Jude werden. Ich besuchte die hebräische Schule, legte die Bar Mizwa ab, fastete zu Jom Kippur und beklagte die Zerstörung des Tempels.

Ich ging zum Militär, und ich wurde nach Vietnam geschickt. Ich war mutig, jung und ähnelte wohl den Boys aus amerikanischen Vietnam-Filmen. Vielleicht war ich etwas weniger brutal und zynisch als sie. Aber vielleicht war ich genauso brutal.

Eines Tages stand ich auf Wache.

Es wurde dunkel.

Die Dämmerung fällt in Vietnam schnell ein, ganz unversehens. Ich wußte, daß die Luft gleich bläulich wird, dann dunkelblau und sogleich schwarz und daß es ein heißes, klebriges Schwarz sein wird, das sich an die Haut anlegt. Es wurde mir traurig zumute. Vielleicht, weil es dunkel wurde und ich so schrecklich weit weg war von der Bronx...

Zweihundert Meter vor mir stand mein Kollege auf Wache. Ich dachte, bestimmt ist auch er traurig, ich werde ein Weilchen zu ihm gehen, und wir rauchen zusammen eine Zigarette.

Ich ging zu ihm.

Als ich mich auf halben Wege befand, da geschah etwas Seltsames mit meinen Beinen, diese Beine hörten auf, mich zu tragen. Ich wollte weitergehen, doch die Beine wurden immer schwerer. Ich rief: »Hej du, ich komme zu dir!« Der Kollege wandte mir sein Gesicht zu, und da geschah etwas noch Seltsameres. An der Stelle, wo der Kollege stand, hoben sich einige Wurzeln in die Höhe und Blätter wirbelten umher, zerstäubten in der Luft wie ein Feuerwerk und fielen langsam herab. Es ist nichts Außergewöhnliches geschehen, ich erinnere mich nicht, irgendeine Explosion gehört zu haben, nur so viel, daß, während die Blätter fielen, der Kollege schon nicht mehr da war und aus meiner Hand Blut floß.

Die Verwundung war nicht schwer, an der linken Hand blieben mir noch zwei ganze Finger.

Als ich im Krankenhaus lag, gerieten meine Kollegen in einen Hinterhalt des Vietkong und kamen um. Alle kamen sie um, neunundneunzig Soldaten.

Unser Trupp zählte hundert Mann.

Ich war der Hundertste.

Ich blieb am Leben, weil ich nicht in den Hinterhalt geriet.

Weil ich im Krankenhaus lag an diesem Tag.

Weil ich an der Hand verwundet wurde.

Weil meine Beine mich nicht tragen wollten, als ich auf dem Weg zum Kollegen war.

Ich kehrte in die Staaten zurück. Die Rente für meine Finger war nicht schlecht für einen jungen Menschen. Ich fuhr nach Kalifornien und wurde Hippie.

Ich war glücklich. Ich lebte, hatte Freunde, ich wollte, daß meine Freunde ebenso glücklich sein sollten, daß andere Leute ebenso frei sein sollten wie ich, ich wollte mit anderen alles teilen, was ich besaß.

Für einige Tage fuhr ich zu meinen Eltern in die Bronx und erfuhr, daß mein jüngerer Bruder Christ geworden war. Ich regte mich fürchterlich auf und begann ihn zu beschimpfen. »Wie kannst du ihnen bloß glauben? Weißt du denn nicht, wieviel Antisemitismus in ihrer Lehre steckt? Wieviel Haß? Wieviel Unlogisches und Fehlerhaftes?!«

»Wo sind ihre Fehler und ihr Haß?« fragte mein Bruder.

Ich kaufte mir das Neue Testament, setzte mich hin und begann zu lesen, um den Haß zu finden und meinem Bruder zu zeigen. Jeder Jude weiß, daß die Christen unsachlich sind und daß sie uns hassen, und ich wußte das genauso gut.

Ich las das Evangelium, doch ich konnte nichts finden. Ich las ein zweites, dann ein drittes Mal. Ich dachte, daß alles, was ich lese, klug und schön ist. Bin ich nicht deshalb aus Vietnam zurückgekommen, dachte ich, ich als einziger von unserem ganzen Trupp, um zu verstehen?

Ich schloß die Theologie am Christlichen Kolleg ab und widmete mich einer einzigen Sache: dem Gespräch mit Juden über Jesus: der Rückgewinnung Jesu, den wir uns wegzunehmen erlaubt hatten.

Wir bildeten eine Bewegung Jews for Jesus, Juden für Jesus. In den Staaten sind wir Hunderttausend, doch in Kanada gerade eine Handvoll, also kam ich als jüdischer Missionar nach Kanada.

Arnold:

Die Kanadier, die aus dem Krieg zurückkamen, das waren Helden. Die Leichen kehrten nicht zurück, die Leichen blieben in Europa. Jene Kanadier, die wußten, wie man umkommt, die blieben in Europa, die, die zurückkamen, erzählten, wie man siegt.

Wir wußten, wie man umkommt, doch wir waren Fremde und erzählten es in einer fremden Sprache. Wen interessieren schon fremde Tragödien? Offenbar, dachten die Kanadier, existierten zwei Europas, eines, in dem sich fremde, tödliche Sachen taten, und ein zweites, aus dem ihre Helden zurückkehrten.

Als wir von Auschwitz zu erzählen begannen, da haben die Frauen, die uns in ihre Häuser einließen, gesagt: »Glaubt ihr, wir haben nichts Schreckliches erlebt? Zucker gab es auf Karten, zwei Jahre wartete man auf ein Auto, und die Zuteilung an Stoff war so knapp, daß es nicht mehr für die Umschläge an den Hosen reichte. Unsere Väter mußten Hosen ohne Umschlag tragen!« (Erst nach vierzig Jahren begann uns das kanadische Volk Fragen zu stellen über den europäischen Krieg: »Wir lasen, daß die Verhältnisse dort sehr unangenehm waren, ist das wahr?«) Also hörten wir auf, sie zu langweilen, wir kehrten ins Leben zurück und begannen Arbeit zu suchen, denn wer keine Arbeit hatte, dem hatte das Überleben des Krieges aufgehört Freude zu machen.

Toronto erstreckte sich damals vom Ontario-See nach Norden bis zur St.-Clair-Straße, und hinter St. Clair begannen die Wälder. Und die Juden, die Arbeit suchten, gingen in die Wälder.

Aus Europa kamen nach dem Krieg viele Menschen, doch alle zog es zu den Ihrigen. Die Polen zu anderen Polen, nach Windsor, die Ukrainer zu den Ukrainern, nach Winnipeg, nur die Juden gingen voraus in den leeren Raum, den Wald.

Nicht Mut trieb uns, sondern Entsetzen.

Die hiesigen Juden waren nicht schlecht. Es stimmt schon, daß sie unsere traurigen Geschichten nicht hören wollten, dafür aber zeigten sie uns sehr hilfsbereit, wie ein Schalter zu knipsen ist. Schließlich kamen wir aus dem Osten, zurückgebliebene Hinterwäldler, von wo sollten wir wissen, wie man das Licht anmacht? Und sie zeigten uns das wirklich gern.

Jene von uns, die Englisch konnten und imstande waren eine *aplikäjschn*, eine Bewerbung um Arbeit, auszufüllen, die bekamen eine Stellung im *offis*, einem Büro, bei der Post oder sonstwo, und hielten sich daran fest bis zum Schluß.

Diejenigen, die keine Bewerbung schreiben konnten, gingen in den Wald und begannen zu bauen mit dem Holz.

Aus Europa kehrten die kanadischen Soldaten zurück, die sich am Schwarzmarkt bereicherten. Die Farmer zogen ab in die Industrie, in die Städte... Die einen wie die anderen kauften alte Häuser, und die Besitzer alter Häuser kauften neue, und diese neuen Häuser bauten wir, die Juden vom Holocaust, zu dumm, eine Bewerbung um Arbeit zu schreiben.

Wir, Juden aus Auschwitz und den Ghettos, zu dumm für die *aplikäjschn*, konnten uns nicht anders helfen: wir mußten in den Wald gehen und bauen und Millionäre werden.

Fast jede Geschichte eines jüdischen Millionärs in Toronto beginnt in Polen, bei der Errettung und der Rückkehr.

Ich schrieb ein Gedicht über meine Nachkriegsrückkehr nach Rakoszyn.

Welcome Moschek,
you have survived...
Grüß dich, Moschek,
Du hast also überlebt...
Alle seid ihr umgekommen, wurde gesagt.
(Sie hatten nichts gegen uns, sie haben sich nur gewundert.)
Deine Sachen verteilten wir gerecht...
Wer hätte das gedacht, daß du zurückkehrst.
(Sie hatten sich nicht gefreut, uns zu sehen. Sie waren nicht traurig, uns zu sehen. Sie haben sich nur sehr gewundert.)
Welcome Moschek,
Du hast also überlebt...

Und vor diesem Sich-Wundern mußten wir flüchten. Und vor den kanadischen Hosen ohne Umschlag. Und vor unseren Träumen, in denen jede Nacht, unablässig, irgendeine Hand uns die Richtung zeigte: nach rechts, nach links, nach links, nach links...

Die Angst trieb uns.

Wir flüchteten in den Wald, und im Wald warteten die Millionen.

Yosaif:

Die Mehrheit der chassidischen Schulen, die einst in Polen entstanden, existieren bis heute auf der Welt: die Schule von Bobwa, von Przysucha, von Góra Kalwaria ... Es unterscheidet uns nicht das Verhältnis zu Gott, alle wenden wir uns an Ihn mit denselben Worten, an den Wochentagen legen wir den Tallit zum Gebet an, zünden die Kerzen am Sabbat an und bezeugen unseren Eltern Respekt. Wir unterscheiden uns einzig in den Ansichten über Chabas und Chabad, die Rolle der Gefühle und des Intellekts. Gott gab uns nämlich Verstand und Gefühle, um Ihm zu dienen, doch wollten wir wissen, was ursprünglich war: der Intellekt, der die Emotionen schafft oder der Glaube, der den Wissensdurst erzeugt.

Andere chassidische Gemeinschaften leben in kleinen geschlossenen Gruppen und schützen sich vor der Welt. Wir leben unter den Menschen. Wir führen Schulen, veranstalten Ferienlager, betreiben Eheberatung, Telefonseelsorge, erklären Zweifelhaftes, sowohl zum Thema der fünf Bücher wie auch zu den Fragen des tagtäglichen Lebens ... Bei dem Telefonanruf eben handelte es sich um ein Silberbesteck, was soll gemacht werden, damit es koscher wird; die Frau, die den Raum verlassen hat, fragte, was sie mit der nicht heilen wollenden Wunde tun sollte. Die schwierigsten Angelegenheiten übermitteln wir unserem Zaddik. Das ist Menachem Mendel Sznejerson, Schwager und Schüler des Josif Jizchak, Nachfolger des Salman von Ladi und Anführer der Chassidim von Lubawicz in der siebten Generation. Er residiert in New York. Die Quittel – Briefe mit Fragen und Bitten – übermitteln wir ihm mit Telefax.

Ich bin sechsunddreißig, habe eine Frau und sechs Kinder. Meine Kinder besuchen die Glaubensschule.

Auf die Universität werde ich sie nicht schicken, es gibt keine bessere Universität als die Tora.

Meine Kinder sollen gute Juden werden, denn dann werden sie zu reichen Leuten.

Ein reicher Mensch ist ein glücklicher Mensch, dank dessen ist er jemand.

Es ist nicht schwer, glücklich zu sein. Es genügt, das zu tun, was Gott von uns erwartet. Es genügt, sich Ihm dankbar dafür zu zeigen, daß er uns auserwählte, Juden zu sein.

Wir sind nicht besser als seine anderen Kinder, wir sind jedoch am reichhaltigsten beschenkt von Ihm. Denn wir sind es, die mit dem kostbarsten Geschenk bedacht wurden: mit sechshundertdreizehn Gesetzen, festgelegt in der Tora.

Henry:

Ich habe Schluß gemacht mit der Pathologie und den Studien über die Hungerkrankheit, die mir in Kanada eh wenig nützlich sind, und ich begann Kranke zu heilen, als Hausarzt, als *family doctor.* Am häufigsten behandelte ich Emigranten: Juden, Polen, Holländer, Japaner und Ukrainer. Die Juden kamen aus den Ghettos und den Konzentrationslagern, die Polen und Ukrainer kamen aus Lagern und Gulags, die eine Japanerin war aus Hiroshima.

Es zeigte sich, daß diese Leute an einer bestimmten Krankheit leiden. Weil kein *family doctor* von ihr während des Studiums etwas gehört hatte und auch ich ihnen nicht helfen konnte, begann ich nochmal mit dem Studium, und nach fünf Jahren, im Alter von vierundfünfzig, wurde ich Psychiater.

Meine Patienten waren in der Mehrheit die einzigen Überlebenden in ihren Familien. Ich stellte fest, daß unabhängig von der nationalen Zugehörigkeit und dem, was sie durchgemacht haben, alle, sowohl die Menschen aus dem Gulag wie die nach der Atombombenexplosion wie auch die aus Auschwitz, wenn sie die einzigen Überlebenden sind, dasselbe Krankheitssymptom ausbilden: ein Gefühl der Schuld. Sie fühlten sich schuldig gegenüber ihren ermordeten Eltern, Kindern, Brüdern und Schwestern, weil sie deren Schicksal nicht teilten. Sie haben keine anderen Verbrechen begangen sie nahmen niemandem Brot weg, sie verjagten keinen von der Pritsche... Sie lebten, das war die Sünde, die sie begingen, und die sie sich nicht verzeihen konnten.

Dieses Krankheitsbild nannte man in der Medizin *survivor's syndrom.* Das Überlebendensyndrom.

Ich spezialisierte mich auf diese Krankheit. Andere Ärzte begannen, Patienten zu mir zu schicken, durch meine Praxis gingen Hunderte von Kranken.

Ich wurde Spezialist dieser Krankheit der Geretteten mit der wohl größten Praxis in Kanada.

Einige konnte ich recht schnell heilen, andere erst nach Jahren, einige andere kommen heute noch. (Heilen ... ? Ich half den Frieden mit der eigenen Vergangenheit zu schließen, das ist alles). Ich habe noch einige Dutzend Patienten, in der Mehrzahl Frauen, Jüdinnen, Personen mit ähnlichen Biographien, alle aus großen Familien, aus Polen, aus Kleinstädten, nach Aufenthalten im Ghetto und den Konzentrationslagern. In ihren Berichten wird erst der Krieg erwähnt, danach die Rückkehr nach Hause. In den Erzählungen über die Rückkehr gibt es einige sich wiederholende Einzelheiten: einen Brunnen, ein Federbett, einen Teelöffel... »Ich wollte überhaupt nichts von ihnen haben, ich wollte nur den Brunnen berühren, den meine Mutter berührte... « »Ich wollte wenigstens den Teelöffel von meiner Mutter, einen einzigen Löffel, mehr nicht... « Doch die Häuser waren besetzt, die Teelöffel längst schon verschwunden, aus den Brunnen schöpften fremde Leute Wasser, die sie mit unwilligem Erstaunen ansahen. Sie verließen die polnischen Kleinstädte und lebten in Kanada über vierzig Jahre mit der Krankheit der Überlebenden. Vor kurzem brachte meine Assistentin einige Patienten nach Polen, zum erstenmal nach Beendigung des Krieges. Sie schauten sich um auf ihren Dörfern, Nowe Dwory, Glinniki. Sie bemerkten, daß sie noch kleiner und ärmlicher sind als in der Erinnerung. Sie wechselten einige belanglose Sätze mit den Bewohnern. Versicherten ihnen, daß sie nicht um Löffel gekommen sind. Mit Genugtuung stellten sie fest, daß die kanadische Kleidung in einem unvergleichlich besseren Zustand ist als die der Ortsansässigen. Dann berührten sie mit der Hand den Brunnen und kehrten nach Kanada zurück. Sie kehrten beruhigt zurück. Ähnlich wie meine japanische Patientin, nachdem sie zum erstenmal nach der Explosion der Atombombe in Hiroshima war. Ich weiß nicht, warum sie geheilt zurückkommen, sowohl Hideko aus Hiroshima wie auch Lubka aus Glinniki aus der Gegend bei Kielce. Ich verstehe das nicht und versuche es mir auch gar nicht zu erklären. Ich freue mich, daß sie von der Krankheit befreit sind, das ist alles. Und was ihre Kleidung betrifft, so ist die Sache einfach. Sie sind seit vierzig Jahren überaus ordentlich angezogen. Sie müssen geschminkt sein, gut gekleidet, tapfer und gesund sein. Sie müssen ausgezeichnet aussehen, um nicht auf die linke Seite gehen zu müssen, wenn es wieder zur einer Selektion kommt...

Dubi:

Mein Bild ist zwölfeinhalb auf zweieinhalb Meter.
Mein Bild ist riesig, weil es die ganze Geschichte der Juden zeigt. Das beginnt bei Abraham, dem brennenden Strauch und den Tafeln vom Berge Sinai, es zieht sich durch die Kreuzigung hindurch, die Zerstörung des Jerusalemer Tempels, die Diaspora, die Pogrome, den Holocaust, den Krieg um den Staat Israel und endet mit der Zukunftsvision: der Rückkehr Moses und dem Wiederaufbau des Tempels. Auf meinem Bild gibt es Propheten, Könige, Richter, Rabbiner, Soldaten, es gibt Vögel und Tiere, die Mauern von Masada und sechs Grabsteine, für sechs Millionen ausgerotteter Juden. Für keine Gestalt stand jemand Modell, und nur zwei sind auf wirkliche Gesichter zurückzuführen: der israelische Soldat hat das Gesicht meines Sohnes und Moses das des Zaddik von Lubawicz. Bevor ich mit der Arbeit begann, bat ich den Zaddik um den Segen. Ich wußte, daß der Rabbi sein Haus nur einmal in der Woche verläßt und immer zum selben Zweck: er geht zum Grab seines Schwiegervaters, Josif Jizchak, um sich in Gedanken zu vertiefen und Briefe zu lesen, die aus der ganzen Welt zu ihm kommen, er liest sie alle, manche beantwortet er, und er kehrt zurück nach Hause, um nach einer Woche wieder von dort fortzugehen zum selben Zweck, nur um sich mit den Briefen zum Grab des Meisters zu begeben... Und auch ich schickte ihm einen Brief, und der Zaddik antwortete mir: gab seinen Segen für mein Unterfangen.

Das Bild wurde auf Millionen von Dollar geschätzt, zwei oder vier, ich weiß nicht genau, weil ich nicht die Absicht habe, es zu verkaufen. Ich möchte es Jerusalem schenken. Ich wünsche mir, daß die Menschen beim Betrachten des Bildes auf der Welle der Farben, der

Formen und Symbole mitgetragen werden, und daß sie später Fragen stellen. Nicht mir, sich selbst, denn genau wie die Chassidim von Lubawicz meine ich, daß der Weg in den Himmel über den Verstand führt.

Rabbi Dov:

Die Überlebenden der Vernichtung gehören der konservativen Synagoge an. Wenn sie überhaupt irgendeiner angehören, wenn die, die Auschwitz überlebt haben, nicht völlig den Glauben verloren haben. Wir wundern uns übrigens nicht, daß viele ihn verloren haben. Wir wundern uns, daß so viele den Glauben beibehalten haben, trotz Auschwitz.

Ihre in Kanada geborenen Kinder gehören uns an, der reformierten Synagoge. (Von den traditionellen Strömungen des Judaismus unterscheiden wir uns in der Auffassung der Tora. Jene leiten die Tora geradewegs von Gott ab, der sie Moses diktierte; wir führen sie auf die Menschen zurück, die die Tora niederschrieben im Einklang mit ihrem Verständnis von Gott und dabei auf seine Herausforderung antwortend.)

Die Überlebenden blieben in der konservativen Synagoge, weil sie dort schon immer waren, im eigenen Haus, in der polnischen Kleinstadt, in Osteuropa.

Die Kinder der Überlebenden verließen diese Synagoge, weil sie ihre Eltern verlassen wollten und das alte polnische Haus.

Die Überlebenden erzogen ihre Kinder in einer Atmosphäre emotionaler Erpressung und finanzieller Unterstützung. Die Erpressung war beschwerlich, Menschen, die der Vernichtung entgangen sind, steht eine besondere Aufmerksamkeit und Zuwendung zu, und Unterstützung gab es reichlich, Menschen, die überlebt haben, wollten den Kindern alles ermöglichen, was sie selbst nie hatten: Ausbildung, Titel und Positionen.

Als die jungen Leute die Ausbildung erlangten und auch die Positionen, bemühten sie sich vor allem, von ihren Eltern loszukommen (ich selbst opferte eine Menge Zeit dafür, ihnen bei dieser Befreiung behilflich zu sein). Und im Zuge der Befreiung sagten sie sich los von all dem Beschämenden, der osteuropäischen Last von Armut und Erniedrigung.

Die Kinder der Überlebenden kommen jetzt in das mittlere Alter. In diesem Alter beginnen die Menschen nach ihren Wurzeln zu suchen. Die Kinder der Überlebenden wissen, daß ihre Wurzeln in Polen sind und daß der Mendel von Kozk ihnen unvergleichlich näher ist als Hannah Arendt, doch ihr Weg zum Mendel von Kozk führt nicht über Kozk, sondern über Israel... Polen, das ist die Erinnerung an Verstoßung. Israel, das heißt zu leben wie alle anderen, in einer normalen, gegenwärtigen Welt.

Geboren bin ich in Jasło, den Krieg über lebte ich im Gulag, im Altaigebirge, nach dem Krieg wohnte ich in Sosnowiec. Zur Bar Mizwa bereitete ich mich allein vor, weil meine Eltern schrecklich links waren und meine Mutter ostentativ nicht zur Feier in die Synagoge kam. Gleich nach meiner Bar Mizwa gab es die Pogrome von Kielce. Das Abitur machte ich in Schweden, das Studium beendete ich in England, ich bin Rabbiner in Kanada.

Meine Mutter wohnt in Göteborg: Sie besucht mich manchmal, und wenn sie zurückfährt, dann irrt sie sich und sagt: »Also, ich fahre jetzt nach Sosnowiec.«

Sie wohnt vierzig Jahre in Schweden, bei mir war sie schon einige Male, in London und in Toronto, und noch niemals kehrte sie nach Göteborg nach Hause. »Ich fahre jetzt nach Sosnowiec«, sagt sie bei jedem Mal.

Arnold:

Morgen ist Donnerstag. Morgen, während der Gebete, wird der Neffe meiner Frau in der Synagoge vorgestellt. Der Rabbiner wird ihn zum Lesen der Tora aufrufen und die Versammelten davon benachrichtigen, daß der Junge heiraten wird. Dann gibt er ihm einige Ratschläge für den weiteren Lebensweg und seinen Segen.

Der Vater des Jungen muß während der Feierlichkeiten den Teffilin tragen, doch der Bruder meiner Frau kommt nur selten in die Synagoge, und er weiß nicht mehr, was man zum Gebet anlegt und wie es getragen wird. Er kam, und ich zeigte ihm, daß der Teffilin auf die

Stirn gelegt wird und auf die Hände, von der Herzseite her, denn der ganze Verstand und das ganze Herz werden Gott anvertraut. (Am Teffilin ist eine Schachtel aus Leder angebracht, darin befindet sich das Gebet, Schema Israel, Höre Israel, die ersten Worte, mit denen der Jude aufwacht und die letzten, mit denen er die Augen schließt, zum Schlafen oder für die Ewigkeit.)

Das Lesen der Tora findet in allen Synagogen der Welt dreimal in der Woche statt: am Montag, Donnerstag und Sonnabend.

Irgendwann, es ist lange her, wurde in der Mehrzahl der polnischen Kleinstädte am Montag und Donnerstag Markt abgehalten, also nutzte der Rabbiner die Anwesenheit der Juden aus, die aus der ganzen Gegend herkamen, um ihre Geschäfte zu machen, und verordnete an diesen Tagen das Gebet. Und darum wird der Bruder meiner Frau, einer der größten Businessmen in ganz Toronto, morgen den Teffilin anlegen. Und darum wird sein Sohn morgen zum Lesen der Tora aufgerufen.

Weil morgen Donnerstag ist.

Weil vor langer Zeit, in irgendwelchen polnischen Kleinstädten, der Donnerstag Markttag war.

Weil vor langer Zeit, in irgendwelchen polnischen Kleinstädten, Juden waren.

Eine Geschichte für Hollywood

1.

Eine Frau, die ich nicht kenne, rief mich an und teilte mir mit, daß eine Frau, die wir beide nicht kennen, ein Buch über sich haben möchte. Dieses Buch sollte ich schreiben.

»Verdient ihr Leben eine Beschreibung?« fragte ich, aber meine Anruferin hatte keine Ahnung vom Leben jener Frau.

»Bezahlt sie mir das?« fragte ich. Meine Anruferin hatte auch keine Ahnung von ihrer finanziellen Lage, aber die Adresse gab sie mir durch. Die Person, in deren Namen sie anrief, wohnt in Israel. Ich schrieb ihr einen Brief. Es war der kurze, sachliche Brief eines Geschäftsmenschen: »Angeblich möchten Sie ein Buch über sich haben«, schrieb ich. »Wenn sich Ihr Leben für ein Buch eignet, dann werde ich es schreiben, selbstverständlich kostet das etwas.«

Nie zuvor schrieb ich solche Briefe, aber ich hatte auch niemals zuvor eine Tochter-Emigrantin. Meine Tochter und mein Enkel wohnten seit kurzem in Kanada, und ein Ticket nach Kanada ist nicht eben billig. Um so weniger zwei Tickets, nämlich noch das für meinen Mann. Für zwei Tickets zu meiner Tochter, dachte ich, da lasse ich mich für jedes Leben als Kuli anheuern.

»Kuliarbeit«, so heißt die Dienstleistung, die ich ausführen sollte.

Im Westen ist das eine häufige Beschäftigung armer Literaten. Sie werden ghost-writer genannt. Ein »Kuli« also, ein anonym Schreibender für jemanden – und für Geld.

In der Antwort machte mir meine eventuelle Heldin und Arbeitgeberin den Vorschlag, nach Israel zu kommen.

In Jerusalem sollte in Kürze eine internationale Konferenz zur Geschichte und Kultur der polnischen Juden stattfinden, zur der ich eingeladen war, so fügte sich alles ganz gut. Ich schrieb der eventuellen Heldin, daß ich nach der Konferenz zur ihr kommen würde, sie mir ihr Leben erzählen sollte und ich meine Bedingungen darstellen würde. Sollten wir uns nicht einig werden, machte es nichts. Wir lernten uns kennen, würden einen Tee zusammen trinken und uns freundlich verabschieden. Vielleicht würden wir uns sogar mögen.

Eine Woche lang wohnte ich in Jerusalem. Von Zeit zu Zeit telefonierte ich mit meiner eventuellen Heldin. Ich wußte jetzt schon, daß sie seit kurzem in Israel wohnt, dort zwei Töchter hat und während des Krieges in Auschwitz war.

»Über Auschwitz gibt es viele Bücher«, sagte ich enttäuscht.

»Ich weiß«, sagte die eventuelle Heldin, »doch ich war anders.«

»Etwas besseres als Borowski und Primo Levi kann nicht geschrieben werden ... «

»Ich war auch an einigen anderen Orten«, sagte meine e. H. (eventuelle Heldin).

Eines Tages rief sie mich mit der Neuigkeit an, daß sie auf einem Empfang bei Freunden gefragt wurde, wie oft man ihnen in diesem Auschwitz die Bettwäsche gewechselt hätte. »Diese Person war jung«, fügte meine e. H. hinzu, aber trotzdem ... « (Ich hatte den Eindruck, daß sie dem Weinen nahe war.)

»Ich bitte Sie, regen Sie sich nicht auf«, tröstete ich sie. »Eine gewisse Journalistin aus Tel Aviv bat mich gestern, ihr den Namen Mordechaj Anielewicz zu buchstabieren. Eine junge Journalistin, aber trotzdem ... «

»Na eben«, seufzte die e. H., und wir verstummten beide.

Die Konferenz ging zu Ende, und ich fuhr in einen Kibbuz. Den ganzen glühendheißen Tag über schaute ich mir Menschen, Betriebe, Gärten, Ställe, Häuser und museale Ausstellungsstücke an. Am Abend fuhr man mich, kaum noch lebendig, in die Stadt, in der die eventuelle Heldin meines-nichtmeines Buches wohnte.

Wir fuhren in der Dunkelheit an Gärten, Villen entlang. Vor dem Haus mit der Nummer 27 stieg ich aus dem Auto und klingelte an der Tür.

Es öffnete eine ältere Dame.

Sie stand drinnen, im hellen Licht, wie von einem Spotlight beleuchtet, das nur sie aus dem Dunkel der Szenerie hervorhob. Sie hatte volles, graues, nach oben geknüpftes Haar, große braune Augen, ein unsicheres Lächeln und einen aufmerksamen Blick.

»Genau so müssen Sie auch aussehen«, sagte ich freudig, »doch ich muß jetzt schlafen gehen.«

Sie reichte mir Tee im beigefarbenen Salon, zeigte mir das rosa Bad, in der Größe meines größten Warschauer Zimmers, und führte mich in das weiße Schlafzimmer. Am Morgen las ich ihre Aussage, die sie dem Institut der Erinnerung, Yad Vashem, in Jerusalem übergeben hatte.

»Gut«, sagte ich, »davon kann man schreiben. Wieviel geben Sie mir?«

»Wieviel möchten Sie?«

Ich nannte die Summe, die dem Wert zweier Tickets nach Kanada und zurück entsprach, plus Telefonaten, auch nach Kanada.

»Gut«, sagte meine e. H., und ich bedauerte sogleich, nicht eine höhere Summe genannt zu haben.

»Einem Westautor müßten Sie das Zehnfache bezahlen«, fügte ich großzügig hinzu (das war die Wahrheit).

»Ich weiß«, stimmte meine e. H. mir zu, »doch ich habe nicht das Geld für Westautoren. Dieses Haus gehört meiner Tochter. Ich lebe von der Rente. Um Sie bezahlen zu können, nehme ich eine Stelle als Betreuerin bei einer alten blinden, halbtauben Frau an, die nur tiefe Töne hört. Ich rede zur ihr mit der Stimme eines Bauchredners ... «

»Da habe ich es schon besser«, freute ich mich. »Und wofür wollen Sie überhaupt dieses Buch?«

Das Buch benötigte sie für einen Film.

Das Buch sollte ein Welthit werden, und der Film sollte in Hollywood entstehen.

Ihr Leben, sagte sie, war ungewöhnlich, ihre Probleme waren ungewöhnlich, davon möchte sie den Menschen erzählen, und darüber hinaus möchte sie etwas Geld verdienen, für ein paar Sachen. Für ihre zukünftige Wohnung im Altersheim, für die Unterstützung der älteren Tochter, die nicht zurecht kommt, für eine Schönheitsoperation, für die Fürsorge für ihren Mann, wenn er gebrechlich wird...

»Ach wissen Sie«, stellte ich zerknirscht fest, »keines meiner Bücher wurde ein Welthit. Bis auf eines vielleicht, aber das handelt von einem Menschen, der den Aufstand im Ghetto anführte. Es gibt Unterschiede zwischen euch, trotz allem. Übrigens auch mit diesem Buch habe ich nicht das große Geld gemacht... Sind Sie sicher, daß ich das Buch für Sie schreiben soll?«

Sie war sich nicht sicher, doch sie hatte keine andere Wahl. Sie bot es schon mal einem bekanntem polnischen Schriftsteller an, der in Israel lebt, doch er lehnte ab. Er sagte, daß er nur seine eigenen Geschichten beschreibe, nicht fremde und riet ihr, es selbst zu schreiben.

»Das ist ganz einfach«, erklärte er. »Nehmen wir mal die Szene, als Sie Tabak zum Schmuggeln nach Wien im schwarzlackierten Koffer bei sich führen. Sie betreten das Abteil, legen den Koffer ins Gepäcknetz und setzen sich. Nach einer Weile tritt ein hochgewachsener vornehmer SS-Mann ein, mit einem gelben Koffer aus Schweinsleder. Stellt diesen neben dem anderen ab und setzt sich gegenüber... «

»Und was weiter«, fragte meine e. H.

»Was weiter, das müssen Sie schon selbst ausdenken«, erklärte der Schriftsteller. »Sie haben das Rätsel, und nun gilt es, dieses zu entwirren. Genau hierauf beruht Literatur.«

»Aber sagen Sie mir wenigstens, was er in diesem gelben Koffer hatte«, bedrängte ihn meine e. H.

»Woher soll ich das wissen?« entrüstete sich der Schriftsteller. »Das sollten Sie wissen, nicht ich.«

»Ich kann doch nicht einmal von meinem eigenen schwarzen Koffer schreiben, da soll ich noch von irgendeinem ausgedachten gelben schreiben?«

»Darauf beruht Literatur«, wiederholte der Schriftsteller und breitete seine Arme aus. »Ich habe Ihnen eh schon viel gesagt.«

So endete der Versuch, einen bekannten Schriftsteller für Hollywood zu gewinnen. Übrig blieb allein ich. Weil ich das Buch über Edelman geschrieben habe, worin man erkennt, daß ich die Juden verstehe, und weil ich die Reportagen »Sechs Töne Weiß« geschrieben habe, worin man erkennt, daß ich die Liebe verstehe. Und diese beiden Sachen muß ich verstehen, um ein Buch über sie zu schreiben. Ein Buch, für das sie sich eine Wohnung im Altersheim kauft und eine Schönheitsoperation machen läßt und so weiter.

Daß ich nicht die erste war, an die sich meine e. H. mit ihrem Vorschlag gewandt hatte, versetzte mir einen Stich, doch schnell multiplizierte ich das Honorar mit dem Schwarzmarktkurs des Dollars, zog davon den Preis der Tickets nach Kanada ab, und es kam dabei heraus, daß, wenn ich mit meinem Mann nicht so oft telefonierte und überhaupt, wenn wir sparsam leben würden, wir zweimal zu unseren Kindern fahren könnten.

»Gut«, sagte ich, »ich schreibe Ihnen das Buch. Nur eins noch. Wir haben verschiedene Ansichten über Literatur, der Schriftsteller und ich. Ich meine, daß Literatur auf etwas anderem beruht ... Stört Sie das?«

»Nein«, erwiderte meine e. H., »Hauptsache, es kommt ein Film für Hollywood dabei heraus.«

Ich bat um Papier und einen Kaffee mit Milch, machte es mir im beigen Sessel bequem und fragte, wer ihre Eltern waren.

2.

Das Buch über Isabella L. – das ist der wirkliche Vorkriegsname meiner Heldin, jetzt heißt sie anders, und als Verfasserin des Buches möchte sie sich hinter dem Pseudonym »Maria Pawlicka« verstecken – übrigens eine ihrer vielen angenommenen Gestalten in der Besatzungszeit –, also das Buch über Isabella L., für mich geschrieben und nicht für Hollywood, müßte folgendermaßen beginnen:

»Isabella L., eine nicht sehr große Brünette, mit ziemlich langen Beinen und Schenkeln, die sie als ›voll und rund‹ zu bezeichnen pflegte (sie meinte, daß das Stämmige und die Länge ihrer Beine ihr den Schein von mehr Größe verleihen), lernte ihren zukünftigen Ehemann im ersten Jahr des Zweiten Weltkrieges kennen. Kurz nach der Hochzeit begann man die Mauer rund um das Wohnviertel der Juden hochzuziehen. Vor dem ersten Jahrestag ihrer Hochzeit wurde die Mauer geschlossen. Isabella L., Tochter eines Chemikers, des Besitzers eines großen Hauses Ecke Ogrodowastraße und Żelaznastraße, mußte lernen, Typhuskranke zu pflegen. Das ging ihr gut von der Hand. Am Tage arbeitete sie im Krankenhaus und in der Nacht bei Privatpatienten. Die Privaten starben genau so häufig, aber in sauberer Bettwäsche, mit der Familie drum herum, dem Arzt, und ihr war das Luxussterben der Reichen lieber als der Tod der Armen im Krankenhaus. Nach Hause kehrte sie gegen Morgen zurück. Dann sah sie jene, die sich nicht nur keine private Pflegerin leisten konnten, sondern nicht einmal eine Beerdigung. Die Verwandten trugen sie aus den Häusern, legten sie auf die Gehsteige, deckten sie mit Zeitungen zu, und die Zeitungen beschwerten sie rundherum mit Steinen gegen den Wind. Später fuhren die Wagen der Beerdigungsgesellschaften durch die Stadt, die sammelten die toten Leiber ein, doch Isabella L. kehrte früher zurück, noch bevor die Beerdigungsgesellschaften sich an die Arbeit machten.«

So sollte mein Buch beginnen, doch es war sofort klar, daß es so nicht beginnen kann, und das aus zwei Gründen. Erstens, kein amerikanischer Leser würde verstehen, um was es geht: Was für ein Typhus? Was für eine Mauer? Was sind das für Leichen? Wer weiß, ob bei den Worten »Zweiter Weltkrieg« nicht in Klammern die Daten (1939-1945) angegeben werden müßten. Zweitens, bei einer solchen Haushaltung mit dem Material würde ich eine Reportage schreiben, sicherlich nicht die schlechteste, doch nur auf achtzig Seiten, und ich sollte doch eine große Erzählung schreiben.

»Einen dicken Wälzer, Frau Hania«, erklärte mir meine Heldin. »Zumindest so wie ›Ingeborga‹ von Kellerman. Was, Sie haben es nicht gelesen? Das ist das Allerschönste von der Liebe. Da fühlt man alles, seine Verzweiflung, diese Liebe, diesen Schmerz... Sie verstehen mich jetzt?«

Ich verstand.

Ich verstand auch, daß ich überhaupt keine Idee hatte für einen dicken Wälzer, in dem man die Verzweiflung und die Liebe fühlt.

Wieder zurück in Polen, rief ich Krzysztof Kieślowski an. Als Regisseur erlangte er Weltruf, so sollte er wissen, wie man für Hollywood schreibt.

Ich erzählte ihm die Geschichte der Isabella L.

»Nicht schlecht«, sagte er. »Die amerikanischen Juden haben genug von Juden-Opfern, Juden-Erniedrigten, von Willenlos-in-den-Tod-Gezerrten. Deine Heldin kämpft und siegt, und dieses Thema ist en vogue, genau richtig für einen amerikanischen Produzenten.«

»Wenn das so ist, Krzysiu, dann sei so gut und schreib mir den Anfang. Nichts langes, ein paar Sätze, typisch Hollywood, nur um zu sehen, wie man das macht.«

Krzysztof Kieślowski ist nicht nur jemand von Weltrang, sondern auch sehr kollegial. Er ging nach Hause, drehte aus der Schreibmaschine die Seite für sein Drehbuch heraus, spannte ein sauberes Blatt ein und schrieb:

»Er hatte dieselben Hände wie im italienischen Album, gezeichnet von Leonardo da Vinci. Woher wußte Leonardo, daß gerade er solche Hände haben würde? Und daß sie, die als Kind von Zeit zu Zeit, wenn der Vater nicht zu Hause war, auf den Stuhl kletterte und das Album vom höchsten Regal herunterholte, um auf diese Hände zu schauen – daß sie also auf diese trifft und sie berühren wird? Schlanke, klare Hände mit schmächtigen Fingern, zu denen ideal ein schmaler goldener Ring passen würde, einer von den schmalsten, die sie im Leben gesehen hatte, auf dem Finger der verstorbenen Tante, festlich gekleidet für den Sarg, nur diesen Ring, mehr nicht. Er hätte ihm gepaßt, weil kaum zu sehen, seine Haut war von goldener Farbe. Sie war nicht gebräunt, nicht dunkel, sondern eben goldenfarbig, das ganze Jahr hindurch, auch im Winter... Diese Hände sahen aus wie Dekorationen, wenn er sie auf die Sessellehne legte, und jetzt, ohne es bewußt wahrzunehmen, vermittelten die Hände ihren Armen, ihren Händen Erhabenheit ... «

Ja, das war es. Gelehrig vervollständigte ich den Text mit einer Szene des ersten Kapitels: einem Birkenhain, glühendem Moos und heißem Licht, flimmernd zwischen den Ästen. »Seine Hand strich über ihren Hals... « fügte ich hinzu, und dann folgte schon die Beschreibung der goldenen Haut. Nur gegen die verstorbene Tante, angekleidet für den Sarg, sträubte ich mich und strich diese Stelle.

Die Beschreibung stellte sich als prophetisch heraus, wie die Zeichnung des Leonardo da Vinci. Der Ehemann der Isabella L., den ich später in Wien kennenlernte, hatte genau solche Hände, wie sie Krzysztof Kieślowski beschrieben hatte.

3.

Als in den Erzählungen der Isabella L. das Ghetto abgeriegelt wurde, als auf den Straßen die Leichen der Menschen, gestorben an Typhus und Hunger, erschienen, zugedeckt mit Zeitungen, an denen sie morgens vorbeiging, da dachte ich zum erstenmal, daß ich das mit dem Hollywood wohl lasse. Es ist schon möglich, daß die Amerikaner so einen Film drehen können, die Kulissen des Ghettos aufbauen, sie mit ausgemergelten Leuten bevölkern, entlang der Straßen Schaufensterpuppen mit Zeitungen zugedeckt hinlegen, die Amerikaner können alles, doch ich hatte keine Ader mehr, die für einen Wälzer dringend nötig ist. Statt dessen machte ich mir über etwas anderes Gedanken und das im Ernst. Und zwar: was waren das für Zeitungen, die auf den Leichen? In allen Erinnerungen werden sie erwähnt, die Zeitungen, mit Steinen beschwert gegen den Wind, doch niemand hat jemals genauer gesagt, um welche es sich handelte. Es ist nicht so wichtig, ich weiß, trotzdem, was für Zeitungen? Aus der Vorkriegszeit? Die Menschen im Ghetto wechselten öfter die Wohnungen, die schleppten doch nicht etwa Altpapier mit sich. Aus der Besatzungszeit? Der polnische *Nowy Kurier Warszawski* wurde nur anfangs im jüdischen Viertel verkauft, später war der Vertrieb der Zeitung verboten, und sie wurde von der arischen Seite zu einem höheren Preis hineingeschmuggelt. Ob jemand, bei dem es für eine Beerdigung nicht reicht, auf dem Schwarzmarkt Zeitungen kauft? Die Besatzerblätter fallen weg: sie waren zu klein. Was kann man schon abdecken mit dem *Informationsanzeiger* oder dem *Ojf der Wach* im Format A4, also einem Blatt der Größe einer Schreibmaschinenseite? Längs gelegt, bedeckt es den Arm unterhalb des Ellbogens und das ohne die Finger, quer, die Hand höchstens.

Hinzu kam, daß mir bewußt wurde, daß, trotz der gelesenen Bücher, trotz meines eigenen über Marek Edelman, ich mir den Alltag im Ghetto nicht vorstellen konnte, in dem Isabella L. lebte. Ich fragte Ruta Sakowska, in Polen die beste Kennerin des Warschauer Ghettos, nach entsprechender Lektüre. Sie sagte: »Vielleicht die *Gazeta Żydowska*?«

Die *Gazeta* kam zwei Jahre lang in polnischer Sprache heraus, mit Erlaubnis der Herrschenden, also ein »Giftblatt«, das anständige Menschen damals nicht in die Hand nahmen, doch heute kann es eine kostbare Quelle sein. Ich wußte nicht, ob noch irgendein Jahrgang erhalten war, doch Ruta hatte sie in Händen, gebunden, im Jüdischen Historischen Institut.

Ich ging zum JHI. Weder in den Katalogen der Bibliothek noch im Archiv wurden die Jahrgänge erwähnt. Ein Unikat im Weltmaßstab, die originalen Jahrgänge der Ghettozeitung und keine Erwähnung?

»Anscheinend gibt es so etwas bei uns nicht«, sagten die Beschäftigten des Archivs.

»Es gibt sie«, versicherte ich. »Ruta Sakowska sah zwei Jahrgänge.«

»Aber wenn es sie doch nicht gibt«, erklärten ratlos die Beschäftigten.

»Doch«, sagte ich. »Und noch etwas. Ich bitte sehr darum, daß diese beiden Jahrgänge morgen früh im Lesesaal auf mich warten.«

Ich weiß nicht, was ich getan hätte, wenn die Jahrgänge dort nicht gewartet hätten, doch tags darauf um acht Uhr morgens lag die gebundene *Gazeta Żydowska*, die in keinem Katalog auftauchte, auf dem Tisch. Vorher lag sie im Schrank eines der Chefs des Instituts, im Verborgenen wahrscheinlich und über viele Jahre, denn weder Jarosław Marek Rymkiewicz, der Materialien zu seinem Buch »Umschlagplatz« sammelte, noch ich, die am Edelman-Buch arbeitete, wußten von deren Existenz.

Die *Gazeta Żydowska*, stellte sich heraus, war großformatig und hatte jeden Tag acht Seiten. Sie kostete dreißig Groschen, ein annehmbarer Preis. In ihr allein wurden die Bekanntmachungen veröffentlicht, und deshalb, sicher mit dem Gefühl von Ablehnung, wurde sie doch gelesen. Hat sie denn nicht später die Zusatzfunktion als Leichentuch übernommen? Acht Seiten, zwei große Lappen...

Die *Gazeta* brachte neutrale Nachrichten. Nichts von Hunger, nichts von Transporten, nichts von Treblinka war darin zu finden. Im Gegenteil, die Gazeta sollte beruhigen und die Normalität der Welt versichern.

Und hier die Nachrichten, mit denen Leichen auf den Straßen des Ghettos zugedeckt wurden.

Über die Lebensmittelzuteilung:

Der Versorgungsbetrieb verteilt im März 51 Proviantkarten der Farbe gelb für 500g Sauerkraut und 100g eingelegte Rüben für den Gesamtbetrag von 150 Groschen...

Zuteilung von 4 kg Brot für eine Person im Monat, an Angestellte in arischen Betrieben eine spezielle Zuteilung von 2,6 kg Brot, an Personen mit einer nützlichen Tätigkeit...

Wie bereits bekannt, werden wir Brot für den Monat April nur auf die Kartennummern 3 bis 8 erhalten. Zwei Aprilnummern haben wir schon in der Vorfeiertagszeit ausgeteilt.

Über die Definition des Begriffs »Jude« aus dem Tagesblatt für Verordnungen des Zentralgouvernements Nr. 48, Teil 1:

Jude ist, dessen zumindest drei Großeltern nach den Rassenbestimmungen rein jüdischer Abstammung sind,

für einen Juden wird der gehalten, dessen zumindest zwei Großeltern nach den Rassenbestimmungen rein jüdischer Abstammung sind

a) sofern er am 1. September 1939 der Bekennenden Jüdischen Gemeinde angehörte,

b) sofern er am Tag des Inkrafttretens der Verordnung sich in einer Ehegemeinschaft mit einem Juden befand,

c) sofern er aus einem außerehelichen Verhältnis mit einem Juden stammt und nach dem 31. Mai 1941 geboren wurde.

Unter dem Begriff »jüdischer Mischling« wird verstanden, ...

Über das Koschere von Saccharin:

Nach den Ausführungen des Rabbinats ist es für die kommenden Osterfeiertage erlaubt, Saccharin einzig als Kristalle, die im Wasser aufgelöst und noch vor den Feiertagen durchgeseiht sind, zu benutzen.

Über den Jahrestag der Zerstörung des Tempels von Jerusalem:

Vor 1870 Jahren verloren wir unser Land. Wir verloren den Boden... Der epochale Sturm jagt das Boot unseres Daseins... Wer weiß, vielleicht zu einem Ort von Dauer, von Bestand... ? Es sitzt einsam schweigend, sagt der Prophet Jeremias über die Haltung des Volkes im Unglück, da es mit Würde sein Schicksal trägt...

Über Unglücksfälle:

In der Zamenhofstraße 13 sprang ein 17jähriges Mädchen mit unbekanntem Namen aus dem dritten Stock, sie war auf der Stelle tot.

David Feldmacher, wohnhaft Gęsiastraße 105, sprang aus dem vierten Stock auf den Asphalthof...

Über die erste Hilfe:

Erhängen. Den Erhängten gilt es sofort abzuschneiden und künstlich zu beatmen...

Über Beerdigungsinstitute:

Der aus seiner langjährigen Tätigkeit bekannte Natan Wittenberg, der bis Kriegsausbruch Geschäftsführer des Instituts »Der Letzte Dienst« war, gründete ein neues Beerdigungsinstitut »Der Letzte Weg« und leitet es unter seiner dynamischen Führung in der Grzybowskastraße 23.

Das jüdische Beerdigungsinstitut »Ewigkeit« gibt bekannt, daß es die ersten Beerdigungsfahrzeuge auf Fahrrädern nach der Idee des Besitzers in Warschau einführt. Die Beerdigungsfahrräder auf vier Rädern, die von zwei Leichen-Radlern bedient werden, sind ästhetisch und praktisch in vielerlei Hinsicht. Sie können vier Särge zugleich aufnehmen. Dadurch behindert der Beerdigungszug nicht den Straßenverkehr und der Unternehmer gewinnt an Zeit.

Über Gefundenes:

In der Zamenhofstraße wurde ein Kind gefunden, Geschlecht männlich, im Alter von vier Monaten. Beim Kind fand man einen Zettel: »Menschliche Barmherzigkeit, an sie glaubt noch – die unglückliche Mutter.« Das Kind wurde ins Findlingsheim gebracht.

Über den Rabbi von Sasow:

Er sagte einst: »Wenn einmal jemand zu dir kommt und um Hilfe bittet, tue so, als gäbe es gar keinen Gott und als ob es auf der ganzen Welt nur ein einziges Wesen gäbe, das ihm helfen kann, und zwar du allein.«

Über Geschenke:

Für die Funktionäre des Ordnungsdienstes ein liebevoller, künstlerisch gestalteter Erinnerungssiegelring mit Rangbezeichnung. Graveur Jakubowicz, Lesznostraße 65.

Über Mode:

Ein Signal aus London verkündet für die Männer bei Feiern großen Stils die Rückkehr zum Zylinder. Besitzer von ungetragenen Zylinderhüten sollten sie unverzüglich bei Keller abgeben. Außer Zylindern werden dort Löcher in Pullovern, Tischdecken und Garderoben gestopft.

Es fiel weder Aristoteles noch Sokrates auch nur im Traum ein, daß auch der noch so speckige Männerhut wieder völlig wie neu aussieht, aber dem ist so. Information – Keller...

Über Armbinden mit Stern:

Die Bestrafung für eine nicht vorschriftsmäßige Armbinde kannst du vermeiden, wenn du eine vorschriftsmäßige benutzt, aus Kautschuk mit gepreßtem, nicht abwaschbarem Stern und praktischen Verschlußvorrichtungen.

Über Hellseher:

Hellseher – Psychographologe, erklärt alle Angelegenheiten, auch die der Vermißten. Erstaunliche Zukunftsvoraussagen.

Über Alaska:

Noch ungeborgene Schätze und nur 500 Juden. Wir stellen die Struktur des Landes vor, das, wer weiß, vielleicht zur Heimat für viele unserer Leser wird. Die Flüsse und Seen der Tundra bergen den Reichtum der Elche...

Verschiedenes:

Wanzen vernichten wir restlos mit Gasen, garantiert,

Impfungen gegen Typhus, für Flüchtlinge und Ausgebrannte Ermäßigung,

Israelitischer Arzt-Junggeselle sucht Frau mit Ausreiseerlaubnis in die USA oder ein anderes Überseeland,

Im Theater »Nowy Azazel«, Nowolipie 72 – »Gott der Rache«, täglich,

17. Juli 1942, Freitag, Kerzenanzünden in Warschau – 20 Uhr 36...

4.

Als es mit dem Umschlagplatz und den Transporten losging, verstand Isabella L., wofür sie da ist. Sie ist dafür da, um ihren Mann zu retten. Sich selbst und die übrige Familie ebenso, doch das war, als wäre es nicht gar so wichtig. Der einzige Mensch, der leben MUSSTE, war er. Schwierig zu erklären, warum. Weil er schlanke Hände hatte? Weil er volles, glattes Haar hatte, das am Kopf anlag wie ein goldener Helm? (Nicht nur seine Haut war golden, auch die Haare.) Aber vielleicht ohne jeden Grund. Er mußte leben, und das ist alles.

Isabella L. gelang es, als erste aus dem Ghetto herauszukommen, um die Verstecke vorzubereiten. (Den letzten Tag vor dem Verlassen verbrachte sie auf dem Umschlagplatz, die letzte Nacht, schon auf der arischen Seite, saß sie die ganze Nacht hindurch auf der Klomuschel einer öffentlichen Bedürfnisanstalt, zitternd vor Angst, daß jemand sein Geschäft erledigen möchte und sie findet.) Sie ging zu Zofia Romerowa, einer Bekannten aus der Vorkriegssommerurlaubszeit.

Zofia Romerowa wunderte sich nicht bei ihrem Anblick und erschrak auch nicht. Sie streichelte ihr über die schmutzigen und zerzausten Haare und sagte: »Weine nicht. Uns ist es nicht erlaubt zu weinen.« Sie sagte UNS. Zu Isabella. Als wäre eine Person, die sich in einem Faß zu verstecken versucht, das auf dem Umschlagplatz steht, und auf der Klomuschel einer öffentlichen Toilette zittert, genau so viel wert wie die Ehefrau eines polnischen Majors in Gefangenschaft, die im Tisch eine Waffe und konspirative Flugblätter versteckt hält. Für Isabella L. gab es keinen Zweifel: auf der arischen Seite lebten irgendwelche anderen Menschen, bessere Menschen, wenn es ihnen doch um soviel besser ging, wenn sie weder jemand auf einen Platz trieb noch in Waggons, und Zofia Romerowa hat mit diesem kurzen Wort UNS sie in die besseren mit einbezogen.

Am selben Tag besuchte Isabella L. ihren aus der Vorkriegszeit vertrauten Friseur und verwandelte sich in eine Blonde. Mit dunklen Augen zwar, doch hoffte sie, daß ihre langen aschblonden Haare und die stämmigen Beine die Aufmerksamkeit des ausgekochtesten Schmalzowniks* ablenkten. Zufrieden über sich kehrte sie vom Friseur zurück, betrat die Küche von Frau Romerowa, dort saß der Hausmeister, und mit der lässigen Bewegung einer großen Blonden stellte sie die Handtasche auf dem Tisch ab.

»Marynia«, sagte Frau Romerowa streng, »nimm die Tasche herunter, du stellst sie ab wie eine Jüdin.« Frau Romerowa erklärte ihr später, daß die Ermahnung jeglichen Verdacht des Hausmeisters zerstreuen sollte, falls dieser einen solchen gehabt haben mochte, und daß alles nur zu ihrem Wohl geschah, doch seit diesem Moment,

* Pole, der Juden erpreßte, denunzierte und an die Deutschen auslieferte. [A.d.Ü.]

denkt Isabella L., wann immer sie ihre Tasche abstellt: »Stelle ich sie wie eine Jüdin ab?«

Nachdem der Hausmeister hinausgegangen war, begann sie das Abstellen auf arische Art zu üben: auf den Fußboden, auf das Sofa, auf den Schemel, auf den Stuhl... Jedesmal betrachtete sie sich und ihre Tasche: steht sie auf jüdische Art? In Zukunft sollte sie noch andere arische Sachen üben: das arische Gehen, eine arische Stimme und sogar arisches Bücken an der Wandtafel (das war schon nach dem Krieg, in der Krankenschwesternschule, als eine ihrer Kolleginnen scherzhaft einwarf: »Du bückst dich an der Tafel wie eine Jüdin«), doch die erste Lektion erhielt sie eben damals, in der Küche von Frau Romerowa. Der Besuch bei Frau Romerowa hatte nämlich Auswirkungen auf das gesamte Leben der Isabella L. Denn von diesem Besuch an beschloß Isabella L., zur besseren, polnischen Welt zu gehören. Und während des Besuches wurde sie mit der geringen Ermahnung wegen der Tasche aus dieser Welt ausgestoßen. So sollte es dann auch bleiben. Das Verlangen nach polnischer Zugehörigkeit – und das Ausstoßen.

Verwandelt in eine hochgewachsene Blonde, führte Isabella L. ihren Mann aus dem Ghetto; sie kamen durch die Abwasserkanäle, zusammen mit polnischen Arbeitern, die im Ghetto legal arbeiteten, sie nahmen Häuser auseinander. Sie führte auch die Mutter hinaus; später, durch die Kanäle, kamen die Eltern ihres Mannes und die Schwester. Für die Eltern, die Juden ähnelten und schlecht polnisch sprachen, fand sie eine Wohnung in der Gegend von Nowy Świat, in der sie sich nicht vom Fußboden erheben durften, damit sie nicht durch das Fenster bemerkt würden; sie mit ihrem Mann und der Mutter bezogen auf der Wesołastraße ein kleines Sommerhaus. Das Nachbarzimmer bewohnte eine Frau mit ihrer Tochter; das Mädchen war geistig behindert, doch hatte sie eine schöne Stimme, und in der Elektrischen auf der Strecke Warschau-Mińsk Mazowiecki sang sie Lieder (am liebsten das Wiegenlied von Brahms: »Morgen früüüh, wenn Gott wiiill, wirst Du wiiieder geweckt... «), und die Mutter des Mädchens sammelte Geld in ein Leinensäckchen.

Eines Tages brachte Isabella L. mit der Rikscha ein Bündel Bettwäsche zum Bahnhof. In der Straße Aleje Jerozolimskie hielt sie ein Polizist an. Er warf einem kurzen, fachlichen Blick auf Isabella L. und befahl dem Rikschafahrer, in die Chmielnastraße zu fahren. Dort gab es ein Hotel. Im Hotelzimmer sagte der Polizist: »Du bist Jüdin, aber ich will dir nichts Böses. Zieh dich aus.« Das war keine Gewalt. Isabella L. zog sich von selbst aus und hängte ihre Sachen ordentlich über die Stuhllehne. Vom Bett aus betrachtete sie, wie der Polizist die Uniform auszieht und den Gürtel mit dem Halfter ablegt. Als er dann schon auf ihr lag, dachte sie, daß sie die Hand nur herüberzuschieben brauchte und den Revolver aus dem Halfter ziehen könnte. Sie dachte, daß jede anständige Frau, wie zum Beispiel Frau Romerowa, es so gemacht hätte, doch sie lag ruhig da. Der Polizist kam zu Ende, zog sich an und sagte: »Hast Glück, daß du auf einen anständigen Menschen gestoßen bist«, grüßte und ging. Sie fuhr mit der Bettwäsche zum Bahnhof und stieg in den Zug. Auf halber Fahrstrecke hörte sie den Gesang ihrer Nachbarin: »Morgen früüüh, wenn Gott wiiill.« Sie warf in das Leinensäckchen sogar ganze fünf Złoty. Vor Freude, daß alles so kurz dauerte und daß sie auf einen anständigen Menschen getroffen war, der ihr nichts Böses tun wollte. Sie kam nach Hause, küßte ihren Mann zur Begrüßung, gab ihm das Mittagessen, und als er hinausging, wusch sie sich und wechselte die Unterwäsche.

Meine Heldin erzählte von dem Polizisten ohne Scham und ohne aufgebracht zu sein. Sie sprach über alles so, präzise, sachlich, als hätte sie selbst vergessen, daß bei all dem der bekannte Wälzer herauskommen sollte. Zeitweise erinnerte sie mich an Marek Edelman, wenn sie sich selbst, die von damals, zu verstehen versuchte. Oder besser, wenn sie es aufgab zu verstehen, in der Annahme, und das mit Recht, daß es heute nicht zu verstehen ist, deshalb nur äußerste Sachlichkeit übrigbliebe. Dieses ruhige Entfernen von dem DAMALIGEN machte den Eindruck, als wäre zwischen der Vergangenheit und ihr ein durchsichtiger, unsichtbarer Schleier gefallen, so einer wie ihn im »Dibbuk« im »Alten Theater« Krystyna Zachwatowicz aufhängte.

Wir saßen also im beigen Salon, beim Teetrinken und beim Knabbern von Nüssen mit Schokoladenbezug, und hinter dem durchsichtigen Schleier verabschiedete sich Isabella L. von ihrer besten Freundin Basia Gajer, die den Deutschen glaubte, daß die Juden, die einen ausländischen Paß besäßen, Polen verlassen können würden. Das spielte sich im Hotel Polski in der Długastraße ab. Basia trug einen Pullover aus verschiedenfarbigen Wollresten, den sie sich für die Reise gemacht hatte, und sie zeigte Isabella das Muster, das Unterfutter, den kunstvollen Saum. Als Isabella L. sich später in Auschwitz wiederfand, sah sie gleich am ersten Tag den Pullover von Basia Gajer. Eine diensthabende Gefangene in der Quarantäne trug ihn. Kein Zweifel, es war der Pullover von Basia aus verschiedenfarbigen Wollresten, mit einem sorgfältig eingenähten rosa Futter.

Am Morgen umstellten die Deutschen das Hotel. Sie teilten alle in zwei Gruppen, eine polnische und eine jüdische. Isabella L. zeigte die arischen Papiere der Maria Pawlicka und stellte sich zu den anderen Polen, die zum Verabschieden gekommen waren; die Juden brachte man nach Bergen-Belsen, die Polen in das Pawiak-Gefängnis. Hinter dem durchsichtigen Schleier des vornehmen beigen Salons, mit einer Fülle von Bildern, Büchern und Schallplatten, tauchte die Zelle des Pawiak hervor mit vierundzwanzig gefangenen Frauen. Jeden Morgen, nach dem Frühstück, wischten sie reihum den Fußboden auf, und als Isabella L. an der Reihe war, zeigte sich, daß sie nicht aufwischen konnte. Dreiundzwanzig Frauen schauten verwundert zu, wie sie unbeholfen den Lappen in den Eimer eintaucht, wie sie ihn auswringt und fragten: »Hast du noch nie den Fußboden gewischt?« Wahrheitsgetreu sagte sie, daß sie es noch nie getan hatte, daß es Bedienstete für sie taten. Unter den Gefangenen gab es auch andere Frauen, vermögende, die jedoch geschickt den Fußboden wischten, und niemand schaute ihnen dabei zu. Es erfüllte sie mit Unruhe, denn wieder war sie anders als alle anderen. Sie hatte zwar keine Handtasche zum jüdischen Abstellen, doch zeigte es sich, daß auch der Putzlappen anders eingetaucht werden kann und daß ihr Eintauchen ganz sicher kein polnisches Eintauchen war.

Der Korridor im Pawiak war lang, an beiden Seiten reihten sich Türen der Zellen aneinander. Wenn sie zur Toilette geführt wurden, konnte man schnell einen Blick durch den »Spion« in die Zelle werfen, von der sie wußten, daß es die jüdische ist. Isabella L. schaute da jedesmal durch, und eines Tages sah sie dort die Mutter ihres Mannes, die sie noch vor kurzem in einer Wohnung in Nowy Świat untergebracht hatte. Die Mutter saß mit dem Gesicht der Tür zugewandt, als schaute sie durch den »Spion« geradezu auf sie und drehte verneinend den Kopf. Dieser ständige Tick war nach einem früheren kleinen Schlaganfall geblieben und verlieh dem Gesicht einen Ausdruck freundlicher Nichtgläubigkeit. Das Gesicht, durch den »Spion« betrachtet, sagte jetzt: »Ich bin im Pawiak, kannst du das glauben?«

Isabella L. kehrte in die Zelle zurück. Dort waren zwei neue gefangene junge Frauen, die tags zuvor in den Pawiak eingeliefert worden waren.

»Wer fuhr mit euch?«, fragte sie. »Fuhr vielleicht ein Mann mit, so ein blonder, großer, vornehmer?«

»Ja«, antworteten die jungen Frauen.

»Und wie saß er?«, fragte Isabella L. »Saß er vielleicht mit weit gespreizten Knien, die Hände kraftlos herunterhängend?«

Genau so saß der vornehme Blonde und daneben ein älterer grauhaariger Herr. Nur eine Junge, Blondgefärbte, die war nicht mit dabei.

Alles begann klar zu werden: der Ehemann war geschnappt worden und seine Eltern, nur der Schwester gelang es zu fliehen.

Isabella L. wünschte zu sterben, sofort, noch hier in der Zelle. Sie schaute um sich. »Ob sie«, dachte sie von ihren Nachbarinnen, »an meiner Stelle auch sterben möchten? Ob Frauen, die den Putzlappen auswringen können, wie es sich gehört, aus Liebe sterben?«

Sie verstand nicht, welche Beziehung zwischen Putzlappen und dem Sterben aus Liebe besteht, doch sie war sich einer solchen sicher. Die Frauen in der Zelle kamen aus einer besseren Welt. In der besseren Welt stellt man die Handtasche ab, wie es sich gehört, den Fußboden scheuert man ordentlich ... In der besseren Welt greift man nach dem Revolver des Polizisten, der neben einem liegt ... In der besseren Welt lebt man nach dem Tode seines Mannes weiter, weil man für eine Sache lebt. Ist es ihre Schuld, daß sie keine andere Sache hatte außer ihrem Mann?

Am nächsten Tag führte man sie zum Hofgang.

Auf halbem Wege traten fünf Frauen aus dem Gefängnisgebäude auf den Gang. Das war die jüdische Zelle. Sie wurden zum Erschießen geführt. Eine der Frauen war die Mutter ihres Mannes. Die Jüdinnen gingen den Gang entlang, dann die Treppe hinunter, dann drehten sie auf den Hof ab.

Isabella L. war entsetzt. Wenn sie nach links abbiegen, kann die Mutter sie bemerken. Sie kann sie erkennen. Irgendeine Geste machen. Die Mutter könnte sie verraten... Isabella L. trug ein Halskettchen mit der Mutter Gottes, die ihr Frau Romerowa am ersten Tag mit den Worten gegeben hatte: »Du bist jetzt unter Ihrem Schutz, und es kann dir nichts Böses geschehen.« Isabella L. berührte das Medaillon mit der Hand und begann zu beten. »Heilige Mutter Gottes«, betete sie, »laß sie nicht hierhin sehen. Mutter Gottes, sie soll bloß nicht zu mir hinsehen... «

Die jüdische Zelle ging immer noch über den Hof, die Mutter ihres Mannes ging in den Tod, und sie bat die Mutter Gottes darum, daß sie etwas schneller in den Tod gingen. Endlich sah sie den Rücken der Mutter, die Frauen verschwanden hinter dem Gebäude. Sie verspürte Erleichterung. Nach einer Weile hörte sie fünf Schüsse. Sie dachte, daß im nächsten Moment ihr Mann zur Erschießung geführt wird.

Nach zwei Tagen bekam sie von ihrem Mann einen Kassiber. Es stellte sich heraus, daß in jenem Auto zum Pawiak damals ein anderer schöner Blonder fuhr, mit anderen kraftlos herunterhängenden Händen.

Auf unserer Seite des durchsichtigen Schleiers erhob sich meine Heldin aus dem Sessel und machte Licht.

»Am Morgen wollte ich nicht mehr leben, und als die Mutter vorbeiging, verspürte ich Erleichterung... Können Sie etwas davon verstehen, Frau Hania?«

Ich habe nicht überlegt, ob ich es verstehe, da ich mit einem anderen Gedanken beschäftigt war. Ich spürte, wie sich meiner ein Gefühl bemächtigte, das ich seit Jahren kannte, seit der Zeit, als ich begann, Reportagen zu schreiben. Das Gefühl stellte sich dann ein, wenn ich einen hervorragenden Helden vor mir hatte. Wenn ich es vor mir hatte, das THEMA. Isabella L. erzählte mir, wie sie auf dem Hof des Pawiak um einen schnelleren Tod für die Mutter betete, und ich dachte, daß das eine hervorragende Szene ist. »Können Sie etwas davon verstehen?« hätte ich fragen können, doch ich schämte mich und bat Isabella L. darum, mir eine Skizze des Gefängnishofes vom Pawiak anzufertigen. »Als wäre meine Beschreibung wichtiger als deren Tod«, dachte ich reuevoll, während Isabella L. mir die Topographie der Ereignisse erklärte. »Als gingen sie nur darum, damit ich das beschreibe... Und doch«, versuchte ich mich zu entschuldigen, »die Sache sollte aufgeschrieben werden. Sowohl die Mutter, die in den Tod geht, wie das Gebet der Isabella... Wenn es also aufgeschrieben werden muß, dann sollte es gut aufgeschrieben werden, damit derjenige, der es einmal liest... Hannah Arendt hat alle Bücher dieser Welt gelesen und trotzdem nicht verstanden, warum die Juden willenlos in den Tod gingen. Läßt sich das überhaupt so beschreiben, daß es verstanden wird?«

Ich erinnerte mich an eine Geschichte, die mir vor kurzem ein Komponist, Häftling in Auschwitz, erzählte. Als die Evakuierung des Konzentrationslagers begann, stellte man einige Hundert Männer in Viererreihen auf und führte sie zu den Waggons. Die ersten Reihen stimmten die »Warschawianka« an, nach einer Weile sang die ganze Abteilung. Da beschlossen die Deutschen, sich einen Scherz mit ihnen zu machen und an der Stelle, an der die Wege auseinanderliefen, dirigierten sie die Menschen nicht in die Waggons, sondern in Richtung der Gaskammern. Die Polen sangen gerade: »Hej, ein jeder Pole zu den Bajonetten... «, doch die Worte: »Es lebe die Freiheit, es lebe Polen« hat die erste Reihe nicht mehr gesungen. Die erste Reihe verstummte und drehte zu den Gaskammern ab. Dann verstummte die zweite Reihe. Dann die dritte. Dann ging die ganze Abteilung, sie marschierten nicht mehr, sie gingen ganz gewöhnlich, eigentlich schoben sie sich nur noch voran, die Beine nach sich ziehend, in absoluter Stille, erstarrt. »Ich dachte an gar nichts«, erzählte der Komponist. »Viele Male versuchte ich mich später zur erinnern, woran ich gedacht habe, und ich kam zu dem Schluß, an nichts. Weder an meine Frau, noch an meine Eltern. Meine Beine bewegten sich willenlos, mein Körper wandelte völlig bewußtlos.« Einige Meter vor den Gaskammern ließen die Deutschen lachend die Abteilung umkehren. Die Häftlinge schwiegen weiterhin. Sie wurden in die Baracke geführt, in der sie auf den Zug warten sollten. In dieser Baracke warfen sie sich auf die Pritschen, verdeckten die Gesichter mit ihren Armen und begannen zu weinen. Die ganze Baracke war erfüllt mit dem unterdrückten Weinen einiger hundert Männer, bewahrt vor der Gaskammer. »Seit damals«, beendete der Komponist seine Erzählung, »verstehe ich, warum sich die Juden in den Tod führen ließen.«

Kann Hannah Arendt denn vorgeworfen werden, daß sie niemals weinte, mit verdecktem Gesicht auf der Pritsche?

Kann man das Gebet der Isabella L. verstehen, ohne über den Hof des Pawiak gegangen zu sein?

Kann beim Aufschreiben des Gebetes irgend jemandem das Verstehen erleichtert werden?

Das dachte ich, als Isabella L., nachdem sie mit der Skizze des Gefängnishofes fertig war, sich vom Sessel erhob und sich mit unverändertem Frageton an mich wandte:

»Was werden wir zum Abendbrot essen, Frau Hania?«

5.

Die eigentliche Geschichte über Isabella L. – die das Thema des bekannten Wälzers bilden sollte – beginnt mit der Verhaftung ihres Mannes. Er wurde geschnappt, als er für einen gewissen Lampart arbeitete, der Leute nach Ungarn überführte. Isabella L.'s Mann lieferte die Flüchtenden nach Krakau, von dort nahmen andere Vermittler sie in die Berge; eines Tages flog die Sache in Krakau auf, und der Mann von Isabella L. kam ins Gefängnis in der Montelupichstraße. Als sie von all dem erfahren hatte, begab sich Isabella L. zuallererst zu Terenia, der Schwester von Frau Zofia Romerowa. Terenia legte die Karten. Als sie die Neuigkeit hörte, langte sie wortlos nach den Spielkarten, legte aus und rief: »Na bitte, Herz-König, schon beim Aufbruch.« (Sie war der Meinung, daß der Mann von Isabella Herz-König ist, weil verliebt, verheiratet und blond.)

Dieser abrupte Aufbruch kam später öfter heraus, denn erst schickten sie ihn aus dem Montelupich nach Auschwitz, dann von Auschwitz nach Mauthausen, endlich von Mauthausen nach Ebensee. Häufig kamen auch die Neunen in Pik und Kreuz, und das sind nicht die besten Karten, gab Terenia zu verstehen, obwohl auch keine Tragödie. Am schlimmsten waren drei Pik nebeneinander: König, Bube und die

Neun. »Oho, eine gefährliche Gestalt«, seufzte Terenia, »Du solltest ihn irgendwie warnen ... « (»Der Zigeuner«, dachte sofort ihr Mann, als sechs Wochen nach dem Krieg, im Wald in Ebensee, Isabella L. ihm die Weissagungen wiederholte, »kein anderer. Der schlimmste Scheißkapo im ganzen Lager.«)

Terenia legte ihr die Karten Tag für Tag.

»Na ja, es gibt Ärger, aber auch freudige Neuigkeiten von unterwegs ... « Und tatsächlich, es gab eine Neuigkeit, einen Brief. Aus Auschwitz zwar, aber mit einer Nummer, an die man, da zu einem Polen, ein Päckchen schicken konnte.

Sie schickte ihm ein Kilo Zucker, ein Kilo Schmalz, einen Laib Brot, Speck, Zwiebeln und Salz. Das kostete einhundertzwanzig Złoty. Erlaubt war ein Päckchen pro Monat, und wenn sie dabei stürbe und wenn sie sich selbst verkaufen sollte, die einhundertzwanzig Złoty mußte sie Monat für Monat aufbringen.

Beide, sie und ihr Mann, aßen für gewöhnlich zu Mittag im »Pod Bukietem«. Einst war es ein elegantes Restaurant, seit dem Krieg beliebtes Lokal der Schmuggler und Händler, in dem für die weniger vornehmen Gäste zwei Speisen zur Auswahl standen: Klöße mit Kraut und Klöße mit Rübchen. Sie nahm gewöhnlich mit Kraut, ihr Mann mit Rübchen, und der Kellner, der die beiden mochte, legte ihrem Mann die doppelte Portion Klöße auf für dasselbe Geld.

Sie betrat das Restaurant zur Mittagszeit. Der Kellner stellte Klöße mit Kraut vor sie hin und fragte:

»Ihrem Mann auch gleich reichen oder warten wir?«

»Mein Mann ist in Auschwitz«, sagte Isabella L. »Doch wissen Sie«, fügte sie hinzu, »ich muß ihn dort herausholen. Ich brauche jetzt sehr viel Geld. Verstehen Sie mich?«

Der Kellner nickte.

Der Kellner war alt, schon etwas langsam, mit deutlichem Plattfuß, weswegen er die Füße zur Mitte stellte, wie es Kellner auf der ganzen Welt tun, nach vielen Jahren Arbeit. Er mochte sie aufrichtig, und ihrem Mann begoß er häufig die doppelte Portion der Klöße gratis mit angedickter Fleischsoße.

»Können Sie mir helfen?« fragte sie.

Nach einigen Tagen, beim Servieren der Klöße, sagte der Kellner:

»Dort wartet er. Da.«

Sie aß auf, erhob sich und ging zur Tür, hinter der sich das Chambre séparée des Lokals »Pod Bukietem« befand. Hinter der Tür, auf einem abgewetzten Kanapee, saß ein Mann. Er war kahl, dick, die Beine waren breit auseinander gestellt, denn sie stützten den herunterhängenden Bauch, und er hatte einen Knopf an der Weste, der nicht zuzuknöpfen war. Außerdem lächelte er sehr freundlich, denn es war ein ganz sympathischer, jovialer, älterer Herr, der auf eine Frau wartete. Sie setzte sich neben ihn. Der Herr schob seine Hand ihr Bein entlang und hob den Rock an. Im Strumpf, am Schenkel, war eine Laufmasche. Sie stellte sich verwundert, obwohl sie von der Laufmasche schon seit einer Woche wußte, worauf der Herr über die Laufmasche streichelte und sagte:

»Mach dir mal keine Sorgen, wir kaufen dir neue Strümpfe.«

Isabella L. legte ihre Hand auf die des älteren Herrn und fragte:

»Gefalle ich Ihnen?«

»Oh, sehr«, schwärmte er.

»Dann bitte ich, mir nichts zu kaufen... Ich mache ihnen alles, was Sie sich wünschen. Und wie Sie es sich wünschen. Und wieviele Male Sie es sich wünschen. Und wie lange Sie es sich wünschen. Aber ich muß sehr viel Geld haben, weil mein Mann in Auschwitz ist und ich ihn von dort herausholen will. Sind Sie mit so einer Abmachung einverstanden?«

Sie schauten aufeinander, sie mit freigelegtem Schenkel, er ein freundlicher älterer Herr mit einer rosafarbenen Glatze, in einem grauen file à file. Dem Herrn vergingen wohl ihre Laufmasche und ihre Schenkel. Er wiederholte traurig:

»In Auschwitz... Ach so!... «

Da lächelte sie, stand auf, und als sie am Kellner vorbeiging, flüsterte sie:

»Leider, Herr Roman, das ist es nicht, worum es mir ging... «

Fieberhaft suchte sie nach Geld und Protektionen. Sie vertraute den Menschen, die sie dann betrogen, eilfertig klammerte sie sich an jeden, der Hoffnungen weckte. Sie reiste umher, handelte, wurde geschnappt, sie wurde zur Zwangsarbeit nach Deutschland gebracht, lief davon, suchte erneut, einsam und außerhalb des ganzen Restes der

Welt, die nicht ihre war, weil es die bessere Welt war. Sie wußte, daß auch die Polen leiden, aber es war ein besseres Leiden, auf das man neidisch sein konnte. Ihr Leiden war schlechter, denn sie selbst war schlecht. Die ganze Welt betrachtete sie als schlecht, und es ist doch nicht möglich, daß die ganze Welt sich irren würde im Gefühl von Gut und Böse, oder eher im Gefühl von Besser und Schlechter. Die Welt mußte im Recht sein. Sie war schlechter, darum verkleidet. Sie hatte ihren Namen geändert, die Farbe der Haare, die Art, die Handtasche abzustellen, und erst in dieser Verkleidung hat die Welt sie akzeptiert. Wenn die Welt sie als Verkleidete lieber mag als die Echte, dann bedeutet das, daß die verkleidete Person besser ist als die echte.

Von Auschwitz verlegten sie den Mann von Isabella L. nach Mauthausen. Da Mauthausen in Österreich liegt, beschloß also Isabella L., nach Wien zu fahren. Sie fragte in ihrem Bekanntenkreis herum. Jemand kannte irgendeine Adresse, jemand sagte: »Ich kenne einen in der Organisation Todt«, und das war schon eine richtige Fährte, denn diese Organisation führte Bauarbeiten für die deutsche Wehrmacht durch und stellte kostbare und sichere Arbeitspapiere aus.

Isabella L. erhielt die Arbeitsorder nach Dalmatien, als Gegenleistung bat man sie, nach Wien Päckchen mit Tabak zu überbringen. Sie überbrachte den Tabak und verstand, daß sie in das sichere Dalmatien nicht fahren sollte. Sie sollte nach Warschau zurückkehren und bedeutend mehr Tabak nach Wien bringen. Für den Erlös aus dem verkauften Tabak sollte sie italienische Seide kaufen. Für die Seide, verkauft in Warschau, würde sie Geld bekommen, um den Mann aus Mauthausen zu holen, und vielleicht reichte es auch noch für eine Wohnung für die Mutter, den Schwiegervater, die Schwägerin und für sie selbst... So fuhr sie einige Male, vier-, fünfmal. Sie überbrachte jeweils 25 kg Tabak, in Form von Blättern, geschichtet im Koffer; zurück kehrte sie mit Seide, unter dem Nachthemd, in demselben schwarz lackierten Koffer. (Das war übrigens der Koffer, von dem sie dem Schriftsteller erzählt hatte und neben den der vornehme SS-Mann seinen gelben stellen sollte.) Eines Tages verabredete sie sich mit jemandem aus der Organisation Todt in Wien, im Café Prückel, doch statt des Bekannten kamen zwei fremde Männer, griffen ihr von beiden Seiten unter die Arme und führten sie ab zur Gestapo.

Isabella L. wurde beschuldigt, für die polnische Untergrundarmee, die AK, tätig zu sein und daß ihre Fahrten nach Wien in Verbindung mit General Anders in Italien stünden.

Diese Beschuldigung war absurd, denn eine Tätigkeit für den Untergrund, das wäre das Letzte, was Isabella L. in den Kopf hätte kommen können. Der polnische Untergrund war nicht ihre Angelegenheit. Ihre Angelegenheit war der Ehemann, und die Konspiration konnte bei den Bemühungen um ihren Mann nur schaden. Wenn die AK ihrem Mann hätte helfen wollen, dann hätte sie vielleicht auch etwas für die getan, da aber er für die nicht von Interesse war, was ging sie dann irgendeine Kuriertätigkeit an, irgendein General Anders, irgendeine AK.

Zuerst schlugen sie sie, ganz gewöhnlich, ins Gesicht und fragten nach Anders und AK. Dann schlugen sie so, daß ihr Hinterkopf bei jedem Hieb gegen die Wand prallte. Dann hängten sie sie an einen Haken, an diesem Haken wurde sie mit nach hinten verdrehten Händen festgemacht, an die vorher Handschellen angelegt worden waren...

Von der Wiener Gestapo brachte man sie nach Auschwitz. Dort war sie in Quarantäne; nach drei Monaten, länger konnte sie nicht bleiben, denn in Mauthausen wartete ihr Mann, ging sie auf die Rampe zu Dr. Mengele, sagte, daß sie Krankenschwester wäre und bat darum, den Transport zu begleiten. (Das war in der Zeit der Evakuierung des Konzentrationslagers, von der der Komponist erzählte, der die »Warschawianka« sang; die Leute verfrachtete man in überfüllte Waggons, doch in jedem Zug fuhr auch eine Krankenschwester mit, Ordnung mußte sein.) Doktor Mengele, vornehm, höflich, führte auf der Rampe ein kurzes Examen durch.

»Wie unterscheiden Sie eine Blutung der Aterie von der einer Vene?« fragte er. Das wußte sie, schließlich hatte sie Krankenpflege an der Typhusabteilung im Ghetto gelernt.

»Wie oft in der Minute atmet der Mensch?« fragte Mengele weiter. Das wußte sie nicht und erschrak.

»Wie oft in der Minute schlägt das Herz?« fragte er, wie ein verständiger Professor, der nicht gerne die Leute durch die Prüfung fallen läßt.

»Je nachdem«, antwortete sie, »ob der Mensch Angst hat und wie groß sie ist.«

Doktor Mengele lachte auf, dabei bemerkte sie, daß er eine Lücke in den Vorderzähnen hatte. Diastema, erinnerte sie sich an die Bezeichnung aus dem Kurs für Krankenpflege. So eine Lücke heißt Diastema...

Sie wurde zum Transport abkommandiert und fuhr von Auschwitz nach Guben. In Guben stahl sie einer deutschen Arbeiterin den Mantel und flüchtete (in Mauthausen wartete doch ihr Mann). Sie kam in ein anderes Lager – Schwetig an der Oder. In Schwetig wurde sie für Auschwitz ausgerufen, doch sie fuhr nicht; genau an diesem Tag wurde Auschwitz befreit. Man trieb sie nach Westen. Unterwegs flüchtete sie (in Mauthausen...). Über Berlin gelang es ihr nach Wien zu kommen, und sie arbeitete im deutschen Militärkrankenhaus als Krankenschwester. Im April kamen die Russen ins Krankenhaus.

»Nu, sjestra, katorej SS?« fragte sie der Offizier.

Sie wußte katorej SS, denn sie wechselte täglich die Verbände, aber sie sagte: »Nje snaju.«

»Du kannst dich jetzt rächen«, erklärte ihr der Offizier, als sie ihn aufklärte, daß sie Polin war und ihm den Arm zeigte mit der Auschwitznummer. »Wer ist in der SS?«

»Ich weiß es nicht«, wiederholte sie mit Nachdruck, der sie selbst überraschte. »Ich kann dir sagen, wer keine Augen, wer keine Hände hat, aber wer in der SS ist, da habe ich keine Ahnung.«

Die Soldaten gingen hinaus, sie setzte das Häubchen ab, streifte den Ärmel herunter und lief aus dem Krankenhaus. Der Zweite Weltkrieg war zu Ende.

Ihren Mann fand sie in den Baracken in Ebensee, in den Bergen oberhalb von Mauthausen.

»Sechs Wochen seit Kriegsende und du kommst jetzt erst... « sagte er vorwurfsvoll, obwohl sie die erste Ehefrau war, die in das Lager kam. Dann neigte er sich an ihr Ohr:

»Niemand weiß hier, daß ich ein... Daß wir ... «

Sie nickte mit dem Kopf: »Von mir auch nicht. Und das wird so bleiben. Wir werden für immer Polen sein... «

Sie verließen die Baracke.

Sie erzählte ihm, wie sie umkamen. »Es gibt niemanden mehr«, sagte sie und begann aufzuzählen: ihre Eltern, seine Eltern, seine vier Schwestern, sein Neffe, der Schwager... Beim Aufsagen knickte sie die Finger ein, erst an einer Hand, dann an der anderen, die Finger gingen ihr aus, da streckte sie zwei Finger hoch, Zeigefinger und Mittelfinger: »Wir sind da, du und ich. Ich wußte, daß du überlebst. Ich rettete dich... « (Zum ersten Mal sagte sie damals: »Ich rettete dich.« Später wiederholte sie das öfter: wenn er zweiundzwanzig Monate Lager überlebte, noch so eins wie Mauthausen, wenn von fünfhundert Männern, die das Lager Ebensee bauten, sechzehn überlebten und wenn er sich unter den sechzehn befand, dann verdankte er das allein ihr, weil die Kraft der Liebe ihn am Leben erhielt. »Ich habe ihn in mir getragen, wie eine schwangere Frau ihr Kind in ihrem Bauch trägt«, erzählte sie Frau Romerowa, und Frau Romerowa erwiderte: »Sag ihm das nicht. Sag ihm nie wieder, daß er dank deiner überlebte... «)

Er gab ihr ein Geschenk: eine Streichholzschachtel, in der ein länglicher, dunkler Gegenstand lag.

»Erkennst du es nicht?« lachte er. »Er kam euch doch beim Kartenlegen heraus. Der Zigeuner, der schlimmste Kapo in ganz Ebensee. Die Deutschen flüchteten, zum Glück brannte der Ofen noch... Der gesamte Zigeuner wurde in Geschenke zerlegt, doch mir gelang es, ein Stück vom Schädel zu ergattern, speziell für dich... «

Sie kehrten nach Polen zurück. Sie behielten die normalen arischen Papiere. Ihr Mann gründete eine private Spinnerei, sie ging in die Krankenpflegeschule. Sie tauften beide Töchter und gingen mit ihnen vorbildlich zur Kirche. Eines Tages erhielt ihr Mann eine Vorladung zur Polizei. Auf dem Tisch des Offiziers lagen einige vergilbte Zettel. Das waren keine Papiere, die etwas mit der Spinnerei zu tun hatten. Der eine Zettel stellte sich als die originale Vorkriegsheiratsurkunde seiner Eltern heraus, der andere, eine Steuererklärung von seinem Vater. Ihr Mann berührte die Zettel behutsam, als fürchtete er, daß sie in seiner Hand zu Staub zerfielen, doch der Offizier beruhigte ihn:

»Das ist altes, gutes Papier, es hält noch einiges aus... Und was nun«, fügte er mit einem Seufzer hinzu, »wann wollen wir denn zu den wirklichen Namen zurückkehren? Es ist höchste Zeit Herr Pawlicki ... «

Kurz nach dieser Unterredung füllten sie entsprechende Formulare aus und gaben sie im Meldeamt ab. Der Beamte fragte nach der Nationalität.

»Polnisch«, sagte sie.

»Und die Eltern?«

»Polnisch.«

»Ich wußte nicht, daß ein Krähenpaar einen Falken gebären kann«, lachte der Beamte.

Vom Ministerium erhielten sie die Nachricht, daß sie die Dokumente innerhalb von sieben Tagen erhalten, wenn sie »Nationalität jüdisch« angeben. Sie schrieben: »Nationalität jüdisch«, und nach einer Woche händigte man ihnen Zettel aus in der Größe eines Schulzeugnisses mit dem Aufdruck: »Reisedokument«. Darunter befand sich die Information: »Der Besitzer dieses Dokumentes ist kein polnischer Staatsbürger.«

Sie bezogen eine Wohnung in Wien. Die jüngere Tochter, die in Polen nie eine Sonntagsmesse ausgelassen hatte, an Fastentagen trank sie nicht einmal Wasser, fuhr in den Ferien in einen Kibbuz. Nach der Rückkehr teilte sie mit, daß sie und ihr Verlobter nach Israel ziehen würden. Die ältere Tochter fuhr zu der jüngeren in die Ferien und blieb ebenfalls. Sie wohnten also in Wien ohne die Töchter, weit weg von Polen und der Welt, in der sie bis jetzt übriggeblieben waren, und nur eine Sache zeigte sich unveränderlich, ihre Liebe. Sie verhielt sich wie zu alten Zeiten fürsorglich und aufmerksam und fügsam und bereitwillig zur Aufopferung.

Eines Morgens betrat Isabella L. die Küche. Sie griff nach dem Kaffee und bemerkte den Zettel, viermal gefaltet lag er auf der Nähmaschine, dicht neben dem Firmenzeichen »Singer«. Sie stellte das Wasser auf, langte nach der Brille und begann zu lesen. Der Brief war von ihrem Mann. Im Brief teilte er mit, daß er sie für immer verließe.

»Ich gehe und komme nicht mehr zurück«, schrieb ihr Mann. »Ich werde dir fünfzig Dollar die Woche zahlen. Ich werde auch für die Miete und das Telefon zahlen, unter der Bedingung, daß die Rechnungen nicht überhöht sind. Janek.«

Sie fuhr nach Israel. Sie wohnt in dem Haus, daß ihre ältere Tochter und ihr Mann kauften und speziell für sie einrichteten. Sie wohnt allein. Ihr Mann ruft selten an. Sie hörte auf, sich als Polin auszugeben. Sie hörte auf, sich Gedanken darüber zu machen, ob die anderen sie für eine Polin halten. Sie stellte fest, daß es eine große Erleichterung ist, nicht daran zu denken, ob die anderen ... Sie stellte fest, daß sie sehr glücklich sein sollte, sich für nichts zu halten, nicht zu denken, ob ... Und sie ist glücklich, einzig daß ihr Mann immer seltener anruft und das allein in Sachen der Töchter.

Ihr Mann hat ein Nierenleiden, ist depressiv, hatte schon einen Herzinfarkt und wird an der Prostata operiert. Es kommt die Zeit, da wird er zur Dialyse müssen, die Krankheit der Kranzgefäße verschärft sich, die Depressionen werden wiederkommen ... Dann kehrt er zu ihr zurück, und sie ist zum Glück Krankenschwester. Und sie weiß über Nieren Bescheid und über das Herz, und gerade begann sie mit dem Lernen über die Dialyse ... Ihr Mann erhält dann eine Pflege auf höchstem fachlichen Niveau.

6.

Ich habe das Buch geschrieben. Genau so, wie es sein sollte. Ich sandte das Manuskript ab. Es herrschte Stille. Als dann endlich das Telefon läutete, hörte ich eine unsichere Stimme:

»Es ist ganz seltsam, Frau Hania. Ich lese und lese, schon viermal habe ich es durchgelesen ... Nun, ich weiß nicht, Frau Hania. Nun, wir reden noch darüber.«

Wir redeten in Wien. Erst im Café Prückel, später in der Wohnung ihres Mannes.

Café Prückel, das war das Café, aus dem sie die Gestapo geholt hatte. Sie zeigte mir den Tisch, an dem sie auf den Menschen der Organisation Todt gewartet hatte: unter dem Spiegel direkt gegenüber der Tür, neben dem Kübel mit der Palme.

»Ich saß mit dem Gesicht zum Eingang, und das war ein Fehler. Mit dem Rücken hätte ich sitzen sollen.«

»Sie hätten Sie im Spiegel gesehen. Dadurch hätten Sie paar Minuten gewonnen, höchstens.«

»Das stimmt.«

Wir saßen unweit des Tisches am Fenster und aßen Apfelstrudel mit Schlagsahne. Der Strudel war warm, die Sahne kalt, der beste Kuchen, den ich in meinem Leben je gegessen habe. Wir aßen den herrlichen Strudel und meine Heldin erklärte mir, wohin sie die Gestapo geführt hatte.

»Wir bogen nach links ab, ja, dort«, zeigte sie durch das Fenster, »wir gingen zum Kanal hin und wieder nach links, später zeige ich es Ihnen.« (Später zeigte sie mir das Denkmal mit der Tafel, die darüber Auskunft gibt, daß sich hier die Gestapo befand, hier also wurden sie gequält und kamen sie um ...)

»Schrecklich klein ist die Erzählung, Frau Hania«, sagte sie plötzlich. »Das sollte ein dicker Wälzer werden, und herauskam ein Büchlein.«

»Genau so sollte es sein«, erklärte ich. »Das Buch über Marek Edelman war noch kürzer. Um sechzig Seiten, um ein Drittel. Und das war ein Buch über die Aufständischen des Ghettos ... «

»Das war alles so fürchterlich«, nahm sie den Faden wieder auf, als hörte sie nicht, was ich sagte, »meine ganze Verzweiflung, mein Herz, meine Tränen, und bei Ihnen? Ein paar Sätze, und das ist dann auch schon alles?«

»Je größer die Verzweiflung, desto weniger Sätze werden benötigt, Frau Isabella.«

»Ich habe Ihnen so viel erzählt ... Ich dachte, daß Sie das ausnutzen«, sagte sie immer bestimmter und mit einer deutlichen Note des Vorwurfs.

Wut überkam mich. Meine Heldin benahm sich jetzt wie eine Kundin, die der Schneiderin Stoff gab, in der Hoffnung auf eine Kreation mit Plisseefalten, gesmokter Passe, Bausch und Falbel, und ein schlichtes, einfaches Kleid erhält.

»Je besser der Stoff, desto einfacher die Fasson«, wiederholte ich den vorherigen Gedanken mit anderen Worten. »Sie sind sehr liebenswürdig, Frau Isabella«, fügte ich hinzu, »doch sie haben einen schlechten Geschmack. Vielleicht nicht schlecht ... « verbesserte ich, »aber anachronistisch. Oder traditionell eher ... «

Tags darauf kam ich in die Wohnung ihres Mannes, in der sie sich ein paar Tage aufhielt, für die Dauer ihres Aufenthalts in Wien. Es war eine schöne, helle Wohnung, weit vom Zentrum.

Der Ehemann war noch in der Arbeit.

Ich sah mich um. An den Wänden aller Zimmer hingen vergrößerte Photographien. Eine war schwarz-weiß, die anderen waren bunt. Auf den Photographien waren Frauen abgebildet, einige dunkel, andere hell, alle freundlich, lächelnd, jung.

»Die Schwestern meines Mannes«, erklärte mir Isabella L., »das ist Tusia, das Hela... « In Wirklichkeit hießen die Schwestern Esther, Chaja, Nechama und Sara, doch zu Hause wurden sie mit polnischen Namen gerufen: Tusia, Hela, Halina, Zosia... Ich kannte sie alle aus den Erzählungen der Isabella L. und aus meinem-nichtmeinem Buch.

Zosia. Die jüngste der Schwestern heiratete in Lemberg, sie kam als erste um.

Tusia und Hela. (Hela wurde coloriert, rosa und mit einem Sommerkleid und einem Dutt; goldenfarbiges Haar hatte sie, ein sonnengebräuntes Dekolleté; und eine schmale Taille, aber das ist auf der Photographie nicht zu sehen.) Beide begingen Selbstmord nach dem Tode von Helas Mann. Erst vergifteten sie das Kind, dann vergifteten sie sich selbst. Isabella sah sie zum letzten Mal, als sie ihre Mutter aus Chełmno abholte. Hela wiederholte: »Rette sie. Rette meine Mutter, meinen Vater, meine Schwester... « Um den Bruder bat sie nicht, sie wußte, daß die Schwägerin ihn ohnehin retten würde. Isabella L. nahm es ihr übel. Sie war so hell, so schön, so gar nicht einer Jüdin ähnlich und machte nicht einmal den Versuch, sich zu retten, und sie selbst, mit gefärbten Haaren, mit Augen, welche der Polizist sogar in der fahrenden Rikscha ohne Mühe erkannte, sie aber hatte die Pflicht, am Leben zu bleiben und alle zu retten.

Szymuś, Tusias Sohn. Er war sechs. Sie reichten ihm Gift. Sie sagten – – – Was wird in solchen Fällen gesagt? »Sei brav, schluck es«? Die Besitzer des Verstecks fanden alle drei nach ein paar Tagen. Sie hatten einige Sorgen mit der Beerdigung.

Halina. Sie war dunkel und häßlicher als die anderen Schwestern, sie hatte keine schönen Beine, doch auf dem Photo zeigt sie sie mit Charme (ich denke, daß Isabella L. etwas übertrieben hat mit den Beinen, sie waren gar nicht so unförmig). Sie bleichte ihr Haar, es war eine fatale gelbe Farbe. Sie lernte irgendeinen Herrn kennen. Sie sprach von ihm: »Wir verstehen uns ohne Worte… « Das beunruhigte Isabella L. Wer könnte sich für Hela interessieren? Mit diesen Beinen? Mit ihren Haaren in Gelb? »Paß auf dich auf«, sprach sie. Als sie aus Wien zum zweiten Mal zurückgekehrt war, sagte man ihr, daß irgendein Herr Halina und den Vater abgeholt hatte, er nahm sie mit und sie verschwanden ohne jede Spur.

Der Vater. Beim ersten Mal gelang es ihm zu flüchten: nachdem die Wohnungsinhaberin in Nowy Świat sie auf die Straße warf. Sie schmiß sie am hellichten Tage hinaus, zwei alte Menschen, die das ganze letzte Jahr hindurch sich nicht vom Fußboden erhoben hatten und zur Toilette auf allen Vieren unter dem Fensterbrett krochen, und Halina, sie mit ihren schwarzen, traurigen Augen, ihren Haaren in Gelb. Die Mutter schnappten sie und brachten sie zum Pawiak, der Vater und Halina sind geflüchtet. Beim zweiten Male gelang es ihnen nicht zu flüchten, als der bekannte Herr kam, mit dem Halina sich ohne Worte verstand.

Der Vater hat auf dem Portrait ein glattrasiertes Gesicht. In Wirklichkeit trug er einen Bart, doch nach dem Krieg, als sie alles auf polnisch umarbeiteten, sogar die Vornamen der Eltern und die alten Photographien, gaben sie das Photo vom Vater einer ihnen vertrauten Photographin. Sie machte ein Negativ, liquidierte den Bart, und Vater zeigte sich mit einem seltsam fremden Gesicht, das sie nicht kannten. Ein Gesicht ohne Bart, und so sollte es dann auch für immer bleiben.

Isabella L. und ich, wir saßen zusammen wie einst in ihrem Salon in Israel, nur diesmal ohne den durchsichtigen Schleier. Vielleicht machten das die Gesichter, die von allen Wänden herabsahen und mit uns waren.

Wir saßen also, und Isabella L. las ihre Bemerkungen aus den Notizen vor.

Hinzufügen die Szene mit den Klößen. Es handelte sich um Klöße, welche ihr eine Bäuerin in der Gegend von Lodz auf den Teller legte, als sie von der Zwangsarbeit aus Deutschland geflüchtet war. Die Bäuerin war gastfreundlich, und als sie ihr die Klöße auflegte, erklärte sie ihr, woher alles Böse herrühren würde, von den Juden.

Hinzufügen die Szene im Restaurant (Einzelheiten spielen keine Rolle).

Überhaupt: Hinzufügen, hinzufügen, hinzufügen.

»Alles war schon drin, Frau Isabella«, sagte ich. »Ich beschrieb es in der ersten Fassung, aber ich mußte es streichen, es wurden Längen.«

»Längen?!« rief Isabella L. »Frau Hania! Was für Längen! Die Szene mit den Klößen gibt das Problem wieder!«

Weiter: Streichen bestimmter Worte, zum Beispiel: »demütig«, »fügsam«, »einschmeichelnd«, »ergeben« ...

Das war über sie. Mit diesen Worten charakterisierte ich die Heldin, die als eine tapfere und außergewöhnliche Frau der Welt gegenüber trat, doch bei ihrem Mann wurde sie still und war voller Demut.

»Keine Rede davon, Frau Hania. Demütig? Ich?!«

»Aber ja doch«, erzählte mir später eine Freundin von Isabella.

»Sie war unwahrscheinlich tapfer, tapferer als alle unsere jungen Frauen aus der Untergrundarmee. Hinter uns stand die Organisation, Verbindungen, Kameraden, und sie handelte allein, ihr Heldentum war unvergleichlich größer. Doch wenn sie den Schlüssel im Schloß hörte, den ER umdrehte, verstummte sie, machte sich klein, duckte sich, war schüchtern und verschreckt.«

Ich war sehr stolz, daß ich Isabella L. treffend entschlüsselt hatte. Sie erzählte mir nicht von der Demut, doch beim Schreiben dachte ich es mir. Schreiben ist, wie es scheint, ein Erkenntnisprozeß ...

Ich hörte den Schlüssel im Schloß.

Der Ehemann trat ein. Ein hochgewachsener, sehr vornehmer Mann. Er begrüßte uns sehr freundlich. Er hatte schöne, schlanke Hände.

»Bist du hungrig?« fragte Isabella L. und erhob sich eilig aus dem Sessel.

Nach der Rückkehr nach Warschau gab ich das Manuskript Frau Wiesia Weissowa, einer erfahrenen Redakteurin des Verlages »Wydawnictwo Literackie«. Nicht zum Drucken, ich habe keine Rechte auf das Buch; nur aus Neugier, um eine kompetente Meinung zu hören. Gleichzeitig nahm ich die Veränderungen vor, um die mich Isabella L. gebeten hatte.

»Schreiben Sie?« fragte sie, diesmal aus Israel.

»Ich schreibe.«

»Fügen Sie hinzu?«

»Ich füge hinzu. Doch ich streiche es gleich, weil dieses Hinzufügen sich als überflüssig herausstellt.«

Im Hörer herrschte Stille. So eine Stille ist kostspielig, Isabella L. muß dafür schwer arbeiten, indem sie die von ihr betreute Dame, die keine hohen Töne hören kann, mit der Stimme eines Bauchredners unterhält.

Die Stille zog sich in die Länge.

»Was ist mit Ihrem Mann«, fragte ich.

»Nichts.«

»Ruft er an?«

»Nein.«

»Und mit Ihrer Tochter?« (Die Tochter hält sich seit einiger Zeit im Ausland auf.)

»Nichts.«

»Ruft sie an?«

»Nein.«

Stille.

»Na also was?«

»Na, also nichts, Frau Hania.«

Wieder tat sie mir leid.

»Ich versuche noch, etwas hinzuzuschreiben, Frau Isabella.«

»Versuchen Sie?«, in der Stimme von Frau Isabella L. hörte ich den Ton, mit dem sie sich in meinem Buch an ihren Mann wandte. »Ich bitte Sie sehr, versuchen Sie es.«

Wiesia Weissowa rief an. Sie sagte, daß sie das Buch »Der gewonne Krieg der Isabella L.« herausgeben möchten, weil es eines der aufschlußreichen Bücher über Juden sei.

»Ich habe nur eine einzige Bemerkung«, fügte sie hinzu. »Eine gestalterische. Sollte der Ehemann sie nicht viel früher verlassen? Für die Geschichte wäre es so wirklich besser.«

Briefe an den Zaddik

Sie sind immer in Eile. Zeit finden sie spät am Abend; während das Taxi wartet, versichern sie, daß sie sich in Kürze melden und fragen, ob jemand vielleicht Kontakte mit Rußland hat.

So wirklich interessieren sie sich nur für die russischen Juden, weil es sie GIBT. Hier blieben allein die Andenken, um die es sich zu kümmern gilt (und so dankt Rabbi Besser aus New York den hiesigen jungen Juden dafür, daß sie sich um die Andenken kümmern), aber Menschen gibt es eigentlich keine mehr. Etwa diese Handvoll junger Juden, die alle im Hotelzimmer des Rabbi Besser Platz finden? Das ist doch nicht ganz ernst zu nehmen: die bekehrte Goje-Ehefrau, der unbeschnittene Sohn, der römisch-katholische Wächter jüdischer Friedhöfe... Es kann einen zwar rühren, doch darauf läßt sich keine Zukunft bauen. Also verkürzen sie die Unterhaltung, versprechen sich zu melden – der Schwager des Rabbi Besser bittet Janek Jagielski, daß er ihm so schnell wie möglich einen Zaddik auf dem Friedhof von Warka findet – und fliegen ab nach Moskau.

Sie sind in Eile, auch wenn sie wichtige amerikanische Rabbiner sind. Vor kurzem rauschten Zweie durch den Warschauer Friedhof, im Alter von zwanzig und paar Jahren, schwarze Hüte, geflochtene Peies, Reisetaschen. »Herr Janek, Herr Janek«, rief der Friedhofsdirektor, »diese Herrn suchen den Zaddik von Brześć und den Zaddik von Mińsk Mazowiecki!« Janek also mit ihnen, im Eiltempo, in das wartende Taxi, zum Zaddik von Brześć, hier schreiben die Jünglinge etwas auf Zettel, werfen diese in die Gruft, ein kurzes Gebet, dann wird aus den Taschen je ein Apparat herausgekramt, sie machen Photos und weiter im Trabe zum Zaddik von Mińsk Mazowiecki. Und zum Flugplatz, denn heute noch kehren sie nach Paris zurück.

Die Zettel, die auf den Friedhöfen zurückgelassen werden, das sind Briefe an den Zaddik: Angelegenheiten, die ein Jude seinem verstorbenen Zaddik anvertraut. Als der Zaddik lebte, und Zaddik heißt der Gerechte, da antwortete er persönlich. Er erfüllte Bitten, erteilte Ratschläge, heilte Kranke, er entschied bei Streitigkeiten und fällte Urteile. Auf der Leiter, die die Juden mit Gott verbindet, befand er sich, dank seiner Heiligkeit und Frömmigkeit, auf halbem Wege. Zu Gott hatte er es näher als die Menschen, zu den Menschen hatte er es näher als Gott, durch ihn also drang Gottes Wille auf die Erde. Wenn er starb, nahm seine Kraft nicht ab. Sie konnte, im Gegenteil, sogar zunehmen, war er doch jetzt dem Himmel noch näher. Die Juden kamen also auf die Friedhöfe, zündeten ihren Zaddikim Kerzen an und hinterließen ihnen ihre auf Zetteln niedergeschriebenen Angelegenheiten.

Die Juden haben viele Anliegen an Gott, aber sie sind damit so weit weg: in New York, Paris, Montreal, Tel Aviv ... Und die Zaddikim, wie eh und je in Lejżask, Kozienice, in Przysucha, Góra Kalwaria. Es bleibt nichts anderes übrig als herzukommen. Also mit Zettel und Kerze von Paris nach Przysucha oder von Montreal nach Kozienice.

Erst muß man herausbekommen, wo ein Zaddik begraben liegt.

Man begibt sich auf Anhöhen, die verbunden sind mit alten, von Gras zugewucherten Schützengräben, oder in den Wald, dessen Bäume in mühevoller Arbeit durch die Anwohner als ihr gesellschaftlicher Beitrag zum Subbotnik gesetzt wurden. Es werden einige Steine berührt, die in den Waldboden hineingeschlagen sind und die sich, wie man sieht, weder für Pflastersteine noch als Schleifsteine eigneten. Etwas ratlos schaut man auf den Fluß, der unverändert die Friedhofshöhe umfließt und hebt einen gebleichten Knochen auf, der von einer Planierraupe im Vorüberfahren freigelegt wurde. In den alten Häusern der Umgebung sucht man alte Leute auf: »Entschuldigen Sie, erinnert sich jemand vielleicht daran, wo der Zaddik liegt?«

Es war einfach, einen solchen Ort im Gedächtnis zu behalten, denn über den Gräbern der Zaddikim waren kleine Häuser aufgestellt, aus Holz oder gemauert. Hebräisch heißt dieses Haus Ohel, Zelt. Es schützte das Grab vor Entehrung und zeigte die Bedeutung des Verstorbenen an. In Kozienice fand man ohne viel Mühe das Fundament des Ohel, da der Friedhofsplan noch vorhanden war; in Przysucha suchte man über viele Tage, bis Jan Werenc es fand, der sich mit seiner Frau, einer Schaufel und einer Kuh zu einem Sonntagsspaziergang auf den Friedhof aufgemacht hatte; in Warka brachte ein junger Mann auf Krücken den Janek Jagielski durch einen Ziegel auf die Spur; jetzt sollen sie in Mszczonow suchen.

Janek Jagielski ist Geochemiker, er verbringt seine Zeit am Institut für Industrielle Chemie und auf jüdischen Friedhöfen. »Immer stellen sie mir zwei Fragen, es sind immer dieselben. Warum ich das mache und ob ich Jude bin? Auf die zweite Frage fällt es mir nicht schwer zu antworten; nein, ich bin keiner. Und warum ich das tue? Ich weiß es nicht. Vielleicht hat es eine Bedeutung, die ich nicht verstehe, aber vielleicht hat es auch keine Bedeutung. Sicher ist nur, daß unter den Menschen, die in Polen leben, ich am besten weiß, wo sich welches Grab auf welchem jüdischen Friedhof befindet.«

Wenn sie in der Stadt auftauchen, ganz in schwarz, mit schwarzen Bärten und Käppi und mit der Suche beginnen, taucht sofort die Frage auf, was sie versteckt haben. Natürlich – Gold. Denn was kann ein Jude schon suchen, wenn er auf dem Friedhof gräbt?

Jan Werenc, der Zimmermann, dessen Haus am hinteren Ende des Friedhofswaldes steht, überlegte sich ebenfalls, um was es da gehen könnte. Er stieß auf das Fundament, allein und sofort; mit einem Stich, einen Spaten tief, sah den Ziegel und schüttete es schnell wieder zu, ohne jede Spur. Es war Sonntag, da ist es nicht schicklich zu graben, die Kuh beim Grasen hüten, das geht noch an, so weidete die Kuh, und beide, er mit seiner Frau, gingen nicht weit davon entfernt spazieren und stellten Vermutungen darüber an, was sich unter dem Fundament wohl verbergen könnte. Vielleicht Geld aus der Zeit der Kriegswirren? Oder vielleicht deren Abgott? In der Heiligen Schrift steht ja geschrieben, daß die Juden einen Götzen ganz aus Gold hatten, da kann es doch sein, daß er hier in Przysucha vergraben wurde und sie jetzt danach suchen.

Tags darauf kamen die Juden erneut. Mit Autos haben sie die ältesten Leute aus der Gegend hergefahren, eine Frau brachten sie, die war neunzig Jahre alt, und nichts, jeder zeigt eine andere Stelle. Da sagt Jan Werenc: »Meine Herren, ich zeige es Ihnen.« Er nimmt die Schaufel, den Schwiegersohn, seine Söhne und legt die Ziegel frei...

Verheddert war alles, in Wurzeln verfangen, so daß die Äste mit der Spitzhacke zerteilt werden mußten. Die anderen sagten kein Wort, standen da, schauten, manchmal nahmen sie irgendeinen Stein in die Hände, entzifferten die hebräischen Buchstaben und legten ihn vorsichtig beiseite. Als dann das ganze Fundament freigelegt war, gingen sie zu Werencens zum Tee. Die Schwiegertochter bot Wurst in Scheiben an, sie blieb unangerührt, vielleicht Eier? Auch nicht, denn die Behältnisse müssen koscher sein, doch zum Glück hatte die Schwägerin einen nagelneuen Topf, und so gingen sie in die Küche, überprüften ihn, erlaubten darin Eier zu kochen und erklärten sich dann auch noch mit einem Tomatensalat einverstanden.

Und da wurde Werenc ganz mutig: »Meine Herren, wonach suchen Sie bei uns? Ist es vielleicht der goldene Abgott?« Und jetzt erst klärte sich, daß sie den Zaddik suchen. »Dieser Zaddik hier war so klug, daß eine solche Person einmal in hundertundfünfzig Jahren geboren wird. Was er in einer Minute ausgedacht hat, dafür brauchten andere ein ganzes Leben«, erklärten die Gäste aus New York. »Und diesem Zaddik soll nun über dem wiedergefundenen Grab ein neues Ohel aufgestellt werden. Was wird so etwas kosten?« fragte einer der Juden und griff nach dem Portemonnaie. »Moment mal, meine Herren«, erwiderte beunruhigt Werenc. »So ganz ohne Einverständnis der Gemeinde? Ohne einen Plan? Bei uns dürfen sie nicht mal eine Scheune ohne Erlaubnis aufstellen, und ihr wollt ein kleines Haus für den Zaddik, einfach so?«

Im September war das Ohel fertig. Der Innenraum war geweißt, hebräische Tafeln wurden angebracht, auf denen die heiligen Weisen gepriesen werden. Auf jeder Tafel ist eine Kerze aufgemalt. Alle betrachten die Kerzen mit Bewunderung, denn wenn Strom eingeschaltet wird, beginnen die künstlichen Flammen zu flimmern, wie vom Wind. Der Schwiegersohn, der sie installierte, sagt, das ist aus Japan. Auf der kleinen Holzbalustrade gibt es Spuren von den ersten Kerzen, den echten. Im Inneren, hinten, liegen auf dem Boden die ersten beschriebenen Zettel. Briefe aus New York an den Zaddik in Przysucha.

Die Nachbarn sprechen die Werencens auf der Straße an: »Ist es wahr, daß ihr die Juden nach Polen zurückführt?« »Stimmt«, antwortet Frau Werenc. »Die Juden träumen von nichts anderem, als sich am frühen Morgen mit der Lebensmittelkarte vor dem Fleischerladen um Fleisch anzustellen und mit dem Bezugsschein für Kohle vor dem Kohlelager schon am Abend.«

Die Juden versprachen, Jan Werenc mit Söhnen und Schwiegersohn nach Amerika einzuladen. »Ihr werdet dasselbe machen wie hier«, sagte der Wichtigste von ihnen, aber sie verstanden ihn nicht. Wozu brauchen die in Amerika Ohele, wenn sie keine eigenen Zaddikim haben?

»Daß ich da bloß nicht sterbe«, sorgt sich der Werenc. »Die Überführung des Sarges würde ein Vermögen kosten. Es stimmt schon, daß die Leute, die dort auf Regierungsvertrag zur Arbeit sind, auf Kosten des Staates überführt werden. Einen brachten sie aus Libyen im Sarg, direkt nach Przysucha, und der Staat deckte es ab, nur ob das auch für mich gilt? Wenn nicht, dann sollen sie mich am besten verbrennen. Die Asche ist leicht, da gibt es keine Zusatzkosten beim Gepäck.«

»Wie kommt es«, sagt der Informatiker, der die Disketten aus Przysucha zum Computer fährt, »daß in den Städten, in denen es jüdische Zaddikim gab, heute die Betriebe der Handelskette Hortex sich befinden. Przysucha, Lejżask, Góra Kalwaria ... «

Mehr noch: es sind ausgezeichnete Betriebe. Der Hortex in Przysucha nahm von europäischen Banken fünfundfünfzig Millionen Dollar auf, und nach drei Jahren zahlte er sie auf Heller und Pfennig zurück. »Vorher war hier der Wald«, sagt der Direktor, »Felder, die Traditionen des Major Hubal und Kopulak. Jetzt haben wir hier einen technologischen Transfer aus Österreich, der Schweiz und Italien, Samen aus Holland, Kunden aus der ganzen Welt.« Vertreter westlicher Banken kamen, schauten sich um, fragten den Direktor, wieviel er will und zu welchen Bedingungen. Also? Zufall? Kopulak aber wiederum, die Ofenfabrik, die ist wie früher. Die Menschen stehen an den damaligen Tischen, mit den damaligen Kellen tragen sie das flüssige Gußeisen aus den damaligen Schmelztiegeln und gießen es in die damaligen Formen. Und sie sehen wie die Damaligen aus, schmutzig und schwerfällig vor Erschöpfung. Nur, daß sie nach der Arbeit nicht zum Abendgebet eilen, sondern zur ihren Beeten, den Erdbeeren und den schwarzen Johannisbeeren für den Hortex. Nur, daß sie halt andere Sorgen haben. »Das Jahr geht zu Ende«, sagt der Sekretär der Parteibasisorganisation des gesamten Kopulak, »und ich habe noch keinen werben können. Es gibt Druck, daß wenigstens ein Mitglied im Jahr gewonnen werden sollte, aber was soll ich Ärmster diesem Mitglied geben? Eine Wohnung, nicht vorhanden, einen Fernseher, keiner da, das Jahr endet, und ich habe niemanden.«

»Alles in der Welt kann man nachmachen, nur die Wahrheit nicht«, sagte der Rabbi von Kozk, Schüler des Symcha Bunam, des Rabbi von Przysucha.

Alle sind schrecklich in Eile... Die Rabbiner nach Moskau, die Juden zum Zaddik, die aus Przysucha zur ihren Beeten (den ganzen Frühling und Sommer verbringen sie auf Knien mit Pflanzen, Jäten, Ernten). Rafał Sosiński eilte zum Zug. Er hatte noch beide Beine, auf dem Rückweg von Warschau nach Hause, und mit sich eine vollgeladene Tasche, einmalige Einkäufe sind ihm gelungen. Bockwürste, Schweineschnitzel, dann noch Räucherspeck und noch Herrenschuhe, für den Schwager zur Hochzeit... Und eben diese Tasche zog ihn mit ihrem Gewicht von den Stufen. Er ließ sie nicht aus den Händen, auch nicht, als er zwischen Bahnsteig und Waggons geriet, auch noch nicht, als das letzte Rad sein Bein zermalmte, nicht einmal als er auf der Trage lag, erst der Mutter im Krankenhaus händigte er sie aus, mit Erleichterung und Stolz.

Rafał S., auf Krücken humpelnd, zeigt Janek J. die Reste des Fundamentes vom Ohel. Dann führt er ihn weiter nach unten und zeigt die Stelle, wo das Haus der Wierzbicka stand. Dann sagt er etwas vom Zaddik von Warka und nennt ihn Mengele. »Mendel«, verbessert Janek J. »Richtig«, stimmt ihm Rafał S. zu, »Mengele, das ist so ein

Arzt.« Dann heben wir einen Knochen auf, freigelegt von einer Planierraupe, die hier vorbeigefahren ist. Rafał S. nimmt ihn mir aus der Hand und sagt, »nein, der muß hier bleiben«, er legt eine Krücke weg, hebt mit der Hand eine kleine Kuhle aus, legt den Knochen hinein und bedeckt ihn sorgfältig mit Erde.

Die Geschichte von Przysucha laut »Polens Tausendjährige Städte«, Ossolineum 1965:

Die erste Erwähnung 1490 betrifft eine Handelstransaktion des Paweł Męcina, im 16. Jahrhundert gab es hier eine Schmiede mit Wasserrad, im 18. Jahrhundert eine Papierfabrik mit Mühle, die Graf Dembiński gründete, in der Zeit der polnischen Teilung gab es vier Frischöfen, eine Säbelwerkstatt und ein Sägewerk; am Anfang des 20. Jahrhunderts hat P. die Stadtrechte verloren. In P. ist der Ethnograph Oskar Kolberg geboren, hier wurde die erste Genossenschaftsschule gegründet, in den nahe gelegenen Wäldern versteckten sich Partisanen, unter anderem die des Majors Hubal. Eine Kirche im klassizistischen Stil, intensive Förderung von hitzebeständigem Lehm.

Eine Ergänzung durch den örtlichen Amateurhistoriker: Zwei Jahre lang war Loda Halama die Ehefrau des Grafen, in der Kirche ist die Geburtsurkunde von Oskar Kolberg erhalten, ebenfalls der Schulkalender von 1934/35 mit Sinnsprüchen: Wer den Groschen nicht ehrt, ist des Talers nicht wert. Wer um seinen Wohlstand sich kümmert und ihn vermehrt, dem wird stets Ehre beschert – und so weiter.

Somit also: Paweł Męcina, Graf Dembiński, Kolberg, Hubal, Loda Halama... Na gut, und Jakub Jizchak von Przysucha, genannt »der Jehudi«? Und Jerachmiel, Sohn des Jakub Jizchak? Und Syncha Bunam von Przysucha, Schüler des Jehudi? In den »Erzählungen der Chassidim« erwähnt Martin Buber sieben Zaddikim aus Przysucha (ein Kapitel heißt: »Przysucha und die Tochterschulen«), und auf sie führt er die berühmten chassidischen Schulen von Warka, Kozk, Góra Kalwaria zurück. Auch in der Chronik von Warka wird davon nichts geschrieben. Es werden solche Berühmtheiten von Warka wie Pułaski, Wysocki, Matłakowski genannt, doch den schweigenden Zaddik Mendel von Warka erwähnen sie mit keinem Wort. »Das ist nicht in Ordnung, daß ihr euch an den Mendel von Warka nicht erinnert«, sage ich Herrn Matłakowski, dem Enkel von dem Matłakowski aus der Chronik, einem Arzt und Ethnographen, Verfasser von Abhandlungen über Chirurgie, die Kultur von Podhale sowie einer Kritischen Ausgabe des Hamlet in eigener Übersetzung. »Nein, das ist es auch nicht«, erklärt sich Herr Matłakowski mit mir einverstanden. »Aber was ist in der heutigen Welt schon in Ordnung?«

»Auf den Polen lastet die Pflicht des Erinnerns«, schrieb Jakub Karpiński in dem Artikel »Asymmetrie«. »Jemand sollte sich in Polen erinnern an die Juden ... «*

Das ist nicht wahr, es besteht keine Erinnerungspflicht. Ebenso wie es keine Pflicht zu lieben gibt.

Übrigens ... Wer sollte sich erinnern? In Przysucha? In Warka?

Am Denkmal von Kazimierz Pułaski legen jedes Jahr Vertreter der amerikanischen Botschaft einen Kranz nieder, ganz aus Rosen und dazu noch aus blauen. Wie kann man sich da nicht erinnern, an die Rosen, die amerikanischen, blauen?

An Piotr Wysocki erinnert sich Marianna Sosińska aus Knyziów, Mutter des Rafał. Oma Sosińska erzählte, daß Wysocki sie »Dozia, Dozia!« rief und ihr Bonbons gab. Der Mutter von Dozia wiederum, also der Urgroßmutter der Sosińska, der aus Knyziów übrigens (was wichtig ist, denn die Knyziówer, die derzeit die ölgefüllten Elektroheizkörper mit Thermostat der Marke Knyzio herstellen, erreichen eine Heizkörperqualität, an die höchstens Siemens heranreicht), also jener Urgroßmutter erzählte Wysocki, daß ihm in der Verbannung irgendeine Frau tagtäglich Mittagessen brachte. Bei jedem Essen ließ er einen Knödel über, und darin etwas Gold aus der Grube. Als er abfuhr, da wollte ihm die Frau das Gold geben, aber er nahm es nicht, er kehrte nach Warka zurück, wie er da stand, nur mit einem Anzug ...

So erzählt es die Mutter des Rafał S. über Piotr Wysocki, und genau das ist Gedächtnis: Urgroßmutter, Großmutter, Dozia, Bonbons ...

* Jakub Karpiński, in: »Aneks«, London, Nr. 41/42.

Na gut, es handelt sich hier um Wysocki, der führte die Polen zum Belvedere. Doch Jizchak von Warka und Mendel von Warka, die haben die Polen nicht nur nicht geführt, sondern sie sprachen nicht einmal mit ihnen. Nicht für sie waren ihre Klugheit und die Lehren bestimmt.

Der Mendel von Warka sprach auch nicht mit den Juden. Der Mendel von Warka schwieg. Als er den Rabbi von Kozienice traf, verweilte er mit ihm eine Stunde im Schweigen, danach sprach er: »Nun sind wir fertig.« »Es ist zweifellos, daß Schweigen seine besondere Art von Frömmigkeit ist«, schreibt Buber. Wenn Rabbi Mendel sich zum Schweigen äußert, »so meint er damit nicht ein lautloses Gebet, sondern ein lautloses Weinen oder einen ›lautlosen Schrei‹. Ein lautloser Schrei ist die Reaktion auf das große Leid.«*

Ist denn in dieser Welt, in der, wie Herr Matłakowski sagt, nichts in Ordnung ist, ein lautloser Schrei hörbar? Noch dazu, wenn es das Weinen des Rabbi Mendel von Warka ist?

Vor kurzem erst wurden die Reste des Hauses weggeräumt, das sich unter der Friedhofsanhöhe befand, auf der Seite von Pilica her. Dort wurden einst die Toten für die Bestattung zurechtgemacht. Hier wusch man sie, wickelte sie in ein Leichentuch, und die Lider hat man mit Münzen bedeckt, damit die Auferstehenden am Tage des Jüngsten Gerichts vom Lichterstrahl nicht geblendet werden. In diesem Häuschen wohnte die Wierzbicka. Keiner kann sich an ihren Vornamen erinnern, »Wierzbicka« sagen sie. Sie hatte einen blinden Mann. Sie war kräftig, sie verdingte sich bei den Matłakowskis zum Dreschen und arbeitete den Männern gleich. Am achten September kam sie zu den Matłakowskis mit dem Schrei: »Die Tore stehen offen!« Sie dachte, daß jemand die Ernte in der Scheune angezündet hat, aber das war eine Brandbombe, die erste in Warka.

Sie hütete den Friedhof, auch dann noch, als es weder Juden noch Grabsteine gab. Sie vertrieb die Leute mit dem Stock, die hier auf der Anhöhe Schafe weiden kamen. Eines Tages war ein Feuer auf dem Hügel entfacht. Es brannte das Gras und die übriggebliebenen Bäume,

* Martin Buber, Die Erzählungen der Chassidim, Zürich 1949

die Birken und Erlen. Die Wierzbicka rannte von Baum zu Baum und versuchte zu löschen. Irgendetwas ist mit ihr damals geschehen, man sagt, in ihrem Kopf ist was kaputtgegangen an diesem Tag. Herr Matłakowski sah sie zum letzten Mal krank, erkältet, auf dem Strohlager. Ihre Tochter soll sie zu sich genommen haben. Sie soll gestorben sein.

In der aus dem 18. Jahrhundert stammenden Synagoge von Przysucha wurde das Dach erneuert und die Decke mit Eisenstützen unterbaut. Nachdem diese Arbeiten erledigt waren, verließen die Bauarbeiter das Gebäude. Im Inneren, unter der durchbrochenen, geschmiedeten Empore, hinterließen sie eine leere Flasche Wodka, ein leeres Glas »Gulasch Kujawer Art«, eine Bierflasche »Special« und dreißig Sack Zement. Draußen unter der Mauer hinterließen sie Kronenkorken von Bierflaschen, Plastikverschlüsse von Weinflaschen, leere Konservendosen, Knöpfe, Glasscherben, vertrocknete Haufen, einen Etikettenfetzen mit der Aufschrift »Kohlroulade gefüllt mit Flei«, ein Rohrstück, ein Sofakopfteil, eine Strickwollmütze, einen Fetzen von einem Unterhemd und Arbeitshandschuhe.

Handschuhe gibt es am meisten, denn sie störten beim Öffnen der Flaschen. Die Mütze, weil sie vom Kopf rutschte beim Zurücklehnen des Kopfes. Das Kopfende des Sofas, weil die alten Möbel ausgetauscht wurden gegen etwas Neumodisches (der Stadtvorsteher: »Die Versorgung mit Möbeln ist ausgezeichnet, der Handelspavillion weiß nicht wohin damit«). Die Flaschen, das ist ja wohl klar (der Stadtvorsteher: »Wir haben im vergangenem Jahr für zweihundert Millionen getrunken, soviel beträgt das jährliche Haushaltsbudget unserer Gemeinde«). Die Haufen, na weil ...

»Wir müssen umkehren«, rief Rabbi Bunam seinen Schülern zu. »Die Wände rufen mich vor Gericht, denn ich habe sie schmählich behandelt und Schande über sie gebracht.«

Gäste aus New York sagten voraus, daß zu ihrem Zaddik nach Przysucha Abertausende kommen werden. Der Besitzer des örtlichen Motels (der das Haus des letzten Rabbi von Przysucha an der Krakowskastraße bewohnt) stellt Überlegungen an, wo sie essen werden – eine koschere Küche könnte in Betrieb genommen werden. Ein separater Saal ließe sich für sie auch abteilen, und was ist mit den Übernachtungen? Denn sie könnten ja hier schlafen und von hier zu den anderen Zaddikim fahren, nach Kozeniece oder Góra Kalwaria. Fürs Erinnern ist es etwas spät, doch für die Infrastruktur des Erinnerns auf der Etappe der zweiten Wirtschaftsreform genau richtig.

In seinen Erzählungen über die Zaddikim von Przysucha erwähnt Buber den Wald. Gleich nach seiner Hochzeit zog der Sohn des Rabbi Bunam zusammen mit einer kleinen Schar von Anhängern in den Wald und studierte dort den Chassidismus. Sein Vater begab sich zu ihm und befahl ihm, nach Hause zu gehen; der Sohn schaute ihn an, »wie aus dem Schlaf erwachend, sagte er: ›Ich habe vergessen‹« und kehrte zu seiner jungen Frau zurück. Es ist derselbe Wald, schreibt Buber, »von dem einst der Seher von Lublin« – so genannt wegen seiner durchdringenden Intuition – »durch ihn fahrend, sagte, es werde einmal die ganze offenbare und geheime Lehre mitsamt der Schechina hier sein.«

Es ist nicht bekannt, wo das alles geschah, denn die Wälder in der Gegend von Przysucha sind ausgedehnt.

War es vielleicht der Wald hinter Przysucha, aus dem Jankiel Kozłowski herauskam, um an der Tür der Józefa Tomasikowa anzuklopfen? Ihr Haus stand am Waldesrand, also haben alle, die von dort kamen, an ihrer Tür angeklopft. Sie brachte dem Jankiel Essen und viele Bücher. Erschossen haben sie ihn nach einem Jahr, am Haus. Die Enkelin der Józefa sagt, daß sie dreimal geschossen haben und dreimal die Kugeln von ihm abprallten, erst die vierte hat ihn getötet. Eine Fuhre wurde gemietet und der Leichnam von Jankiel auf den Friedhof gebracht, Józefa Tomasikowa und die Tochter brachte man ins Gefängnis. Józefa starb in Birkenau, im sechsten Block, die Tochter Stanisława überlebte Auschwitz und Ravensbrück, Józefas Mann versteckte sich bis zum Ende des Krieges.

Aber vielleicht war es auch der Wald, in den Antoni Smerdzyński und drei seiner Kollegen gingen. Der Förster brachte sie dorthin, Hubal fragte: »Warum kommt ihr hierher?« und er hat nur die aufgenommen, die antworten konnten. Er nahm sie auf, denn in der Truppe war der Woźniak aus Przysucha. Den knallte später Siwek im

Restaurant Rejmer ab, um sich wegen der Juden zu rächen, die der Woźniak liquidiert hat. Die Juden waren im Trupp von Wilk und als die Deutschen den Trupp aufrieben, da irrten sie im Wald herum. (Ist das also dieser Wald? In dem sie herumirrten... In dem der Woźniak...) »Aber, das ist doch nicht wahr«, sagt Antoni S. »Woźniak war ein guter Mensch, die Juden muß jemand anderer liquidiert haben.« Die alte Rejmerowa, würde sie leben, könnte sie es sagen, denn in ihrem Restaurant gab es drei Leichen: zwei Offiziere, Mongolen im Dienst der Deutschen, und Woźniak. Aber die alte Rejmerowa lebt nicht mehr, und jetzt, fügt Antoni S. hinzu, »sind wir an der Reihe.« »Was weinst du«, sagte der sterbende Rabbi Bunam zu seiner Frau. »All mein Leben war ja nur dazu da, daß ich sterben lerne.« Antoni S. stimmt dem zu. Er ist übrigens mit dem fremden Sterben vertraut, von Berufs wegen, da er seit fünfzig Jahren Blechtafeln für die Gräber malt. Er schickte schon etliche Tausend Selige in den Himmel, und in seiner freien Zeit macht er Aufschriften und Schilder. »Italienisches Eis«, »Damen-Friseur«, »Geeint sind wir stark«, »Volk, Vaterland und Partei, das ist eine Einheit.« Die Tafeln lohnen sich am meisten: ein wenig Blech, etwas Farbe, eine kurze Aufschrift, der Name. »Friede seiner Seele« und über Kreuz Zirbelkiefernzweige, so eine à la Palme. In letzter Zeit hatte er wenig Arbeit. Er betete um die Klientel, und er wurde erhört: zu Allerheiligen, da schüttete es nur so an Bestellungen für die Erneuerung der Tafeln. Leider vergaß er beim Beten, um Farbe zu bitten, die es im ganzen Land nicht gab.

Antoni S. wohnt in dem Haus, in dem er vor siebzig Jahren geboren wurde. Vor ihm wohnte hier sein Vater, auch er ein Maler. Rundherum gab es hier jüdische Werkstätten, die Ketten, Beschläge, Schlösser herstellten... Ab vier Uhr haben sie geklopft, und jetzt ist das eine Stille hier am Morgen, daß man keinen Schlaf findet.

Antoni S. führt ein reges Gesellschaftsleben. Zum Jahrestag der Schlacht haben sie in Gielniów eine Messe und in Gałki Bigos; zum Todestag des Hubal, in Imielin, treffen sie sich mit den Pfadfindern und exerzieren einen Wachwechsel; am Regimentsstandort in Szydłowiec wird eine Messe gelesen und der Friedhof besucht, dann werden auf Schiffen noch die Flaggen gehißt, es werden Tafeln enthüllt, mit der Jugend wird sich getroffen... Und das eben ist Gedächtnis: Messe, Pfadfinder, Schiffe, Bigos.

Vom Jankiel, der sich im Haus der Tomasikowa versteckte, erfuhr ich aus einem Brief, den mir ihre Enkelin Regina B. erst nach unserem Gespräch zusandte. Denn als wir uns unterhielten, da wußte sie nur über Auschwitz etwas. »Und der Jude?« fragte ich, denn Antoni S. sagte, daß es sich wohl um einen Juden handelte. »Meine Mutter erwähnte so etwas, doch ich habe nicht weiter nachgefragt... «

»Das war in einer Zeit«, fügte sie hinzu, »wo es besser war, daran nicht zu erinnern. Über Auschwitz – ja, über Auschwitz, da konnte man immer, doch darüber... Kann sein, daß das so manchen störte, daß für die Juden... «

»Die betäubenden Zahlen von den Greueltaten und der Vernichtung trugen bis jetzt mehr zur Gleichgültigkeit als zur Erinnerung bei«, schreibt Stanisław Vincenz. »Man kann sogar sagen, daß sie die Gleichgültigkeit geradezu verfestigten, denn niemand kann sich beim Wort eine Million etwas anderes als Zahlen vorstellen. Und dann kann doch keiner einer Million Opfern wirklich menschliches Mitleid, Solidarität, Trauer entgegenbringen... Schließlich, je mehr sie mit schwindelerregenden Zahlen der Vernichtung überschüttet werden, desto mehr, es wird damit eine Art statistischer Seelenzustand erzielt, wird die Empfindsamkeit abgestumpft... Dabei wissen wir, daß jeder Mensch allein stirbt und nur einmal.«*

Sagen wir es mit Stanisław Vincenz' Worten:

»Herr, der Du bist Gedächtnis unter allem Vergessen, erwecke in uns das Gedächtnis an beide. An Józefa Tomasikowa und an Jankiel Kozłowski am Waldesrand, gleich hinter Przysucha.«

* Stanisław Vincenz, Tematy Żydowskie, in: »Oficyna Poetów i Malarzy«, London.

Nur ein Scherz

1.

Als er zwanzig Jahre alt war, begann er, ein Buch zu schreiben. Es war ein Buch über die Kindheit. Seine Kindheit dauerte sieben Jahre – bis zum Warschauer Aufstand. Er schreibt das Buch fortwährend. Das Buch über die Kindheit, die sieben Jahre dauerte, schreibt er seit dreißig Jahren.

2.

Die Welt, die er zu beschreiben beschloß, durchzog eine geräumige Wohnung eines großen Warschauer Hauses. Dort gab es drei Zimmer: das goldene, mit Wänden in Honigfarben, mit Spielzeug auf der Etagere und einem Teddybär in Schuhen (als Vater zum Aufstand ging, nahm er einen dieser Schuhe mit sich wegen des Glücks); das Eßzimmer, erfüllt, wie er es bezeichnete, von einem reifen Bronzeton, in ihm waren die Möbel riesig und voll innerer Kraft, jedoch verbarg sich hinter den Scheiben der Kredenz die zerbrechliche Zartheit von Glas; das Wohnzimmer, mit einer düsteren Bibliothek, mit Briefbeschwerern in Gestalt von Schiffen und mit vom Sturm aufgewühlten Meereswellen auf einigen Bildern.

In einer solchen Szenerie gestaltete sich die Welt, die für ihn zum Thema werden sollte.

3.

Nach einem oder auch zwei Jahren überkam ihn der Gedanke, daß das Buch beendet sei. Er schrieb es ab, las das Manuskript, und als er die letzte Seite weglegte, verstand er, daß alles viel, viel besser sein müßte. Es müßte sein wie Tolstois »Kindheit«... Oder wie Proust... Er befand sich im achten Semester Jura. Weil das Studieren ihn bei der weiteren Arbeit am Buch stören könnte, unterbrach er das Studium und begann zu verbessern. Leider. Alle Räume waren schon mit Geistern bevölkert, im Eßzimmer schritt die schöne und in Gedanken versunkene Mutter auf und ab, ewig auf den Vater wartend, der nicht zurückkehrte, die gutmütige Tante erzählte Märchen, immer mit einem schlechten Ausgang, im goldenen Zimmer schlummerte die Oma im Sessel, und die treue Bedienstete begann den Tisch zu decken, er zerrte die Geister mit Gewalt an den Haaren, aus den hintersten Winkeln des Gedächtnisses, aus Lücken hervor, und weiterhin war es nicht Proust, trotz allem.

Er arbeitete in jener Zeit im Warschauer Lebensmittelgroßhandel in der Auslieferung. Weil die Arbeit beim Schreiben störte, mehr noch als das Studium, kehrte er an die Universität zurück und machte seinen Magister, übrigens mit ausgezeichnetem Ergebnis.

Er wurde Rechtsberater in einer gewichtigen Institution. Als er der Meinung war, daß die Ehe ihm den Frieden sichere, der zum Schreiben unbedingt nötig ist, heiratete er eine Studienkollegin. Er kaufte einen Hund, einen Kurzhaarteckel, bohrte Löcher in die Betonwände, schlug Holzdübel für einen Hängeboden ein – diese Beschäftigungen zerstreuten ihn nicht, im Gegenteil, sie dienten der Konzentration. Zusammen mit seiner Frau und dem Hund machte er lange sonntägliche Spaziergänge.

4.

Zuerst verzichtete er auf den Hängeboden. Die Leisten hatte er schon ausgemessen und zugeschnitten, doch mußte er den Tag beschreiben, an dem die Tante das Märchen über den Tod der Nachtigall erzählte. Zum ersten Mal hörte er damals das Wort »Tod«, und sofort beschloß er, einen Beruf zu finden, in dem er nicht stirbt. Der Pilot entfiel, der Matrose entfiel, sogar der Straßenbahner schien nicht sicher zu sein, er fragte den Vater, in welchem Beruf man niemals stirbt, der Vater aber ...

Als nächstes verzichtete er auf die sonntäglichen Spaziergänge.

Als nächstes verspäteten sie sich zu dem Osterfrühstück der Eltern seiner Frau. Er stand schon im Vorzimmer, im Feiertagsanzug, fertig zum Gehen, als ihm bewußt wurde, wie äußerst unangenehm ihm die Anwesenheit der Oma im Schaukelstuhl im goldenen Zimmer war.

»Gleich wird sie mich tadeln für den Krach«, dachte er, »mit den Erwachsenen gelingt kein einziges Spiel ... « Doch es zeigte sich, daß die Oma ihn nicht nur nicht rügte, sondern erst gar nicht in seine Richtung schaute. Er spielte immer lauter, doch die Greisin schwieg weiterhin, endlich kniete er sich neben den Sessel hin, und verstohlen schaute er in ihr Gesicht. Die Frau holte aus der Handtasche die Schlüssel hervor, während er, die alte Frau im Schaukelstuhl betrachtend, verstand, daß er solch ein Gesicht bei keinem anderen Erwachsenen gesehen hatte. Er sah das verlassene Haus, aus dem alle ausgezogen waren, er sah die leeren Räume, einen nach dem anderen, die immer kleiner wurden, die aneinandergereiht sich in die Tiefe der Zeit entfernten ... »Kommst du?« fragte seine Frau, und er dachte wehmütig daran, daß die Frau im Sessel sich an ihn, der neben ihr kniete, nie mehr wenden würde.

Zu den Schwiegereltern kam er gegen Ende des Osterfrühstücks. Die Schwiegermutter weinte, der Schwiegervater schwieg; nachdem sie wieder zu Hause angekommen waren, sprach er: »Von jetzt an wirst du dort alleine hingehen ... « und kehrte zu der alten Frau mit dem leeren Gesichtsausdruck zurück. Als er plötzlich ihre ruhige Stimme vernahm: »Fädel mir die Nadel ein«, verspürte er eine enorme Erleichterung, legte den Sonntagsanzug ab und brühte sich einen frischen, starken Tee auf.

Als nächstes zog er von zu Hause aus. Er mietete ein Zimmer, in dem er Ruhe fand und sich sammeln konnte. Als ihm das Geld ausging, kehrte er zurück und fragte seine Frau, ob sie nicht zu ihren Eltern ziehen könnte. Sie zog um, doch mußte sie zurückkommen, denn genau da gab es den Kriegszustand, und man mußte an dem Ort wohnen, wo man angemeldet war.

5.

Eines Tages fragte eine Freundin seiner Frau, ob bei ihnen nicht ein Mensch aus dem Untergrund übernachten könnte. Sie fanden eine konspirative Zeitung mit einem Foto dieses Menschen, betrachteten es und sagten der Freundin, daß er kommen könnte.

Der Mensch aus dem Untergrund kam am Abend. Sie redeten mit ihm bis spät in die Nacht und gaben ihm sogar einen Ausschnitt der Erinnerungen zu lesen. Der Mensch aus dem Untergrund wunderte sich, daß sich so oft darin das Wort »ich« wiederholt; sie gingen schlafen; morgens sagten sie dem Gast, daß er für länger bleiben könnte.

Der Mensch aus dem Untergrund blieb einige Monate wohnen, zog aus Sicherheitsgründen für eine Zeit aus, kehrte zurück, wohnte weiter. Gejagt wurde er mit einem Steckbrief. Jeden Tag kamen Verbindungsleute zu ihm, oder andere Verfolgte... Das mußte wohl einige Jahre gedauert haben, denn eingezogen ist er noch beim alten Hund, der war gelähmt und blind, er ekelte sich ein wenig vor ihm, und dann war er auch noch bei dem neuen da, dem schwarzgoldenen, den er manchmal auf seine Knie nahm. Sie fragten ihn, was das denn alles für einen Sinn habe; er antwortete, daß er es nicht wisse, vielleicht sei der Sinn nicht sehr groß, irgendwann früher oder später würden sie gefunden und dann gingen sie sitzen, doch könnten sie sich nicht anders verhalten, weil sie Menschen enttäuschen würden, die ihnen vertrauten.

Der Gedanke gefiel ihm nicht, daß der Mensch aus dem Untergrund sitzen gehen würde. Bedeutete das doch, daß auch sie sitzen gehen würden, und dabei mochte er den Gedanken an das Gefängnis nicht so sehr. Im Gefängnis gibt es keinen starken Tee, ohne den kann er nicht schreiben. Es gibt kein Papier. Ist das denn möglich, daß er durch den Menschen aus dem Untergrund ein paar Jahre auf das Niederschreiben seiner Erinnerungen verzichten soll?

Er arbeitete mit rasender Besessenheit. Hinter der Wand, im kleinen Zimmer, redete der steckbrieflich gesuchte Mensch mit anderen

Gesuchten, in der Küche, stets bemüht, keinen Lärm zu machen, war seine Frau beschäftigt, im großen Zimmer saß er und schrieb seine Erinnerungen aus der Kindheit.

Er mochte die Welt, in die er beim Schreiben umzog. Sie war sicher; sie war in Ordnung, er war in dieser Welt in Ordnung; niemand erwartete etwas von ihm – daß er studiert, daß er Geld verdient, den Hängeboden anbringt, einen Menschen aus dem Untergrund versteckt... In den geräumigen Zimmern der dortigen Welt brachte er nichts an, versteckte nichts und trotzdem war er in Ordnung.

Früher versuchte er, im Gedächtnis alle Einzelheiten wiederzufinden. Er war wie ein Jäger, der im Wald nach Vögeln jagt: der Vogel fiel herunter, er hob ihn auf, betrachtete ihn und ergötzte sich an jeder Feder. Jetzt verzichtete er auf neue Vögel und beschrieb immer wieder und wieder dieselben Wände, Gerätschaften, dieselben Ereignisse... Die Mutter wartete auf den Vater. Die Tante erzählte: »Die Nachtigall starb.« Er fragte: »Starb? Was heißt das?« Die Oma bat: »Fädel mir die Nadel ein.« Ein Mann hielt ihm eine Pistole entgegen. Die Mutter wartete auf den Vater. Die Nachtigall starb. »Möchtest du schießen?« fragte der Mann.

SCHIESSEN?

Anfangs erkannte er den Mann nicht und verstand nicht die Worte, doch langsam schälte sich die vergessene Szene aus dem Gedächtnis, die er noch kein einziges Mal beschrieben hatte.

Der Aufstand war noch im Gang.

Alle saßen im Keller.

Das goldene Kinderzimmer ähnelte einer großen Barrikade.

Irgendein Mann, hochgewachsen, in Zivil, mit einer weiß-roten Armbinde hielt ihm eine Pistole hin: »Möchtest du schießen? Dann schieß... «

Im Nachbarhaus waren die Deutschen. Sie hatten einen ausgezeichneten Scharfschützen, den zu töten es nicht gelang. Ganze Tage drehten sich die Gespräche darum, wie ihn herauslocken und wer ihn endlich umbringt. Als der Mann sagte: »Möchtest du schießen?« hatte er sofort die Vorstellung, daß er, der Siebenjährige, den ausgezeichneten deutschen Schützen mit einem Schuß erschießt.

»Nimm«, sagte der hochgewachsene Mann. »Halt fest. Hier wird gedrückt ... Da, hier ... «

Mit der Pistole, die kaum in seine Hand paßte, rückte er zum Fenster vor. Durch einen Spalt, zwischen Portiere und Mauer, sah er den Balkon des Nachbarhauses. Auf dem Balkon stand ein Mensch. Der bückte sich, vielleicht goß er Blumen. Der Mensch trug eine deutsche Uniform. Er überlegte, daß er sich das alles nur einbildet, durch einen Spalt kann man doch nicht so viel sehen.

»Na?« kam es ungeduldig von dem hochgewachsenen Mann. »Schießt du?«

Wieder hob er die Pistole hoch, der Mensch in der deutschen Uniform stand mit dem Rücken zu ihm, gebeugt über die Blumen.

»Aber ich kann ihn doch töten ... «, flüsterte er verängstigt.

»Dann tötest du ihn halt«, lachte der Mann los.

Er kam hinter dem Schreibtisch hervor und ging in die Küche.

»Hör mal«, sagte er. »Ich weiß nun, wie mein Buch enden soll. Mir kam eine ganz wichtige Szene in Erinnerung. Nach dieser Szene gibt es nichts mehr, verstehst du? Die Kindheit ist zu Ende, das Buch ist zu Ende ... «

»Ausgezeichnet«, freute sich seine Frau. »Setz dich hin und schreib.«

»Wie soll ich denn schreiben«, wütete er, »wenn sie ihn morgen abholen kommen. (Das war während der kurzen Abwesenheit des Menschen aus dem Untergrund, der am nächsten Tag zu ihnen zurückkehren sollte.) Ihn holen sie ab. Uns nehmen sie mit. Kannst du dir das vorstellen, ich im Gefängnis, ohne Tee, ohne Papier, und die Szene, die ich nicht aufschreiben kann, die mein Buch beenden soll.«

»Ziehst du wieder aus?« fragte seine Frau.

»Nein«, erwiderte er. »ER wird hier nicht mehr herkommen. Geh zu ihnen ... Sag, daß ... Egal was, doch geh sofort. Und ich nehme unbezahlten Urlaub, setze mich hin und beende mein Buch.«

6.

Er nahm sich unbezahlten Urlaub und begann, das goldene Zimmer, umgewandelt in eine Barrikade der Aufständischen, zu beschreiben.

Das, stellte sich heraus, war schwieriger als er dachte, denn er erinnerte sich nicht mehr an die wichtigsten Einzelheiten.

Wo stand der riesige Tisch, die braune Kredenz, herübergebracht aus dem Eßzimmer?

Wie waren die Splitter des Kristallglases verstreut, das in der Kredenz zum Schutz aufbewahrt war?

Wo lag der Teddybär vom obersten Regal? (Er lag ohne Schuhe da, wo ist also der zweite Schuh hingekommen?)

Und die Meeresbilder, die aus dem Wohnzimmer weggebracht wurden? An welcher Stelle hatte der deutsche Scharfschütze die aufgewühlten Wellen durchlöchert?

Nichts erinnerte er mehr. Eine langwierige, anstrengende Arbeit erwartete ihn.

Der Mensch aus dem Untergrund ist nie wieder zu ihnen zurückgekehrt.

7.

Eines Tages, während des Abendspaziergangs hörte er das Winseln eines Hundes und Schreie eines Mädchens. Er ging in die Richtung. Dort sah er zwei junge Männer. Einer schlug den Hund, der zweite drehte dem Mädchen die Arme nach hinten.

Er schrie: »Laßt sie los! Na, loslassen!«

Beide Männer ließen von dem Mädchen und dem Hund ab und wandten sich in seine Richtung um .

Er erinnert sich daran, daß sie einen Stock hielten.

Er erinnert sich daran, daß er im Gras lag.

Er erinnert sich daran, daß er, sein Gesicht mit den Händen verdeckend, dachte: »Zum Glück tragen die Turnschuhe.«

Er erinnert sich an die Stimme: »Du kannst ihn töten . . . «

Und die zweite Stimme: »Dann töte ich ihn halt . . . «

8.

Aus dem Krankenhaus ist er wieder zurück.

Er fühlt sich nicht schlecht.

An die Erinnerungen hat er sich noch nicht wieder begeben.

Er hat den Eindruck, als hätte er alle Vögel schon erlegt, und obwohl sie tot herumliegen, hat er keine Lust, sich nach ihnen zu bücken.

9.

Sein Lieblingsschriftsteller ist Conrad und das Lieblingsbuch »Lord Jim«, doch ist er nicht der Meinung, daß die Absage der Unterkunft ... , daß das Abweisen des Menschen aus dem Untergrund an die Flucht des Jim von der »Patna« erinnert. Er denkt auch nicht, daß es irgendeine Verbindung zwischen der Angelegenheit mit dem Menschen aus dem Untergrund und der Schlägerei bei der Verteidigung von Mädchen und Hund gibt.

10.

Er meint, daß er irgendwann zweier Sachen wegen zur Rechenschaft gezogen wird: wie er gelebt hat und wie er die ihm aufgetragene Mission erfüllt hat. Jeder hat irgendeine Mission zur erfüllen, doch wird sie nicht immer erkannt oder sofort verstanden. Manchmal ist die Aufgabe nicht klar, und es bedarf großer Anstrengung, um den Sinn zu enträtseln.

»Der Prozeß« von Kafka ist keine Metapher des Totalitarismus, wie Havel es uns einzureden versucht, das wäre zu einfach. Das ist ein Prozeß, der jeden von uns erwartet, und Leben ist Anhäufen von Verteidigungsmaterial für ein künftiges Gericht.

Rechenschaft wird er also darüber ablegen müssen, wie er lebte: wie er seine Frau beleidigte, den Hund von den Knien stieß und dem Menschen aus dem Untergrund das Haus verweigerte.

Und Rechenschaft wird er ablegen müssen über seine Mission, also das Schreiben.

Unter einer Bedingung natürlich.

Daß Gott nicht in lautes Gelächter ausbricht bei seinem Anblick und ausrufen wird: »Schreiben? Das war doch nur ein Scherz. Du denkst doch wohl nicht, daß du es geschafft hättest, zu überleben, ohne zu schreiben?«

Das Eckhaus mit Türmchen

Dem Andenken von Krzysztof Masewicz

Erstaunlich geräumig ist es für dieses Kozk. Gebaut wurde es aus schweren Holzbalken, die Eingänge sind überdacht, am Eckeingang, dem Paradezugang, wurde ein Türmchen hochgezogen. Von weitem erscheint es rund und eines seiner Fenster so, als hätte es jemand angelehnt, doch aus der Nähe ist zu sehen, daß es gar nicht angelehnt ist, dort fehlt nur die Scheibe. Von nahem sieht man auch, daß das Türmchen nicht rund ist, sondern zehneckig, gezimmert aus Querbalken und senkrechten Pfosten.

Hier also ist es?

Hier also wohnte er, in diesem runden Holzstübchen?

Martin Buber schrieb, daß der Rückzugsort eines Zaddik geschützt wurde von zwei fast immer verschlossenen Türen. In die eine wurden Öffnungen hineingeschnitten, durch die er den Andachten zuhörte und durch die ihm abends Suppe gereicht wurde, die zweite Tür öffnete er selbst, wenn sich die Chassidim davor versammelten – »da tritt er dann an die Schwelle, im Unterkleid, furchtbaren Angesichts, und verschilt alle in abgehackten, geschleuderten Worten, so gewaltig, daß der Schrecken sie befällt und sie durch Türen und Fenster flüchten.«*

An welche Tür dachte Buber?

Eine ist im Turm – nicht jene, das ist klar, jene mußte ausgewechselt werden, da sie doch ausgeschnittene Öffnungen hatte. Und die zweite? Hinter der sich die Chassidim versammelten?

* Martin Buber, Die Erzählungen der Chassidim, Zürich 1949

Na gut, und wo stand die Uhr? Schließlich hat der Lasik Roitschwantz es deutlich gesagt, in der Stube des Zaddik von Kozk stand eine Uhr. Der Zaddik, sagte Lasik, las unerträglich kluge Bücher, und vierundzwanzig Stunden am Tag saß er über diesen Büchern und sann nach. Das war schon kein Mensch mehr, das war ein einziger erhabener Gedanke. Und eben er, dieser heilige, erhabene Zaddik, hat vor seinem Tod seinem Lieblingsschüler anvertraut, daß er sein ganzes düsteres Leben hindurch schwer gesündigt hatte: er lauschte einem weiblichen Gesang.

In seinem Zimmer stand eine Uhr, das Werk eines unglücklichen Uhrmachers aus Proskurow. Dem Uhrmacher starb die Braut, jung und schön, und in seiner Verzweiflung verwünschte er ihre Stimme in das Schlagen der Uhr. Der Klang war so wunderbar, daß der Zaddik es nicht schaffte, ihr nicht zuzuhören. Er wußte, daß das Sünde war, denn er sollte sich hinsetzen und über die Wahrheit nachsinnen, doch trat er an die Uhr heran und überprüfte, ob sie nicht zufällig vorging oder sich ein wenig verspätete. Er rückte am Zeiger, die Uhr begann zu schlagen und eine schöne und traurige Frau begann mit ihm zu reden. »Sie erzählte mir von der Liebe und von dem Leid«, vertraute er sich seinem Lieblingsschüler an, »sie sprach mir von Sternen und Blumen, von meinem erstorbenen Frühling und vom lebendigen Frühling des wahnsinnigen Uhrmachers, in dem die Vögel singen und der Regen murmelt.«*

So erzählte es schließlich Lasik R., ein ausgesprochener Marxist, dem Staatsanwalt, also kann das nicht die Unwahrheit sein: im Turm stand die Uhr.

Doch wo stand sie?

Das Stübchen hat drei Fenster – ich denke nicht, daß die Uhr zwischen diesen Platz gefunden hätte. Eher schon bei der Eingangstür, wo jetzt der Karton mit den verstaubten Lumpen steht. Außer den Lumpen sind da noch ungewaschene Gläser, zerrissene Decken, leere Flaschen, Fetzen von Zeitungen, das übliche Sortiment heiliger jüdischer Stätten. In der Synagoge von Przysucha fand sich übrigens unvergleichlich mehr: ein Kopfteil eines Sofas, noch einige Rohr-

* Ilja Ehrenburg, Das bewegte Leben des Lasik Roitschwantz, München 1969

stücke, eine Mütze, Zement und an beiden Orten der immerzu vorhandene, ja geradezu unvermeidliche, dreckige Gummischuh. Und jeweils einer. Im Haus des Zaddik von Kozk einer und in der Synagoge von Przysucha einer. In Kozk der rechte, in Przysucha der linke. Es scheint so, als gehörten sie zu einem Paar, und wirklich, beide Größe vierundvierzig. Doch wer hatte nur einen so großen Fuß? Menachem Mendel von Kozk oder Symcha Bunam von Przysucha? Menachem Mendel war klein, mit einem großen Bart und fiebrigen Augen, Symcha Bunam wiederum war ein Reisender, ein Mann von Welt, Geschäftsmann ... Es sieht mir mehr nach den Maßen des Rabbi von Przysucha aus. Aber warum sind die Galoschen mit getrocknetem Schlamm verdreckt? Ist der Rabbi zu Fuß noch Kozk gekommen? Denn warum er eine Galosche zurückließ, das ist verständlich: aus Zerstreuung. Ganz im Bann des Disputs mit seinem ehemaligen Schüler, den Buber mit einem wetterleuchtenden Nachtdunkel verglich; dagegen war der Meister für Buber voll milder Sonnenuntergangs-Weisheit ...

(Doch vielleicht war es überhaupt kein Disput? Vielleicht entdeckte auch Symcha Bunam die verwunschene Stimme? Kam von da an öfter, wegen der unerträglich klugen Bücher, doch eines Tages ertappte sein Schüler ihn beim Gespräch mit der Braut über Regen und Vögel ... Vergaß den Respekt und tobte vor Eifersucht – er war bekannt wegen seines aufbrausenden Charakters – und der Rabbi von Przysucha mußte in aller Eile davon rennen, dabei verlor er unterwegs einen Schuh ...)

So könnte es sich zugetragen haben. Doch Symcha Bunam starb zwölf Jahre, bevor Menachim Mendel sich in die Abgeschiedenheit zurückzog.

Doch zu wem gehört die zurückgelassene rechte Galosche?

Und wo stand die Uhr?

Das Haus (Fortsetzung)

Es steht an der Kreuzung zweier innerstädtischer Straßen, der Feldstraße und der Straße des Polnischen Militärs. Früher waren es die Feldstraße und die Piłsudskistraße, noch früher, da weiß man nicht, ob das Haus überhaupt schon da war. Der Landeskonservator ist der Meinung, daß es in den zwanziger Jahren der Zwischenkriegszeit entstand, nach den Bränden, die ein örtlicher Pyromane entfachte. (Im Jahre siebenundzwanzig ließ er hundertsiebzig Häuser in Rauch aufgehen, gefaßt wurde er erst fünfunddreißig.)

Der Konservator meint, daß das wirkliche Haus des Zaddik dem Brand zum Opfer fiel und das, was da steht, der Sitz des letzten Rabbi von Kozk, eine Sache ohne größere historische Bedeutung sei.

Vor kurzem schauten sich zwei Architekturhistoriker aus Warschau das Haus an, sie sagten, daß es aus der Mitte des 19. Jahrhunderts stamme.

Ob es vielleicht die erste Hälfte des 19. Jahrhundert sein kann?

Der Dachstuhl ist mit der Axt gezimmert, mit Holzdübeln sind die Verbindungen befestigt, ohne Nägel... Ja, das kann in der ersten Hälfte gewesen sein.

Ob das die Jahre 1829-1859 sein können?

Das Haus (Fortsetzung)

Den Paradeeingang schmückt ein Relief: ein kleines Bogenfeld über dem Portal, an beiden Seiten von zwei Vasen gestützt. Hier träumte wohl einer den Traum vom Tympanon eines echten Palastes. Wünschte etwa Menachem Mendel sich dieses, geben wir es zu, anmaßende Relief?

Nach Kozk kam er 1829. (Er kam von Tomaszów, er trug dort seinen Chassidim auf, die Familie für lange Monate zu verlassen, am Tage physisch zu arbeiten, in der Nacht sich in die Geheimnisse Gottes, der Menschen und ihrer selbst zu vertiefen. Er besuchte einige Städte auf der Suche nach einer neuen Bleibe, in Kozk begrüßte man ihn mit Steinen. »Eines ist sicher«, sprach er, »diese Menschen sind nicht gleichgültig gegenüber den wichtigsten Angelegenheiten«, und blieb in Kozk bis zu seinem Tod.)

Er kam, um von den Juden die völlige Hingabe zu Gott und die Verachtung alles Weltlichen, das keines Seufzers wert ist, zu verlangen.

Kann denn ein Mensch, der das Weltliche verachtet, einen Gefallen an einem gewöhnlichen Bogenfeld finden? Das Relief mußte jemand anderer bestellt haben, und später, nach dem Tod des Zaddik. Sein Sohn, sein Enkel, vielleicht die exaltierte Schwiegertochter. In solchen Häusern schwirrten neben ehrbaren und frommen, sich der Familie hingebenden Gattinnen doch auch schöne Frauen, voller Unruhe, in Kleidern mit Dekolleté, die fremden Männern die Hand reichten, Gedichte lasen und sich nach der weiten Welt sehnten...

Das Relief hätten sie aber auch geschnitzt haben können, als der Zaddik noch lebte, aber sich schon von allen abgeriegelt hatte. Nach dem denkwürdigen Freitag, von dem die Nachkommen mit Schaudern und Schrecken sprachen – JENER Freitag, und jeder verstand ohne viel Worte, von welchem grausigen Tag die Rede war...

Bis heute ist nicht bekannt, was da eigentlich vorgegangen war.

Angeblich betrat er das Gebetshaus erst spät abends.

Angeblich verletzte er den Sabbat mit einer schändlichen Berührung des Leuchters und schrie dabei.

Angeblich wollten die Chassidim ihn fesseln, doch sein treuester Schüler verteidigte ihn, Icie Meir, dieser, der in weiterer Zukunft die berühmte Dynastie der Zaddikim in Góra Kalwaria gründen sollte...

Bis heute ist nicht bekannt, gegen was sich Menachem Mendel auflehnte. Es wird gesagt, daß es gegen die Menschen war, die der Herausforderung Gottes nicht gewachsen waren. Es wird gesagt, daß es gegen ihn selbst war, der weder Gott noch den Menschen gewachsen war. Doch vielleicht war es Gott, der den Erwartungen des Menachem Mendel nicht gewachsen war, des Zaddik von Kozk?

Bei der Berührung des Leuchters schrie er Worte von irgendeinem Gericht. Manche hörten schreckliche Worte der Lästerung:

»Es wird kein Gericht geben! Es gibt keinen Richter!«

Nachdem er sich von den empörten Chassidim losgerissen hatte, begab sich Menachem Mendel auf seine Stube und schloß die Tür hinter sich für immer.

Sie schnitzten das Tympanon also nach JENEM Freitag. Als Gefangener, der über sich selbst das Urteil lebenslänglich verhängt hatte, in zwanzigjähriger Abgeschiedenheit konnte er nicht mehr wissen, was im Haus vor sich ging und was das beharrliche Klopfen des Hammers bedeutete, das von unten heraufdrang, dort über dem Eckparadeeingang.

Das Haus (Fortsetzung)

Ist es wirklich hier in diesem Türmchen?

Nachdenklich stimmen die Einschnitte in den inneren senkrechten Pfosten, die durch Balken verbunden sind. Aus Konstruktionsgründen sind sie völlig überflüssig, eingehauen wegen der Reinheit der Form, als fließende Linie des Zehnecks.

Sie haben eine geduldige und einfühlsame Arbeit verlangt. Für einen würdigen Mieter mußte diese Einfühlsamkeit bestimmt gewesen sein... Für wen baute ein Zimmermann des 19. Jahrhundert jenes Zehneck mit Fenstern, drei Himmelsrichtungen zugewandt: dem Osten, dem Westen und dem Süden?

Nachdenklich stimmt, daß das Türmchen durch keinen Zugang mit einem Zimmer im Parterre verbunden ist. Der Dachboden läßt sich nur über eine Leiter von außen erklettern, und dann bleiben noch oben einige Meter zu überwinden. Die jetzigen Bewohner des Hauses lassen sich auf einen Aufstieg höchst ungern ein. »Dort spukt es. Deutlich hört man Schritte und eine Stimme. Uhuhuhu – uhuhuhu. Manchmal hört man Worte, nur ist es schwierig, etwas zu verstehen. Sie redet auf ihre Art.« »Und das Schlagen der Uhr, ist das zu hören?« »Die Uhr nicht, nur Schritte und eine Stimme: Uhuhuhu.«

Ja, es ist seltsam, daß keine Verbindung besteht zwischen Türmchen und Parterre. Ob vielleicht deshalb nicht, weil sein Bewohner vom Rest des Hauses soweit entfernt sein wollte wie nur möglich?

Buber spricht von einer Tür, hinter der die Chassidim beteten. Die Gebetsstube mußte unter dem Dach gewesen sein, es wurde zum Sukkotfest hochgehoben. Die Konstruktion des Daches ist noch erhalten: die Unterbalken aus Birke, Reste von Schilf, grüne Leisten... »Sie sind angestrichen«, erklärt der jetzige Mieter, Tadeusz N. »Die mußt du anstreichen, von sich aus werden die nicht grün... «

Das Dach liegt in unmittelbarer Nachbarschaft des Türmchens, also konnte er die Gebete hören und das, ohne die obere Tür öffnen zu müssen; die Tür, die zweite dort unten, öffnete er selbst, um mit einem furchtbaren Gesichtsausdruck auf die Schwelle zu treten.

Jeden Abend wurde ihm ein einziges Mahl gereicht: ein Teller Suppe. Die Chassidim hörten Geräusche aus dem Inneren, das konnten Mäuse gewesen sein, doch die Chassidim sagten, daß es Seelen seien, die beim Zaddik Erlösung suchten.

Sie sagten auch, daß dem Zaddik eine Quelle hervorgesprudelt sei, dank derer er die Verpflichtung zum rituellen Bad einhalten konnte. Angeblich kam das Wasser aus der Quelle der Miriam, die einst, im Stein eingeschlossen, mit den Juden durch die Wüste zog.

Die Quelle könnte aus den Pfosten hervorgetreten sein, aus der ausgekehlten Wandung, herausgeschlagen von dem eingebungsvollen Zimmermann, der Reihe nach; erschöpfte sie sich hinter der einen Wandung, dann begann sie wohl hinter der zweiten hervorzusprudeln, danach zog sie weiter zum nächsten Pfosten, zum dritten, zum neunten... Als sie dann beide Wandungen aller zehn Pfosten umlaufen hatte, starb der Zaddik.

Wenn das also so war, wenn also die Quelle sprudelte, die Uhr mit der Stimme der Braut schlug und die Seelen die Erlösung suchten, dann ist auch klar, daß Menachem Mendel zwanzig Jahre im runden Türmchen verbringen konnte.

Die Aussicht

Aus drei Fenstern sind drei Himmelsrichtungen sichtbar, der Osten, Westen und Süden.

Zu sehen sind auch die Straßen von Kozk.

Eine führt auf den Marktplatz und zum Palast, eine andere zum Grab von Berek Joselewicz, noch eine andere nach Wola Gułowska und auf den Soldatenfriedhof und noch eine andere in den Keller der Apolonia Machczyńska.

Zum Palast

Als erstes geht es durch eine Straße, die an den Ämtern der Gemeinde und der Bank der Genossenschaft vorbeiführt. Als nächstes geht es vorbei an den Kneipen, deren offene Türen schmutzige

Fußböden freigeben, nasse Tische und einen sauren Bierdunst. Als nächstes geht es vorbei am Marktplatz: an einigen Dutzend Männern, bei denen anstelle der Zähne Lücken klaffen, noch betrunken oder langsam nüchtern werdend oder Verkaterte, die nach der Ausnüchterung schon von einem ersten Schluck träumen. Vorbei an einem leeren Sockel mit der Aufschrift »Tadeusz Kościuszko« gelangt man zum Palast. In diesem Palast hier, in dem vor über zwei Jahrhunderten die Gräfin Anna Jabłonowska wohnte, eine der herausragenden Gestalten der polnischen Aufklärung, und in dem sich vor einem halben Jahrhundert die Gestapo niederließ, gab man der Apolonia Machczyńska die letzte Chance.

Der Sockel

Sie beschlossen, ein Denkmal zu bauen, siebzig Jahre ist es nun her, gleich nach dem Ersten Weltkrieg. In Kozk war die Division stationiert, die er persönlich bei Maciejowice befehligte, in Kozk wohnte die Gräfin, die die Division unterhielt, und es ist nahezu sicher, daß er hier des öfteren weilte.

Ein Sockel wurde errichtet, eine Inschrift angebracht: »Tadeusz Kościuszko«, und ein Denkmal gegossen. Leider, auf dem Weg zu diesem Sockel, fiel ihm die Hand ab. Sie kehrten mit dem Denkmal um, stellten es in der Orangerie des Palastes auf, und dort stand es dann dreißig Jahre – eine Hand auf der Brust, die andere hoch erhoben, doch nur der Unterarm war erhoben, denn die Hand hat sich nie wieder eingefunden. Als im Oktober 39, nach der Niederlage von Kleeberg, der Palast von den Deutschen besetzt wurde, da haben sie Kościuszko im Sumpf versenkt. Dort lag er weitere dreißig Jahre. Zum Jahrestag der Schlacht von Kozk zogen ihn Bildhauer aus Nałęczów mit Seilen und einem Traktor heraus. »Und schauen Sie mal, welch eine Tragik«, erzählt Józef Mitura, Vorsitzender vom Verein des Freundeskreises von Kozk und zugleich Direktor der Bank. »Nicht allein die Hand war weg. Auch der Kopf war nicht mehr da.« Das Ganze wurde komplettiert, und gleich entstand ein neues Problem: in der wiedererlangten Hand sollte der Anführer etwas halten, aber was. Sie setzten einen Aufruf in die Presse: weiß jemand, was Kościuszko in der Hand hielt, bevor sie ihm abfiel? Keine Antwort. Daraufhin legten sie ihm einen Säbel in die Hand und brachten ihn nach Kozk. Und da erinnerte sich eine gewisse Bürgerin daran, die persönlich die Tochter des Grafen Żółtowski gekannt hatte, des letzten Besitzers des Palastes, daß die Gräfin von einer Rolle gesprochen hatte, also konnte es nur das Połaniecki-Dekret* gewesen sein. Sie nahmen dem Anführer den Säbel ab, gaben ihm die Rolle dafür, und gerade sollte er auf den Sockel, als sich herausstellte, daß das Sumpfwasser die Konstruktion angegriffen hatte und das Denkmal die frische Luft nicht vertrug. Noch einmal wurde kehrtgemacht, das Denkmal steht bis heute in der Orangerie, der Sockel auf dem Marktplatz ist leer.

Die Schule

So um die zehn Jahre nach der Entscheidung für den Bau eines Denkmals entschlossen sie sich, eine Schule zu bauen. Das Denkmal war für Kościuszko, die Schule sollte den Namen seines treuen Soldaten Berek Joselewicz tragen.

Ein Bürgerkomitee wurde einberufen. Die Schirmherrschaft übernahm Józef Piłsudski, Marschall von Polen. Mitglieder waren: Edward Graf Żółtowski, Besitzer von Gütern in Kozk, Jan Kanty Olszewski, Oberbefehlshaber des 5. Regiments der Kavallerie, Prälat Pfarrer Marceli Glinka, Propst von Kozk, Josef Morgensztern, Rabbi von Kozk, Jojna Zygielman, Ratsherr und andere Berühmtheiten.

Das Komitee gab zu diesem Anlaß eine Broschüre auf Kreidepapier heraus. Der Verfasser erwähnt in der Einleitung die Teilnahme der Juden beim Kościuszko-Aufstand. »Nachdem die Bewegung wie ein Steppenbrand die Republik erfaßte, schien es, als drängte der Schein eines Blitzes bis in die hintersten jüdischen Ecken hinein und zerrte den Judenrock vor die Altäre des großen Erwachens«; er zitiert dann die Meldung an Kościuszko über ein Regiment von Alttestamentarischen und einen Aufruf des Oberst Joselewicz an die Mitbrüder: »Wenn unser Warten nicht umsonst gewesen sein soll, dann werden

* Erlaß von 1794, der die Pflichten und Rechte zwischen Bauern und Adel regelte. [A.d.Ü]

unsere Kinder sicher und frei leben und nicht herumstreunen wie wilde Tiere ... Der Ewige im Himmel will es so, es gibt schon Vorboten dafür«; er stellt dann das weitere Schicksal von Berek dar: die Verteidigung von Praga gegen die Truppen von Suworow, die Teilnahme bei den Legionen und sein letztes Scharmützel: »Er streifte den Ort Serokomla und vergnügte sich auf der Pfarrei bei Trinkgelagen«; dabei wurde ihm zugetragen, daß sich im nahegelegenen Kozk eine österreichische Reiterei aufhielt; er fiel auf den Marktplatz ein, nach rechts und links Hiebe versetzend, wurde am Kopf getroffen, lehnte ab, sich zu ergeben und »hauchte den Geist aus, nahezu in Stücke zerfetzt.«*

Am Schluß der Broschüre ruft der Verfasser die Bürger zur Freigebigkeit auf und gibt die Kontonummer der Polnischen Sparkasse an, auf die die Einzahlungen zu entrichten sind.

Die Schule wurde nicht gebaut.

Einer von den Mitgliedern des Komitees, der in ernste finanzielle Nöte geriet, lieh sich das eingesammelte Geld und gab es nicht wieder zurück. Eine Zeitlang saß er im Gefängnis, dann hatte er Hausarrest, dann brach der Krieg aus. Während des Krieges versteckte er Manusia bei sich, eine verhinderte Schülerin dieser Denkmal-Schule-Angelegenheit, und ihre Mutter, Frau Zygielman. Der Ehemann von Frau Zygielman war Ratsherr und Mitglied des Baukomitees gewesen, sie war eine angesehene Schneiderin, bei der selbst die Gräfin Żółtowska hatte nähen lassen. Nicht alles natürlich, die Ballkreationen ließ sie sich von Herse kommen, doch die Kleider für jeden Tag hatte der Gräfin ausschließlich Frau Zygielman genäht.

Es gibt keine Schule.

Gerettet wurden zwei Jüdinnen.

Was wäre, wenn das Mitglied des Komitees nicht in ernste finanzielle Verlegenheit geraten wäre? Und was, wenn ihn später die Schuldgefühle nicht gequält hätten? Hätten Manusia und Frau Zygielman den Krieg überlebt?

Vielleicht ist es besser so, daß es keine Schule gibt.

* Ernest Łuninski, Berek Joselewicz, Kozk 1928

Zum Grab von Berek Joselewicz

Beerdigt wurde er auf dem Feld, am Weg.

Es ist schon seltsam: umgekommen ist er in der Stadt, in der es zwei Friedhöfe gab, den jüdischen und den polnischen, und er liegt an einem Feldweg. Einige sagen, das wäre so, weil ihn niemand wollte, für die Juden war er zu polnisch, für die Polen blieb er Jude; andere sagen es umgekehrt, daß ihn sowohl die einen wie die anderen wollten. Da keine Einigung möglich war, hörten sie auf den rätselhaften Rat des Rabbi: sie vertrauten die Angelegenheit den Ochsen an. Vor den Wagen mit dem Sarg spannten sie zwei Paar Ochsen und schauten, in Richtung welchen Friedhofs sie ziehen würden, doch sie bewegten sich zu keinem Friedhof, sondern nach Białobrzegi. Die Trauernden hinterher, neugierig, wie weit sie wohl zu gehen hätten; zum Glück blieben die Tiere auf halben Wege, bei der Anhöhe, stehen. Der Sarg wurde vom Wagen genommen, ein Grab ausgehoben und der Oberst begraben.

Zum hundertsten Todestag spendierte der Graf Żółtowski ihm einen Grabhügel, einen Grabstein und eine Inschrift, die mit den Worten endet: »Nicht mit Schacher, nicht mit Schnaps, doch mit Blut hat zu Ruhm er es gebracht. Zum hundertsten Todestag 1909.«

Józef Mitura wohnt in Białobrzegi und geht tagtäglich auf dem Weg zur Arbeit am Grabhügel vorüber. Er sah einmal eine Kindergruppe, ein Mädchen hat sich beim Anblick des Grabes bekreuzigt, ihre Freundinnen begannen zu lachen »Was machst du denn, vor Juden das Zeichen?« und das aufgeschreckte Mädchen kehrte um und versuchte sich »rückzusegnen«, die vorausgegangene Geste ungültig zu machen. Dieses geringfügige Ereignis zog nach sich, daß Józef Mitura sich um das Grab zu kümmern begann. Die Bank spendierte eine Umzäunung, damit die Kühe nicht auf dem Berek weideten, und jedes Jahr, zu Allerseelen, auf dem Rückweg vom Friedhof der Seinen, zündet der Direktor auf dem Grabhügel eine Kerze an und salutiert, um dem Oberst die militärischen Ehren zu erweisen.

Neulich klaute jemand Bereks Tür von der Umzäunung. Kein Wunder; Eisen, eine echte Mangelware, gut zu gebrauchen in jedem Haushalt. Ein Wunder eher, daß sie so lange dort blieb.

Darüber hinaus hat sich der Stein zur Seite geneigt, und die Buchstaben auf der Platte sind verwittert. Wenn Józef Mitura die Inschrift nicht auswendig könnte, wüßten wir nicht, was da geschrieben steht.

»Würden die Juden Geld geben, könnte man es erneuern«, sagt Kazimierz Blicharz, Mitglied des Vereins der Freunde von Kozk (auf den wir längere Zeit vor der Post warten mußten: Er zahlte Geld ein, weil sein Sohn aus Tarnobrzeg ihn benachrichtigte, daß Farbfernseher auf dem Markt aufgetaucht sind).

Ich wunderte mich: schließlich kämpfte Berek für Polen, und die militärischen Auszeichnungen und das Virtuti Militari erhielt er von Kościuszko, von Dąbrowski und von Herzog Józef. Warum sollten amerikanische oder israelische Juden sein Grab erneuern? Darüber hinaus fragen diese Leute äußerst selten nach Berek. Nach Mendel – ja, Menachem Mendel war und blieb ein Teil der jüdischen Welt, doch Berek – ein Symbol der Assimilation, wie die Encyclopaedia Judaica über ihn schreibt – ist für jene Juden ein zweifelhafter Held.

Der Schriftsteller Józef Opatoszu, der in Mława geboren ist und 1907 nach Amerika auswanderte, wird als Klassiker der jüdischen Erzählung angesehen (fortschrittliche Juden, wie zum Beispiel Matatiahu Minc, Hochschullehrer an der Universität von Tel Aviv, sind der Meinung, daß Opatoszu verantwortlich zeichnet für die Mythologisierung des Schtetl, jene Ansiedlung von Finsternis und Rückständigkeit, das Symbol der Erniedrigung, der Armut und der Judenröcke; eine Welt, die die gegenwärtigen gebildeten Juden so schnell wie möglich vergessen möchten). Eben dieser Opatoszu verlegte den Ort der Handlung seines wohl spektakulärsten Buches, »In pojlische welder«, nach Kozk. Der Held darin ist ein Jüngling namens Mordche, unglücklich verliebt, weshalb ihn der Vater zum Lernen zum Zaddik von Kozk schickt. Der Weg ist lang, im Wirtshaus am Wege trifft er einen jungen Schankwirt, der in fieberhaftem Entzücken und mit talmudischem Gesang den Beweis führt, das die Summe der Winkel in einem Dreieck kleiner sein kann als 180 Grad (denn das waren die Zeiten, als junge Schankwirte Nächte lang Werke schrieben, die das System des Euklid stürzten); vor der Stadteinfahrt trifft er dann einen Alten, auf einen knorrigen Stock gestützt, einen Veteran des Regiments der Alttestamentarischen. »Ich erinnere ... «, erzählt der

Alte, »die Nacht war hell, die Sterne lagen dicht beieinander gesät wie die ewigen Pocken... Wir saßen am Feuer, schwätzten, sprachen einige Stücke aus Gebeten und andere jüdische Ströphchen«, und morgens (die Kämpfe in Praga fielen auf den Jom Kippur, doch der Rabbi erteilte dem Regiment den Dispens) entfesselte sich die Schlacht. »Die Luft heizte ein, das Feuer spie und spie... Berek lief von einem Graben zum nächsten, drei Pferde sind an diesem Morgen unter ihm gefallen, und er auf und immerzu mit Geschrei, gib Feuer, die Geschütze donnerten... Wir schlugen uns um jeden Zollbreit Boden, und das Blut floß wie Wasser... «*

Alter Haudegen – Feuer in der Nacht – drei Pferde – Zollbreit Boden... Magische Welt polnischer Romantik, die der jüdische Schriftsteller mit sich nahm aus Mława und Kozk nach New York.

»Das war kein Idyll, unser gemeinsames Leben auf dieser Erde«, sagt Józef Mitura, »aber was soll's, wir lebten so lange zusammen, und da, was sehe ich, der Friedhof ist umgepflügt.«

Er denkt hier an den jüdischen Friedhof, gewöhnlich Kirkut genannt, der eines Tages fein säuberlich gepflügt und mit Bäumen bepflanzt wurde.

Nach diesem Ereignis blieben in Kozk nur noch zwei jüdische Gräber: das von Menachem Mendel, dem Zaddik, und das von Berek Joselewicz, dem Oberst polnischer Streitkräfte.

Das des Zaddik – weil es ein gemauertes Grab war und der Traktor den Resten der Ziegel nicht gewachsen war.

Das des Oberst – weil vor hundertundachtzig Jahren die Ochsen, zum Erstaunen der Trauernden, nicht zum jüdischen Friedhof gehen wollten; weil sie den Feldweg nahmen, weil sie den Entschluß faßten, Berek vor dem Umpflügen zu bewahren.

Nach Wola Gułowska

Man fährt über Serokomla. Dort, wo Berek in der Pfarrei beim Trinkgelage saß. Dort, wo im Oktober 39 Polen einige Dutzend

* Józef Opatoszu, »W lasach polskich« (In pojlische welder), Warszawa 1923

Deutsche gefangengenommen haben. Aber sie konnten nichts mehr mit ihnen anfangen, so führten sie sie auf die Chaussee nach Radzyń, gaben ihnen Zigaretten und befahlen ihnen, nach Osten zu marschieren, zu den Ihrigen. In der Nähe befanden sich schon die Bolschewiki, die bis zum Bug vordringen sollten, doch vergaloppierten sie sich bis vor Kozk. (Bei den Deutschen ist alles durcheinander geraten: als am ersten Oktober, am Nachmittag, ihre Vorhut erschienen ist und sie von Kleebergs Soldaten angegriffen wurden, sprangen sie aus den Panzerwagen und riefen den Polen auf russisch zu: nje strelatj my drusja – nicht schießen, wir sind Freunde.)

Man fährt durch einen Landstrich, wo die Ortschaften Namen tragen wie: Leid, Opfer, Nurniederlagen... Wo alles zum letzten Mal geschah.

Hier gab es keine Anfänge. Hier ging es nur zu Ende.

Sogar Anna Jabłonowska, die die Kozker Straßen bauen ließ und den Palast, die auf moderne Art Merinoschafe züchtete und bei der Kaiser und Poeten zu Gast waren, sogar sie mußte Kozk verlassen, weil es sie »seltsam ruinierte«. Sie reiste im Jahre 1800 ab, mit einem blassen Antlitz, schrecklich – wie sich ein Zeuge erinnert, und sie starb gleich darauf, einsam und in Vergessenheit.

Hier kämpfte zum letzten Mal Berek Joselewicz.

Hier kämpfte zum letzten Mal – am Heiligen Abend war es – Michał Heydenreich, genannt General »Kruk«, Held des Januaraufstandes.

Hier kämpfte zum letzten Mal General Kleeberg.

Als ob sie sich die Orte ausgesucht hätten und von weit hergekommen wären, allein um zu verlieren. Als würde diese Erde sich zu nichts anderem eignen als zu Niederlage und Tod.

Eingezwängt zwischen Deutsche und Russen, zwischen Orte wie Kozk, Wola (Wille), Krzywda (Leid) und Ofiara (Opfer), hier eben, wo neununddreißig das freie Polen verlosch.

Und noch einmal kam es zum Ende, und wieder hier: im Juli vierundvierzig. Zwei Tage, nachdem Kozk von der siebenundzwanzigsten Wołyner Division der Heimatarmee befreit wurde. Es gab Fahnen und Blumen und Freiheit, und nach zwei Tagen kamen aus den Parczewer Wäldern die Partisanen der Volksarmee des General Korczyński. Sie entwaffneten die Heimatarmee.* Die Freiheit hatte ein Ende.

Überhaupt gab es keine Anfänge. Immerzu nur Ende.

Ist das Schicksal, oder was?

Nach Wola Gułowska (Fortsetzung)

Die schwersten Kämpfe im Jahre neunundreißig fanden im Oktober statt, in den Wäldern in der Gegend des Friedhofes und der Kirche in Wola Gułowska. »Nur Bretter der Särge, Knochen der Verstorbenen und Klumpen Erde flogen in die Höhe« – und jetzt frühlingshafte, schläfrige Ruhe. Die Liste der Namen über dem Sammelgrab eröffnet Bartula Michał, Major, irgendwo am Ende, weil mit »W«, dann Wilski Tytus, Oberleutnant, beide sind mir bekannt aus der Kleeberg-Erzählung von Marian Brandys. Bartula der Finstere, Wilski der Schöne, der Soldat am Brunnen, den Helm in den Händen, »sehr jung... ein Soldatenknabe«, spricht Brandys von ihm.

Die Kirche eroberten sie am Morgen. Nach dem Sieg saßen sie verstreut auf dem kleinen Platz, mittendrin, am Brunnen trank jener Soldatenjüngling Wasser aus dem Helm. Plötzlich vom Kirchturm ein Feuerstoß, der Soldatenknabe trank nicht mehr und fiel; als sie eilig ihre Maschinengewehre dorthin richteten, woher die Schüsse kamen, hörten sie Rufe vom Turm: »Nicht schießen, wir sind es, die sechste Kompanie... « Die sechste Kompanie hatte nämlich einen kleinen Fehler begangen bei der schwierigen Kunst des Einstellens ihrer Zielvorrichtung.

Die Kirche ist da, der Turm ist da, der Brunnen steht: mit einer Kurbel, einer verrosteten Kette, einem kleinem Holzdach, schief hängend, wie auf einem armen jüdischen Haus – ringsherum niemand, keine Verlierer, keine Sieger.

Kleebergs Oberkommando hatte nicht weit von hier Quartier bezogen, in den Gebäuden des Tymoteusz Karczmarz. Der Landwirt

* Während die Heimatarmee, die größte bewaffnete Widerstandsorganisation unter der deutschen Besatzung, der Londoner Exilregierung unterstand, war die kommunistische Volksarmee an die Weisungen Moskaus gebunden.[A.d.Ü]

zeigt, wo die Soldaten, wo der General, wo die Waffen sich befanden, doch er tut es fahrig. Mehr interessiert ihn da schon die Gegenwart, nämlich der freie Markt für die Landwirtschaft. Was garantieren die einem? Für wieviel? »Was denn bloß für ein Markt, liebe Frau. Alles wird sowieso, wie die Regierung es will, und jede Regierung schaut nur, sich ihren eigenen Hintern zu vergolden.«

Kleeberg unterschrieb die Kapitulation am Nachmittag, kurz danach rückte das Bataillon, in dem Marian Brandys diente, in die Gefangenschaft. Auf halben Wege erscholl das Kommando: »Still gestanden! Augen links!«, und es wurde gemunkelt, daß der polnische General zusammen mit dem deutschen General die Parade abnehmen würde.

»Das Kommando näherte sich uns. Noch einhundert Meter... noch fünfzig... jetzt!

Es gab keinen deutschen General. Am Waldesrand stand ein einfaches Kreuz über einem frisch geschaufelten Grab. Auf dem Grab lag eine Majorsmütze.

In der Totenstille, kräftig den Gleichschritt hämmernd, defilierte das Bataillon des Major Bartuli zum letzten Mal an seinem Kommandeur vorbei.«*

Das Massengrab in Wola Gułowska ist sauber, gepflegt, mit frischen Stiefmütterchen bepflanzt. »Na eben«, greifen die Leute aus Kozk den Gedanken auf. »Liebe Frau, Sie verstehen das nicht. Stiefmütterchen, also haben sie diese eben erst gepflanzt, um besser dazustehen, wenn die Entscheidung fällt, doch bei uns in Kozk sind die Sträucher alt, stehen seit Jahren, und die Leute liegen nicht wie Heringe in einem Faß, sondern jeder hat sein eigenes Grab, sein eigenes Kreuz, seine eigene Tafel... «

Die Entscheidung, von der die Rede ist, betrifft das Fest der fünfzigsten Wiederkehr des September. Es sollte stattfinden unter dem Motto – »Von der Westerplatte bis Kozk«, lähmendes Entsetzen befiel sie, als sie erfuhren, daß das Motto verändert wurde auf – »Von der Westerplatte nach Wola Gułowska«, als für alle klar wurde, daß Wola Gułowska das Thema an sich reißen wollte.

* Marian Brandys, O królach i kapuście (Von Königen und vom Kohl), Warschau 1964

Es gab Kämpfe in Wola, dem widerspricht niemand, jedoch einmarschiert in Kozk ist am dreißigsten September, am Nachmittag, der General Kleeberg, in Kozk war es, wo die Entscheidung für den Kampf gegen die Division von General Otto fiel, der von Dęblin herbeizog, vor Kozk fand die erste Phase der Schlacht statt, nach Kozk schließlich brachte man Kleeberg nach der Kapitulation. Und daß in der Zwischenzeit auch Kämpfe in Wola waren? Weil da genau ein Wald ist. Klar?

Und noch etwas ist sehr wichtig.

Kleeberg starb in Gefangenschaft. Vor dem Tod besuchte ihn seine Frau. Er mußte ihr sagen, wo er in Zukunft liegen möchte. Als man seine Asche von Dresden überführte, da nahm Frau Wanda Kleeberg an den Feierlichkeiten auf dem Kozker Friedhof teil. »Und was bedeutet das? Daß der General hier liegen wollte.« Leider verbreiteten sich Gerüchte, daß Wola Gułowska die Absicht hatte, ihn zu entwenden. Tag und Nacht wachte die Bevölkerung von Kozk am Grab und bewachte den General, Tag und Nacht, damit ihn Wola nicht fleddert, und nun? »Von der Westerplatte nach ... « Wie ungerecht.

»Und eben damals zerriß die andächtige Stille des Waldes ein neues, unbekanntes Krachen ... bei dem die Herzen erstarrten. Es erinnerte an das Geräusch der Holzklappen, mit denen wir in der Kindheit abends aus dem Stadtpark gescheucht wurden, wenn sich unser Soldatenspielen allzu sehr in die Länge zog.

Am deutschen Kontrollpunkt warfen polnische Gefangene Gewehre auf einen Haufen. Unser seltsames Spiel war beendet.«*

In den Keller der Apolonia Machczyńska

Apolonia Machczyńska (nach ihrem Mann, Świątek, bis zum Schluß von den Fremden Machczyńska genannt und von der Familie Pola) war die Urenkelin der Januaraufständischen aus Wołynia, vom Gut, das die Kosaken niederbrannten. In Kozk und im nahe gelegenen Plebanki hatten sie einen Hof, den ihre Schwester, Janina Kuleszowa,

* Marian Brandys, O królach i kapuście (Von Königen und vom Kohl), Warschau 1964

Gut nennt. In Kozk, in einem der Wirtschaftsräume, die die Leute Keller nennen, und Janina Kuleszowa Vorratshütte, in der Vorratshütte oder auch Keller versteckte Apolonia Machczyńska, Mutter von drei Kindern, fünfundzwanzig Juden. Sie wohnten bei ihr von den ersten Tagen des Novembers zweiundvierzig bis Ende Januar. Am sechsundzwanzigsten Januar, am Sonntag, gleich nach dem Hochamt, bemerkten Kinder beim Verlassen der Kirche Rauch über einer der Erdhütten. Sie benachrichtigten die Deutschen. In der Erdhütte fanden sie eine Frau, Jüdin, mit vier Kindern. Die Deutschen sagten der Frau, daß sie den Kindern das Leben schenken würden, wenn sie sage, wo sich andere Juden verstecken würden, und die Frau glaubte daran, daß die Deutschen ihren Kindern das Leben schenken würden. Sie sagte: »Bei der Machczyńska.« Die Deutschen stellten die Machczyńska an die Wand und machten ihre Waffen bereit, da kam die Nachbarin mit Geschrei heraus, daß es nicht hier wäre, sondern sie weiter gehen sollten, denn diese war nämlich eine andere Machczyńska, die Base der Apolonia. Die Deutschen liefen zu der eigentlichen Machczyńska und öffneten den Keller.

Erst erschossen sie vierundzwanzig Juden, der fünfundzwanzigste, mit Namen Icek, Enkel des alten Zagalik, des Mühlenbesitzers, der hatte eine Mauser, und um sich schießend gelangte er in den Wald. Aus diesem Wald tauchte er von Zeit zu Zeit hervor und schoß auf Menschen, von denen gesagt wurde, daß sie Juden erschlugen oder denunzierten. Bei den Budzińskis tötete er die ganze Familie, sie haben ein Mehrpersonen-Quartier auf dem Friedhof und auf jedem Grab die Aufschrift »Starb einen tragischen Tod«, jemandem schoß er die Hand ab, schließlich kam er selbst um, einige sagen, daß es die Deutschen waren, andere, daß die Heimatarmee ihn ermordete, und andere meinen, daß er überhaupt nicht umkam, daß er irgendwo lebt, vielleicht in Israel, vielleicht sogar in Polen.

Nach den vierundzwanzig Juden war Apolonia Machczyńska an der Reihe, die nach Plebanki geflüchtet war, und danach, nach ihrer Rückkehr aus Plebanki, erinnerten sich die Deutschen noch an die Jüdin mit den Kindern, die sie am Leben zu lassen versprachen. In dieser Angelegenheit teilen sich die Meinungen. Einige sagen, daß sie die Jüdin mit den Kindern sofort erschossen, nach den vierundzwanzig und dann erst hinfuhren, die anderen, daß sie zurückkamen und sich jetzt erst an die Jüdin erinnerten.

Einige Stunden vergingen nach dem Entdecken der Jüdin und dem, was in Plebanki geschah. In dieser Zeit suchte Apolonia Machczyńska, gewarnt durch einen Bekannten, einen Deutschen aus dem Palast – ihre Schwester sagt, er war kein Deutscher, er war nur ein Posener, und er war ein Freund der Familie –, ein Versteck für sich und ihre Kinder. Sie ging von Haus zu Haus, doch niemand wollte sie bei sich aufnehmen. Sie ging langsam mit gesenktem Kopf, mit einem aufgegangenen Schnürsenkel, und dieses Schnürband schleifte hinter ihr her durch den Schnee. Als sie verstand, daß es nichts gab, wo sie hingehen könnte, fuhr sie mit den Kindern auf dem Schlitten nach Plebanki. Dort besaßen sie einen großen Wald und ein Holzhaus, in dem sie die Ferien verbrachten. Sie versuchte nicht, sich zu verstecken. »Sie hätte doch wenigstens in den Wald gehen können, wenigstens hinterm Wacholderbusch sich hinkauern«, sagt Janina Kuleszowa, doch sie versteckte sich nicht. Sie ging ins Haus. Trotz Kälte zog sie das Kleid und die Schuhe aus (vielleicht bemerkte sie in diesem Augenblick erst das offene, vom Schnee durchnäßte Schnürband). Sie zog das Nachthemd an und legte sich ins Bett. Die Kinder spielten vor dem Haus mit Schneebällen. Nach ein paar Stunden kamen zwei Schlitten vorgefahren. Auf dem einen saßen SS-Männer, auf dem zweiten drei Juden mit Eskorte, der vierte Jude wurde hinterhergeschleppt, er war mit einem Strick am Schlitten festgebunden. Apolonia Machczyńska und ihre drei Kinder wurden an die Wand gestellt. Genauer – hingestellt wurden Apolonia Machczyńska und die beiden Söhne, von denen der ältere sieben Jahre alt war und der jüngere fünf; die einjährige Tochter hielt an dieser Wand Ksawera Kawkowa auf den Armen, die in Plebanki wohnte. Es ist nicht ganz klar, warum Apolonia Machczyńska ihre Tochter nicht hielt, vielleicht darum, weil sie keine Kraft mehr hatte. Ebenso ist nicht klar, warum die SS-Männer ihre Absicht änderten und die Kinder nicht erschossen. Sie ließen sie in Plebanki zurück, und Apolonia Machczyńska hießen sie in den Schlitten steigen. In den mit den drei Juden – der vierte, hierhergebrachte, der nicht mehr lebte, wurde vom Strick abgeschnitten und liegengelassen. Sie fuhren zur Ansiedlung

Annapolska. Hinter Czarnotas Scheune schaufelten die drei Juden ein Grab für sich und Apolonia Machczyńska.

Nach dem Hochamt

An diesem Tag gab es Schnee.

Im Schnee wusch sich ihre Hände die Frau, die in der Erdhütte gefunden wurde. Erst wusch sie sich die Hände, dann den Kindern, und die Menschen standen drum herum und schauten. Das mußte ein seltsamer Anblick gewesen sein: eine Jüdin, die die Hände im Schnee wäscht, auf dem Marktplatz am hellichten Tage, gleich nach dem Hochamt.

Er versank im Schnee, der Schlitten, mit dem Apolonia Machczyńska und ihre Kinder nach Plebanki fuhren. Der ältere Sohn erinnert sich noch daran, daß der Schnee den Pferden bis zu den Knien reichte.

Im Schnee spielten die Kinder der Apolonia Machczyńska.

Im Schnee, bei dem Keller oder der Vorratshütte, saß ein Mädchen. Sie war so um die zehn Jahre alt. Drumherum hielt das Geschieße an, einige flüchteten in Richtung der Chaussee, andere lagen schon zwischen den Häusern – am Anfang schossen die Deutschen mit Pistolen, so kleinen, fünfschüssigen, doch damit schafften sie es nicht, denn die Juden liefen über die Felder, also brachten sie ein Maschinengewehr und zogen eine Garbe durch, aber das Mädchen beachtete das nicht. Sie saß ruhig da, die Arme leicht erhoben, als wollte sie den Krach abwehren. Als die Deutschen vom Feld zurückkamen – aber vielleicht auch später, als sie aus Plebanki zurückkehrten, bemerkte einer von ihnen das Mädchen. Er holte den Revolver hervor. Schoß von hinten in den Kopf.

Sie saß immer noch da, nur die Haare hoben sich im Luftzug, »ihre Haare flatterten – so huii –, die Juden lagen herum, und sie saß weiter, als wäre nichts geschehen, nur ein wenig in sich zusammengezogen hat sie sich und nur ihre schwarzen Haare – so huii so – – – «

Durch den Schnee liefen die Juden, und dann lagen sie auf der ganzen Breite des Feldes, von der Vorratshütte bis zur Chaussee. Erst lagen sie in ihrer Kleidung, und als dann die Deutschen abfuhren, kamen die Menschen und zogen ihnen die Kleider und die Schuhe aus, und die Juden lagen nackt da. Und als dann die Menschen fortgingen mit den Schuhen und den Kleidern, kamen Jungen aus der Gegend und begannen die Körper aufzustellen. Zu zweien, zu dreien, in verschiedenen Posen standen sie, so wie sie gefallen sind, so lehnte einer an dem anderen, wie Garben. Vierundzwanzig Tote, also zusammengetragen zu sieben, acht Garbenbündel über das ganze Feld. Wie Bildsäulen standen sie, nackt und steif, weiße Bildsäulen auf weißem Feld, die Nacht hindurch, am Morgen kamen die Deutschen und befahlen, sie auf die Fuhren zu werfen und wegzufahren auf den Kirkut.

»Mit einem Fuß stehe ich im Himmel, mit dem anderen im tiefsten Abgrund der Hölle. Glaubet nicht, daß das so leicht ist!«, sagte vor seinem Tode Menachem Mendel, der Zaddik von Kozk.

In den Keller der Apolonia Machczyńska (Fortsetzung)

Vom Zehneckturm ist der Anfang der Feldstraße zu sehen. Fünfhundert Meter weiter, auf der linken Seite, befindet sich die Siedlung mit den Einfamilienhäusern. Es sind die typischen Häuser, mit den Fernsehantennen auf den Flachdächern, einige sind an der Vorderseite mit bunten Glassplittern geschmückt oder mit einer Kassettentür aus Holz oder einem prächtig bemalten Tor.

Eines der Häuser dieser Siedlung steht genau auf der Stelle, auf der das Haus der Apolonia Machczyńska stand.

Die Garage im Inneren ist über dem Keller hochgezogen worden.

Die Leute, die das neue Haus bewohnen, haben von Apolonia Machczyńska nie etwas gehört und auch nicht von den fünfundzwanzig Juden. Sie wissen, daß unter der Garage ein geräumiger Keller war, denn sie fanden die Fundamente. Sie arbeiten in zwei Schichten, haben Kinder, stehen nach Sachen in der Schlange an, bauen das Haus und sind zu erschöpft für eine fremde Vergangenheit. Sie beenden den Estrich auf dem Balkon, und machen sich an die Vorderseite heran, den sie mit Rauhputz bewerfen werden, lieber wäre ihnen Kieselputz, aber sie müssen für die Holzverkleidung innen sparen. Den Menschen, der Zeuge der Ereignisse vor siebenundvierzig Jahren war, bitten sie höflich in die Küche, stellen keine Fragen, bieten Tee an und kehren zum Estrichverlegen auf den Balkon zurück.

In den Keller der Apolonia Machczyńska (Fortsetzung)

Vom Zehneckturm ist der Anfang der Feldstraße zu sehen...

Auf dieser Straße fuhren sie am 5. November 42 die Kozker Juden zur Bahnstation Bedlno. Sie brachten sie auf Fuhrwerken fort. Vor dem Krieg wohnten in Kozk zweitausendzweihundertvierzehn Juden, fünfundzwanzig waren in der Vorratshütte, einige versteckten sich in der Umgebung, an die zweitausend mußten mit den Fuhrwerken transportiert werden. Auf eine Fuhre kamen zwanzig Personen, dazu noch Rucksäcke, Kopfkissen, irgendeine Schüssel, irgendein Topf... Es mußten so um die hundert Fuhren gewesen sein. Sie fuhren vom Morgengrauen bis in den späten Nachmittag. Sie fuhren über die Feldstraße, am Haus des Zaddik, es rechts liegenlassend, vorbei, dann die Mühle der Zakaliks, dann an der linken Seite die Vorratshütte der Machczyńskis, dann das Feld hinter der Vorratshütte bis zur Chaussee, die nach Radzyń führt, da bogen sie dann nach rechts ab. Von Bedlno fuhren die Kozker Juden mit Güterwaggons nach Treblinka.

Am Tage zuvor, dem vierten November, ging Apolonia Machczyńska zu den Eltern eines jungen Mädchens, Ryfka Blatt. Sie schlug vor, sie in Warschau bei zweien ihrer Schwäger zu verstecken. »Sie meinte, daß ich nicht wie eine Jüdin aussähe, und daß es eine Sünde wäre, mich umkommen zu lassen«, schrieb Ryfka Blatt an Sławomir Świątek, den Sohn der Apolonia Machczyńska. »Sie können sich nicht erinnern an diese Zeiten, mein Herr, doch ich kann Ihnen versichern, daß solche Worte aus dem Munde eines Polen selten zu hören waren. Ich war mir dessen sicher, daß ich dafür zahlen muß, und solche Zahlungen waren mit Riesensummen verbunden, und bei mir reichte es nicht einmal für eine kleine Summe. Ihre Mutter begann zu lachen und sagte: wer wird denn von Geld reden.«

Apolonia Machczyńska gab der Ryfka Blatt die Papiere von Ksawera Kawkowa, mit denen sie nach Warschau und dann zur Zwangsarbeit nach Deutschland fuhr und den Krieg überlebte. »Ihre Oma versprach für mich zu beten und jeden Tag den Rosenkranz zu sprechen. Als ich mich mal in einer schlimmen Lage befand, schrieb ich sogar eine Postkarte an die Oma, und bat sie, für mich zu beten...« schrieb Ryfka Blatt aus Israel, aus der Stadt Ramat Aviv, an den Sohn der Apolonia Machczyńska.

Das Haus (Fortsetzung)

Auf dem Weg zur Stadt mußte Apolonia Machczyńska jedesmal am Haus mit dem zehneckigen Turm vorbei. Sie wußte natürlich, daß hier der Rabbi wohnt, alle wußten es.

Rabbi Josef Morgensztern, Sohn des Chaim, Enkel des David und Urenkel des Menachem Mendel.

Ob Apolonia Machczyńska diesen Namen kannte: Menachem Mendel? Ich glaube nicht. Ich denke, daß sie mit diesem ganzen Eckhaus aus Holz überhaupt nichts im Sinn hatte, bis zu dem Tag, als sie ein seltsames Krachen hörte. Sie konnte es sich nicht erklären, damals kannte noch keiner das Geräusch einer fallenden Bombe. Sie hörte ein Krachen, dann einen Schrei, dann versteckte sie sich mit den anderen hinter den Sträuchern auf dem Friedhof. Als sie wiederkam, wußten es alle schon: die Bombe fiel in die Piłsudskistraße auf den Schutzraum des Rabbi.

Der Schutzraum war hinter dem Haus ausgehoben worden.

Das Grundstück war umzäunt, und es ist nicht genau festzustellen, wo er sich befand, bestimmt zwischen den Bäumen. Von der Straße waren über dem Zaun die Äste der Bäume zu sehen, die beim Rabbi wuchsen: Birnen, Pflaumen, Äpfel – Äpfel von damals, wirkliche, nicht die amerikanischen wie heute. Zu sehen waren Papieräpfel, Rosenäpfel, Boskop... Am zehnten September gab es keine Papieräpfel mehr auf den Bäumen, aber Boskop und Rosenäpfel, es sei denn, sie sind schon früher gepflückt worden, noch grün, für Wein.

Auf den Ästen dieser Bäume, zwischen den noch nicht gepflückten und von der Explosion nicht heruntergeschleuderten Früchten hingen Fetzen von Kleidung und den Körpern des Rabbi und seiner Hausgenossen, zerrissen von der ersten Bombe, abgeworfen auf Kozk.

Das Schicksal des Rabbi kam den Leuten schrecklich vor, doch es war nicht schrecklich, es war herrlich. Der Rabbi kam um, nicht in der Gaskammer, ohne Quälereien, inmitten seiner Familie, unter Bäumen …

Jeden Monat, vor allem im Sommer, kommen an der Ecke der Straße des Polnischen Militärs und der Feldstraße Reisebusse von »Orbis« zum Haus vorgefahren, Warschauer Taxis und Autos mit ausländischen Nummernschildern. Aus den Bussen steigen Jungen in Jeans mit Käppchen und Mädchen mit schwarzen Haaren, aus den Autos steigen ernste, bärtige Männer. Selten, daß sie mal hineingehen. Sie schauen sich um, ihre polnischen Chauffeure fragen die Hausbewohner, ob jemand alte, jüdische Bücher hat; und wenn am Straßenbrunnen Wasser geschöpft wird, kann man sie in einer seltsamen Sprache unter sich reden hören, und sie fahren weiter.

Eines Tages erscheint vor dem Haus ein Alter. Ein klein gewachsener, mit dichtem, grauen Bart, in einem altmodischen Überzieher aus Atlas, in weißen Strümpfen. Die Bewohner haben schon Chassidim zu Gesicht bekommen, also wundern sie sich nicht, zu denken gibt ihnen jedoch der fatale Zustand der Kleidung. Der Atlas ist abgewetzt und zerfranst, die Strümpfe schmutzig und vor allem ist nirgendwo ein Auto zu sehen.

Der Alte schaut sich um … Auf dem Hof, auf dem es keine Spur von den Obstbäumen mehr gibt, weder von denen damals, den wirklichen, noch den jetzigen, stehen Männer an einem langen Tisch; gebückt über Holztrögen formen sie Zementziegel.

»Der gnädige Herr wohnt wohl nicht in Polen … « schwatzt der Älteste ihn an.

»Ich wohne überall, wo man mich reinläßt«, antwortet der komische Kauz in einem gar nicht so schlechten Polnisch. Der Mann hört verständnisvoll zu. Er ist der Leiter des städtischen Kinos, in dieser Woche zeigt er zwar »Superman« und in der vergangenen war es »Harakiri«, aber im Fernsehen hatte er sich »Anatewka« angesehen und weiß, daß alte Juden gerne philosophische Stückchen von sich geben.

Der Mann im Überzieher berührt die Wände, schaut aufs Dach, das mit Holzbalken in die Höhe gehoben werden kann …

»Sie entschuldigen, mein Herr«, der Leiter des Kinos kommt näher heran und senkt die Stimme. »Sie suchen irgend etwas, mein Herr, nicht wahr? Suchen sie nicht zufällig nach Nägeln?«

Der Alte versteht nicht.

»Aus Gold«, zwinkert der Leiter des Kinos, Einvernehmen erheischend, der sich vom Schein des abgerissenen Umhangs nicht hinters Licht führen läßt. »Sie wissen doch, nicht wahr, mein Herr, aus Gold machten sie Nägel und schlugen sie in Bretter rein und weißten sie. Ganz schön gerissen waren sie, oj, joj, joj. Nur wo? Wo stecken die wohl drin, was meinen Sie?«

»Nägel aus Gold«, wiederholt gedankenversunken der Alte. »Als Jechiel Meir, Rabbi von Gostina, das Hauptlos in der Lotterie zog und angelaufen kam um zu prahlen, sagte ich ihm, ›Daran trage ich keine Schuld ...‹ Rabbi Jechiel kehrte sofort nach Hause zurück und verteilte das Geld unter die Armen ... Ich trage keine Schuld an den Nägeln aus Gold ... «

»Dann eben nicht«, sagt der Leiter des Kinos und kehrt zu seinen Ziegeln zurück.

Der Besucher möchte wissen, wer in dem Türmchen wohnt. Sie erklären ihm, daß im Haus sieben Familien wohnen, unter die alles aufgeteilt ist: die drei Klos auf dem Hof, die Kammern, der Dachboden, das Türmchen fiel an die Mieter des Eckeingangs.

Im engen Eckzimmer, voller Gerümpel, sitzt eine junge erschöpfte Frau. Sie betrachtet den Kaftan und die Strümpfe. Alle, die aus den Autos aussteigen, betrachtet sie aufmerksam. Die letzte Reisegruppe interessierte sie nicht sonders: sie wollten vor allem die gekachelte Küche sehen, und gezeigt werden sollte, wo die Asche ist, wo der Schieber, wo der Rost. Speziell für sie zündete sie die Scheite an, und sie stiegen in den Bus ein, noch bevor das Feuer ganz ausgebrannt war. Nun dieser Alte. So einer? Auf so einen haben sie gerade noch gewartet.

Sieben Familien im Haus des Zaddik warten auf einen Juden. Es wird ein Jude kommen, eines Tages, oder noch besser – es kommen Juden, errichten einen Wohnblock, jeder Familie geben sie eine Wohnung, und aus dem alten Haus richten sie ihrem berühmten Zaddik ein Museum her. Oder anders: es kommen Juden, geben Geld und jede Familie baut für sich ganz allein ein Häuschen als Eigenheim. Sie, nehmen wir mal an, würde ihrem Mann, sich und ihrem Kind eines erbauen, der Schwiegermutter müßten die Juden extra eines bauen. Die Schwiegermutter würde dann nicht schon in aller Früh Holzstückchen aus der Küche nehmen, die so sorgfältig am Abend zuvor gestapelt wurden, sie würde ihren Topf mit Kohl für den Bigos nicht mehr von der Feuerstelle wegschieben, würde nicht mehr ihre eigenen Holzstücke hineinlegen... Wenn sie nur kämen, diese Juden und Geld gäben und endlich das Museum für ihren Zaddik machen würden.

Leider, dieser Mensch in dem abgewetzten Überzieher, den schmutzigen Strümpfen, wer weiß, wie der hier hergekommen ist, denn vor dem Haus ist kein Westauto zu sehen – womöglich ist der noch mit dem volkseigenen Bus gekommen – nein, dieser Mensch, der sieht nicht aus wie ein Jude, auf den sie warten.

»Unser Lehrer ging mit uns einmal in den Wald«, sagt der Alte und zieht aus den Falten seines Kaftans eine Pfeife heraus. »Er hob ein Sandkorn auf, betrachtete es und legte es dort wieder zurück. ›Wer nicht glaubt, daß Gott will, daß dieses Körnchen eben hier liegen sollte, der hat keinen Glauben in sich‹, sagte unser Lehrer.«

»Na eben«, greift die Frau den Gedanken auf. »Ein Sandkorn. Und was erst die Holzscheite zum Feueranzünden.«

Der alte Mann unterstreicht mit Nicken, daß sie ihn vortrefflich verstanden hat, pafft eine Rauchwolke aus der Pfeife, und der Frau wird bewußt, daß sie vor dem komischen Juden die Holzscheite überhaupt nicht erwähnt hat...

Aussichten (Fortsetzung)

Auf der linken Seite, der Verlängerung der Polnastraße, noch einsehbar vom Türmchen, doch bin ich mir nicht sicher, ob es die Polna ist oder schon die Kościuszko oder die Joselewicza, stehen einstöckige Holzhäuser. Von der Straße kommt man in den ehemaligen Laden, umgebaut in eine Küche, weiter hinten ist ein Raum und hinter dem Vorhang eine Schüssel und ein Eimer. Alles ist hier heillos durcheinander: Sofa, Regale, Kühlschrank, Fernsehapparat, Spielzeug, ein Kinderbett, etwa zwei Klappbetten, die für die Nacht aufgestellt werden... Wie fand das alles DAMALS hier Platz? Kühlschränke und

Fernseher gab es nicht, dafür größere Möbel, die Familien waren größer, und schließlich noch der Laden, der die vordere Stube belegte. Der Seidenstoffladen war von Cyrla, der mit Eis gehörte Rots, mit Limonade Marchewkas, der Kolonialwarenladen den Nojlichs ...

Das Eis für die Kühlräume holte man im Winter aus Tyśmienica, mit Sägespänen bedeckt lag es bis September, denn das erste Speiseeis wurde am 3. Mai gemacht, zum Jahrestag der Verfassung, das letzte am 29. September, am Heiligen Michael zum Ablaß, der Strom kam vom Zakalik. Ein städtisches Elektrizitätswerk hatte Kozk nicht, die Elektrizität nahm man von den Mühlen: vom Zakalik und dem Grafen Żółtowski. Gezahlt wurde nach Glühbirnen, ohne Zähler, nur einer der Söhne Zakaliks schaute manchmal herein, um zu prüfen: brennt die angegebene vierziger oder eine sechziger, illegal?

Die Zakaliks versteckten sich im Keller der Apolonia Machczyńska und kamen auf dem Feld um (mit Ausnahme des Icek, des Enkels, der eine Mauser hatte, und es ist nicht bekannt, ob er nun umgekommen ist oder ob er noch irgendwo lebt). Cyrla kam in Treblinka um, ganz normal. Rot kam auch um, aber Frau Rot überlebte und meldete nach dem Krieg ihren Anspruch auf das besetzte Haus an. Ein Teil des Geldes wurde ihr ausgehändigt, den Rest sollte sie später abholen, jemand bot sich an, sie mit dem Geld zum Zug zu bringen, und seitdem hat niemand mehr etwas von ihr gehört oder sie je noch zu Gesicht bekommen. Nojlich ist auch zurückgekehrt, zusammen mit einem Freund. Er fragte den Menschen, der sein Haus besetzt hat, ob er bezahlen und bleiben möchte, denn wenn nicht, dann würde er, Nojlich, sich einen anderen Käufer suchen. Der Mensch, der das Haus besetzt hat, erwiderte, daß er es sich überlegen will. Nojlich und sein Freund sagten, daß sie am nächsten Tag wiederkämen und begaben sich ins Dorf. Sie kehrten nie mehr zurück. Der Mensch, der das Haus besetzt hat, wohnte darin bis zu seinem Tod, und je älter er wurde, desto öfter kehrte er zu der alten Geschichte zurück. Er stellte den Stuhl vor das Haus, daneben stellte die Nachbarin den Stuhl hin, und so saßen sie nachmittags und redeten bis zu den Abendnachrichten im Fernsehen.

»Ich habe das Geld bereitgehalten, wollte bezahlen, und er kam nicht. Fuhr er ab? So ganz ohne Geld?«

Die Nachbarin war der Meinung, daß Nojlich nicht ohne Geld abgereist wäre.

»Na eben«, sagte der Mensch, der das Haus besetzt hat. »Aber wo ist er dann abgeblieben?«

Aus der Wohnung drang das Signal der Abendschau zu ihnen, sie unterbrachen die Unterhaltung, nahmen ihre Stühle mit und tags darauf, wenn es warm war, stellten sie sie wieder hinaus.

»Ich konnte nicht schlafen, dieser Wind ... « sagte der Mann. »Wissen Sie, was ich dachte? Daß ihnen dort in dem Dorf irgend etwas angetan wurde.« »Aber warum?«, fragte die Nachbarin.

»Na eben.«

»Wenn ich doch nur wüßte, wo sie liegen«, begann er an einem anderen Tag, als über Kozk eine atmosphärische Störung hinwegzog, »ich würde hingehen und eine Blume draufstellen ... «

Eines Jahres traf den Menschen, der das Haus besetzt hat, ein Unglück. Die Tochter, die zur ihren Eltern an ihrem Namenstag, zur Zofi, kam, ist bei einem Verkehrsunfall ums Leben gekommen. Es war im Mai, herrliches Wetter, das Auto kam plötzlich ins Schleudern und das Mädchen war tot, sie alleine, die anderen kamen ohne Schramme davon.

Die Leute erzählten, sie trug damals zwei Ringe. Beide aus Gold, auf jeder Hand einen. »Schöne, große«, sagten die Leute, »bestimmt vom Vater bekommen, zum Namenstag. Zwei goldene Ringe, aus Gold, das nicht von heute ist.«

Ich bin mir nicht sicher, ob die Geschichte, die ich hier wiederhole, wirklich so war.

Ist es denn möglich, daß der große Drehbuchautor, der Gott zweifelsohne ist, eine derart kitschige Geschichte zurechtgelegt hätte?

Ich versuche mir die Szenen vorzustellen.

Eine Gasse in einer polnischen Kleinstadt, ein typisches Schtetl, das fürchterliche Abscheu hervorruft bei den fortschrittlichen Juden auf der ganzen Welt ...

Einstöckige Holzhäuser ...

Zwei Stühle ...

Das Gotteshaus in der Radzyńskastraße, die von hier nicht zu sehen ist, in der polnische Jungen aus Spaß die Scheiben einschlagen.

Ich versuche mir Szenen aus der unmittelbaren Gegenwart vorzustellen: eine Antenne auf dem Dach, das Zeichen zur Abendschau im Fernsehen, das aus der Tiefe der Wohnung nach draußen dringt, vielleicht sogar mit der Stimme der Frau Jagielska, die die Nachrichten liest und die zwei alten Menschen, die hastig die Stühle von der Straße wegschaffen, also was für ein Gotteshaus? Das Gotteshaus gibt es schon lange nicht mehr. Die Deutschen haben es verbrannt, und dann haben sie die Reste der Ziegel zum Palast gebracht, Blumenrabatten angelegt und den Hof damit ausgelegt, die liegen da wohl heute noch.

Ich versuche, mir Szenen aus der unmittelbaren Gegenwart vorzustellen: warum hängt also über einem der Geschäfte ein Schild »Seidenstoffe Cyrla Opelman«? Und woher die Kinder vor dem Laden, das zehnjährige Mädchen mit sehr schwarzen Haaren und der etwas jüngere, blasse Junge mit den Peies ... ?

Dann kommt da noch am Laden der Cyrla Opelman der geschäftige Salomon Nojlich auf dem Weg nach Hause vorbei, also ruft Cyrla Opelman: »Guten Tag, Herr Nojlich« oder viel einfacher, »Salek! Wie geht's!« Oder sie redet auf jiddisch, daß sie aus Lublin einen herrlichen Stoff bekommen hat, weiße Erbsen auf blauem Untergrund, einmalig für ein Sommerkleid der Frau Nojlich... Doch Salomon Nojlich hört dem Geplapper der Cyrla nicht mehr zu. Er nähert sich der Haustür, seines eignen Hauses, erbaut von seinem Vater seligen Andenkens, Mosche Majer Nojlich, und mit großem Erstaunen sieht er zwei Stühle vor dem Haus. Auf dem einem sitzt ein Mann in einem schwarzen Anzug, gestützt auf einen Krückstock, auf dem zweiten Stuhl eine Frau, die ihre Beine, von Krampfadern angeschwollen, auf einen Schemel legt, und dieser Mann erzählt der Frau von irgendeiner Tochter, daß sie Computer studiert hätte, daß ihr nur noch ein einziges Examen gefehlt hätte und daß das Gerede der Leute von den Ringen widerlich sei, denn die Ringe stammten aus Lemberg, hergebracht mit dem Zug der Freundschaft. Worauf die Frau bemerkt, daß die Ringe aus dem Zug der Freundschaft doch ganz andere wären, dünnere und aus heutigem Gold...

»Vierundzwanzig Jahre«, weint der Mann. »Ein einziges Examen...«

»Nebbich«, seufzt voller Mitgefühl Salomon Nojlich. »Die Ärmste.«

Der Mann erhebt seinen Blick zu ihm.

»Ach sie, Herr Nojlich? Wo sind Sie denn so lange geblieben? Wollen sie nun das Haus von mir kaufen? Denn wenn nicht, dann suche ich mir einen anderen Käufer ... «

Aussichten (Fortsetzung)

Hinter der Einfamilienhaussiedlung, in der Vorstadt, hinter dem Haus, das noch nicht ganz mit Rauhputz verputzt ist, befindet sich das Grundstück von Janina Kuleszowa, gebürtige Machczyńska, der Schwester von Apolonia. Janina Kuleszowa hat Mohrrüben gesät, weil den Wurzelfrüchten zugehörig, und die Petersilie sät sie in den nächsten Tagen, am Tag der Blätter. Der Blumenkohl gehört zu den Blütenpflanzen, und der Blütentag, der ist schon vorbei, ebenso wie der Tag der Umsetzung der Pflanzen. Zum Glück liegen noch die Tage der Früchte vor uns, und da ist es erlaubt, alles zu pflanzen, was blühen sollte.

Janina Kuleszowa hält sich strikt an den Rat des biodynamischen Kalenders, den irgendeine Deutsch-Astrologin für jedes Jahr schreibt. An manchen Tagen verbietet die Deutsch-Astrologin überhaupt zu arbeiten, denn die Erde schadet; in diesem Jahr schadete die Erde am zehnten April.

Janina Kuleszowa schlägt vor, daß ich mir die Tage notieren solle und sucht ein sauberes Blatt Papier. Der Wind bläst aus einer Schachtel irgendwelche Papiere hoch, und aus anderen Schachteln, die hier stapelweise herumliegen, Fetzen von Zeitungen, Lumpen und zerrissener Plastikfolie. Wer weiß, wofür das alles noch gut ist, vor allem wenn der Mensch fünfundachtzig Jahre alt ist und von der Sozialhilfe lebt.

Janina Kuleszowa holt auch Überraschendes hervor, Dokumente ihrer konspirativen Tätigkeit und Erklärungen von Leuten, die sie während des Krieges aus Konzentrationslagern herausholte.

Einige sagen, daß das mit der Konspiration nicht wahr sei, doch Józef Mitura nahm die Papiere mit nach Lublin, um sie zu überprüfen, und in Lublin sagten sie, daß es sehr wohl wahr ist. Sie sagten auch, daß Janina Kuleszowa Hilfe bekommen könnte, doch diese nicht erhält, weil sie keinen Kämpferausweis besitzt. Daraufhin gibt Józef Mitura Janina Kuleszowa eintausendfünfhundert Złoty, für ein Photo, und wenn nur erstmal der Ausweis kommt, dann, wer weiß, wird man ihr vielleicht helfen. Bis jetzt hatte keiner Zeit gehabt, sich um Hilfe und die Photographie zu kümmern, weil die gewichtigen Bürger der Stadt vertieft sind in die Idee eines Panoramas. So soll, nach dem Muster von Racławice, ein Kozker Panorama entstehen, die Schlacht verewigend. Das wird kein Gedenken an eine siegreiche Schlacht in Kozk, denn wie bekannt, siegreiche Schlachten hat es in Kozk nie gegeben. Kleeberg hat den Kampf aufgenommen, als Warschau bereits gefallen war und die Bolschewiken bereits vor Kozk standen, und der Sinn eines solchen Panoramas wäre, daß man das Seine zu Ende bringen muß, der Welt zum Trotz.

Das ist ein sehr tiefer und sehr kluger Sinn.

Wen wundert es also, daß im Schatten eines solch erhabenen Sinnes so eine kleine Angelegenheit, wie es das Elend der Janina Kuleszowa ist, keine Beachtung findet?

Apolonia Machczyńska kann ihrer Schwester nicht helfen. Und die Juden aus ihrem Keller können nicht helfen. Die Juden aus dem Keller, die Juden aus den Läden mit Seidenstoffen, die Juden aus dem Hause des Zaddik gibt es seit langem nicht mehr. Zweitausendzweihundertundvierzehn gibt es nicht mehr.

Kein Zeichen ist mehr da. Ich bin nicht der Meinung, daß gleich jeder eine eigene Tafel haben müßte wie die Kleeberger Soldaten, aber eine Sammeltafel für die Zweitausendzweihundertundvierzehn, ist auch das zuviel verlangt?

»Es gab Völker, die sind ausgestorben«, sagt Adam Mamiński, der Hauptorganisator des Panoramas. »Nehmen wir doch nur mal diese Etrusker.« Sie erfanden einen Stil, starben aus und auf Wiedersehen. So ergeht es halt einem Volk, das die Erde verläßt und nicht mehr anwesend ist.

Heilige Worte. Ein Volk verläßt die Erde und auf Wiedersehen.

Und weil es sie verließ, kann es sich weder mit Janina Kuleszowa noch mit dem Gedenken an ihre Schwester beschäftigen.

Was interessierten schon die Juden aus den ausländischen Autos die Schwestern Machczyński, die lebende wie die verstorbene. Sie stellten einen Stein auf dem Grab des Menachem Mendel auf, knipsten Photos und fuhren ab.

Der Stein ist schrecklich: grauer Beton, ein Koloß ... Sein einziger Nutzen, er dient den örtlichen Skinheads und Grufties als Tafel für ihr Gelage. Andrzej Trzciński traf eines Abends auf sie: eine Kozker Splittergruppe der Skinheads, ein Typ mit Idiotenfreischein und eine Gruftie-Frau mit zwei Kindern, alle saßen sie auf dem Grabstein des Menachem Mendel und tranken Bier.

Andrzej Trzciński, Absolvent der Malerei, Assistent an der Universität Lublin, ist einer jener jungen Polen, die ausschließlich Bücher über Juden lesen, nur jüdische Lieder hören und ihre Zeit auf jüdischen Friedhöfen verbringen – in Lublin, Biłgoraj, Tarnogród, Sieniawa, Szczebrzeszyn, Frampol, Bircza, Błażowa, Lutowiska ... Aus Überbleibseln von Mazzewen* versuchen sie die alten Farben zu erraten: wo war die Schwärze, wo das Gelb, wo das Blau, das Gold. Der Lebensbaum war am häufigsten grün, schrieb er in der Abhandlung über die Polychromie der jüdischen Grabsteine, und der gebrochene Baum grün mit schwarzem Stamm. Die Farben der Löwen und Hirsche sind goldener Ocker oder ein warmes Gelb, es kommen aber auch blaue oder silberne Hirsche vor und goldene oder rote Löwen ... Andrzej Trzciński nimmt an, daß er im vorherigen Leben Jude war, denn anders läßt sich seine heutige Manie nicht erklären. Er war ein Lubliner Jude, ein Chassidim, höchstwahrscheinlich Schüler des Jakub Jizchak, genannt der Seher, ein Aufwiegler, doch ohne Aufwand lebender Schüler.

Doch kehren wir zu Menachem Mendel zurück, dem Kollegen von Andrzej Trzciński aus der Schule des Sehers.

Die einzige erhaltene Handschrift des Kozker Zaddik ist ein Brief an einen Freund, bei dem er sich dafür entschuldigt, daß er so lange keinen Brief geschrieben habe. »Ich bekenne die Wahrheit, da ich mich ihrer nicht schäme. Es kommt vor, daß ich nicht einmal Geld für Briefmarken habe ... «

* Jüdische Grabsteine

Die Chassidim, die die Sorgen des Meisters kannten, boten Hilfe an, doch er verstieß sie ärgerlich: jegliche materiellen Güter könnten seine Aufmerksamkeit ablenken, die einzig Gott gehörte.

Ist Janina Kuleszowa, die Petersilie an Tagen der Wurzel sät und kein Geld für eine Photographie besitzt, dem Zaddik nicht näher als die bärtigen Juden aus den ausländischen Autos?

Der Dachboden

Zweitausendzweihundertneun …

Ich meine die Statistik.

Nicht zweitausendzweihundertundvierzehn, denn es retteten sich Manusia Zygielman mit ihrer Mutter, Ryfka Blatt, sowie ein Mann, versteckt von einem polnischen Fräulein aus gutem Hause, die er heiratete, aber auch der Mann auf dem Dachboden. Es handelt sich hier um den Dachboden eines fahrenden Schusters, der die Schuhe auf den Märkten reparierte und ein jüdisches Ehepaar versteckte. Im Winter starb die Jüdin an Lungenentzündung. Der Schuster legte den Leichnam und einen Spaten auf das Fuhrwerk, deckte alles mit einer Pferdedecke zu und fuhr aus der Stadt. Unterwegs überholte ihn ein deutsches Auto, das Pferd scheute, und das Fuhrwerk kippte um. Die Deutschen hielten an und machten Anstalten, als wollten sie ihm helfen … Der Schuster kniete schnell hin, und auf Knien entschuldigte er sich dafür, daß er den Weg verunreinigt hatte und versprach aufzuräumen. Die Deutschen fuhren ab, der Schuster begrub die Jüdin und kehrte nach Hause zurück. Bis zum Ende des Krieges haben beide, der Schuster und seine Frau, diese Szene durchlebt, so wie sie sich hätte ereignen können. Die Deutschen hätten das Fuhrwerk anheben können, die jüdische Leiche finden, nach Hause kommen, den lebendigen Juden finden können, die drei, den Juden, den Schuster und seine Frau, an die Wand stellen und die Revolver ziehen. Doch nichts dergleichen geschah. Der Krieg ging zu Ende, der Jude überlebte und verließ Polen, gleich danach starb der Schuster, er hatte was mit seinem Herzen, gleich nach ihm starb seine Frau, sie hatte auch was mit dem Herzen. So daß da außer Frau Zygielman, der Manusia und dem glücklichen Auserwählten des polnischen Fräuleins halt noch dieser

Mann vom Dachboden war, obwohl nicht ganz sicher ist, ob er ein Einwohner von Kozk war. Vielleicht hat der fahrende Schuster ihn von irgendwoher mitgebracht, aus Biłgoraj, Tarnogród, Sieniawa, Szczebrzeszyna, Frampol, Bircza... In diesem Fall müßte in einem dieser Orte eine Korrektur durch Abziehen vorgenommen werden.

Das Haus (Fortsetzung)

Heszel Klepfisz wurde in Żyrardów geboren, während des Krieges war er Rabbi der polnischen Streitkräfte im Westen, verlor in Polen seine Eltern, die Frau, Schwester und Bruder, nach dem Krieg wohnte er in Panama, wurde Professor an der Universität und schrieb über den Chassidismus.

In einem seiner Essays erzählt er, wie der Krieg für ihn zu Ende ging.

Mit der amerikanischen Armee betrat er Bergen-Belsen.

Dort sah er Haufen von nicht begrabenen Leichen. Mit einer Handvoll geretteter Juden verbrachte er den Freitagabend, den ersten Sabbat nach dem Zweiten Weltkrieg. Den gesamten Sabbatabend sprachen sie von Menachem Mendel. Dann sangen sie ein Lied Kozker Chassidim mit einem seltsamen Refrain: »Noch nicht, noch nicht, noch nicht... Noch sind wir am Fuße des Berges, noch haben wir ihn nicht erobert... Noch ist das Gebet nicht gesprochen, noch ist es nicht in Erfüllung gegangen... Noch nicht, noch nicht, noch nicht... «*

»Das irdische jüdische Kozk hörte auf zu existieren«, schrieb Heszel Klepfisz. »Bergen-Belsen wurde für uns zum Quell der Sicherheit, daß der Geist von Kozk uns begleiten wird auf der Wanderung durch die Jahrhunderte.«

Rabbi der Polnischen Streitkräfte... Bergen-Belsen... Sabbat... Kozk... So einen Epilog dachte sich der große Drehbuchautor aus. Er könnte sich vielleicht noch auf eines einlassen, auf ein nicht großes – und wenn das überhaupt möglich ist bei Wundern –, ein ganz logisches Wunder.

* Heszel Klepfisz, Culture of Compassion, New York 1983

Der alte Jude im abgewetzten Atlaskaftan nimmt von der Frau der Eckwohnung den Schlüssel für das Türmchen und klettert die Leiter hoch auf den Dachboden. (Auf den Dachboden! In diesem Kaftan, auf den tritt er gleich auf der ersten Sprosse.) Herr Tadzio Nowicki, der in der Stube unter dem Dach wohnt, das zur Sukkot hochgehoben wird, selbst etwas wacklig auf den Beinen, hält ihm die Leiter.

»Ich möchte dir nicht noch weiteren Kummer zufügen«, sagt Herr Tadzio zu dem Alten, der sich auf die zweite Sprosse müht, »aber ich habe meine Frau beerdigt, wärst du an einem anderen Tag gekommen, dann hätten wir uns unterhalten, doch nicht heute, vier Tage sind es her, seit sie mir gestorben ist, am Sonntag sah ich dich durchs Fenster und dachte mir, das ist jemand, der es wissen will, also höre, daß mein Vater in der Mühle arbeitete bei den Zakaliks und der beste Freund des Iceks in der Stadt war, Icek war für die Elektrik zuständig und mein Vater für die Tischlerei, und dann die Zakaliks, na wieviel denn, na, ein paar Meter von hier, im Keller und nur der Icek, weil er eine Mauser hatte, der beste Freund meines Vaters in der Stadt; unangenehm sind diese Sachen, und ich möchte dir nicht mehr diesen Kummer hinzufügen, leb du nur, mein Lieber, auch hundertundachtzig Jahre... «

So redet Herr Tadzio N., und der Alte holt aus dem Kaftan ein schmutziges zerknülltes Tuch hervor – schüttelt es leicht, es fallen Tabakkrümmel heraus – hält es Herrn Tadzio hin, damit er sich die Tränen wischt – um seinen Vater? um seine Frau? um Icek Zakalik? – und ohne sich umzusehen, geht er nach oben.

Er öffnet die Tür zum Türmchen.

Er bleibt am Fenster stehen, an diesem, das niemand anlehnte, in dem nur die Scheibe fehlt, holt aus dem Kaftan die Pfeife heraus, stopft den Tabak und läßt eine erste dünne Rauchfahne heraus. Er lächelt und denkt, Georg Langer* verglich die zarten Schwaden mit dem Rauch von Brandopfern, der Tag und Nacht zum düsteren Kozker Himmel aufstieg. Doch der Himmel ist gar nicht düster. Er ist blau, es scheint die warme Frühlingssonne.

* Georg Langer, Neun Tore, Bern/München 1983

Von hinten, aus der Tiefe der Janek-Krasicki-Straße, nähert sich eine Frau. Sie hat die Sonne im Rücken, ihr Gesicht ist nicht zu erkennen, »im Gegenlicht«, wie die Filmleute sagen würden, den Kopf hat sie gesenkt, als wäre sie in Gedanken verloren, erschöpft oder müde.

»Sie werfen mir vor, daß ich schweige«, sagt der Alte. »Dabei kann Schweigen der lauteste Schrei dieser Welt sein.«

Das sagt er in den sonnenerhellten Raum hinein, in Richtung auf die sich nähernde Frau, doch diese geht am Eckhaus vorbei, ohne es zu hören und ohne die Augen zu heben. Jetzt sieht der Alte ihre roten zerzausten Haare und den schwangeren Bauch, über dem sich der alte Wintermantel nicht schließt.

»Sie werfen mir vor, daß ich ein gebrochener Mensch bin, dabei ist nichts so ganz wie ein gebrochenes jüdisches Herz«, sagte er in ihren Rücken hinein, zu ihren hilflosen, einsamen Händen, zu dem geöffneten Schnürband, das sich hinter ihr herzieht auf der Straße.

Tafeln

1.

Włodzimierz Wincławski, Soziologe, Urenkel des Maurers, der in Lubraniec* die Kirche im neugotischen Stil erbaute (ein Teil der Mauer stammt aus dem 15. Jahrhundert), Enkel des Maurers, der Chicago erbaut hat, ehemaliger Prorektor der Thorner Universität, der zusammen mit siebzig anderen Rektoren und Dekanen in den achtziger Jahren von seinem Posten enthoben wurde, schrieb einen Brief, der mit den Worten begann: »Ich möchte mit Ihnen einen Gedanken teilen, der mich seit Jahren quält wie Gewissensbisse.«

Der Mensch, mit dem er einen seiner Gedanken teilen wollte, war der Arzt Dr. Władysław Hofman, langjähriger Stadtrat, einer von den eher respektierten Bürgern der Stadt Lubraniec. Die Angelegenheit, die Włodzimierz Wincławski quälte, betraf eine Gedenktafel.

Es ging um eine große Tafel, ganz sicher eine schwarze, aus Marmor, die an der Giebelwand der wiederaufgebauten Synagoge angebracht werden sollte. Die Tafel sollte daran erinnern, daß in Lubraniec Juden waren.

2.

Włodzimierz Wincławski beschäftigt sich mit der Soziologie des Dorfes, der Geschichte der Soziologie usw., und beim Stöbern in Archiven stellte er fest, daß die Juden zu Beginn des 18. Jahrhunderts nach Lubraniec kamen.

* Eine Stadt in Kujawien am Fluß Zgłowiączka, einem Nebenfluß der Weichsel.

Die ersten jüdischen Ankömmlinge waren Tuchmacher. Ähnlich wie die ersten deutschen Siedler, die in Lubraniec im 17. Jahrhundert erschienen. Eine Konkurrenz trat zwischen ihnen nicht auf, der Markt war begierig, das Militär nähte seine Uniformen aus Tuch. Nach 1830 war es aus mit dem Markt. Nach dem Novemberaufstand war es aus mit dem polnischen Militär und weder das jüdische noch das deutsche Tuch war den Polen nötig.

Die Juden beschäftigten sich mit Handel, der Müllerei und anderem Handwerk, die Mehrheit der Deutschen nahmen sich der Maurerei an. (Darum eben konnte der Urgroßvater des Włodzimierz Wincławski, der von den deutschen Siedlern abstammte, mit Namen Schultz – zu Szulc wurden sie erst später, nach dem Übertritt zum Katholizismus – die Kirche bauen und der Großvater Chicago).

3.

Dr. Hofman antwortete Włodzimierz Wincławski postwendend (»Ich bin sehr dafür, eine Tafel anbringen zu lassen, die das Andenken an ein Volk würdigt, das mit uns lebte und unsere Kultur mitschuf... «) und übermittelte den Brief dem Rat des Volksrates für Stadt und Kreis, Arnold Szczerbiak.

»Arnold Szczerbiak«, erinnert sich der Doktor, »erzählte den Mitgliedern des Präsidiums von der Initiative des Włodzimierz Wincławski.« Kurz nach der Sitzung kam aus Włocławek ein Funktionär der Staatssicherheit und fragte Arnold Szczerbiak, wer der Initiator der ganzen Angelegenheit gewesen war. »Besser, Sie lassen das in Ruhe«, riet der Funktionär. Arnold Szczerbiak folgte diesem Rat und ließ die Angelegenheit ruhen.

4.

Die Mitglieder des Präsidiums hatten damals, als Arnold Szczerbiak ihnen den Brief vorlas, gemischte Gefühle. »Es ging nicht um die Juden«, erklärt Arnold Szczerbiak. »Mein Papa, zum Beispiel, der hatte ein kollegiales Verhältnis zum letzten Nachkriegsjuden der Stadt Lubraniec, ein gewisser Kałme Lewkowski, der ein paar Pferde und einen Wagen hatte, und der Brot und Milch ausfuhr, und wenn Papa kein Geld hatte, dann gab er uns auch ohne... Diesen einen Juden in meinem Leben kannte ich, und da ich diesen einen Herrn Juden kannte, meine ich auch, daß der Tafel auf den Weg geholfen werden sollte, es ging also nicht um Juden, einzig um das gesellschaftspolitische Klima im Lande und den Staat Israel. Dort war doch der Aufstand... Damals nicht? Aber die Besetzung war da, dieses Syrien... Nicht Syrien? Ich kenne mich da nicht näher aus, aber irgend so etwas war es, es war das Verhältnis von Polen zu Arafat oder nicht? Nun, es gab, Gnädigste, eine kurze Diskussion, niemand sprach sich dafür aus, das Thema in der Sitzung zu behandeln, ein Jahr oder auch zwei sollte es in der Versenkung gehalten werden, weil es nicht an der Zeit war.«

Was den Funktionär der Staatssicherheit angeht, so hat Dr. Hofman wohl zwei Ereignisse durcheinander gebracht. Der Funktionär ist sehr wohl dagewesen, doch in einer Angelegenheit, die eine andere Tafel betraf, die der »Solidarność«, in der Genossenschaft »Landwirtschaftlicher Zirkel«. Die Gewerkschaft gab es nicht mehr, doch die Tafel hing weiterhin, und Arnold Szczerbiak, Direktor der Genossenschaft, beauftragte einen der Mitarbeiter, sie abzunehmen. Der Mitarbeiter führte den Auftrag aus und tags darauf standen auf seiner Werkbank zwei brennende Kerzen. Was sie bedeuteten, das weiß man nicht genau. Brannten sie für die »Solidarność«? Für den Mitarbeiter, der die Tafel abnahm? Sie standen halt da und brannten, wie auch immer, irgendwie zweideutig und auf der Stelle kam aus Włocławek ein Funktionär. Den Jungen, der die Kerzen angezündet hatte, wollten sie ins Internierungslager stecken, doch zum Glück erklärte Direktor Szczerbiak, daß er die Verantwortung auf sich nimmt, und es endete mit einer Verwarnung. Was dagegen die zweite Tafel angeht, diese jüdische, so bezog der Funktionär hierzu keine Stellung. Er las den Brief, jedoch interessierte er ihn erheblich weniger als die Kerzen. Auf alle Fälle ging es bei der Unterhaltung über ein eventuelles Einsperren allein um den Menschen von der »Solidarność«.

Das ist alles nicht ganz klar. Das mit den Kerzen geschah in den ersten Wochen des Kriegszustandes, der Brief von Włodzimierz Wincławski kam aber erst fünf Jahre später. Wie konnte also der

Funktionär sich mit zwei Tafeln, der von der »Solidarność« und der jüdischen, auf einmal beschäftigen?

Vergangene Zeit, der Direktor Szczerbiak erinnert sich an sie nicht mehr genau, und sicher werden wir nie mehr erfahren, wieviele Tafeln es waren, wieviele Verwarnungen und wieviele Funktionäre.

5.

Der Mensch von damals, den sie wegen der Kerzen internieren wollten, der ist jetzt der stellvertretende Vorsitzende der »Solidarność«-Kommission in der Genossenschaft, Tadeusz Pieńkowski. Telefonisch habe ich mich mit ihm verabredet, wartete zwei Stunden, er kam nicht.

»Vielleicht möchte er es sich mit dem Direktor nicht verderben«, sagte seine Frau. »Für die Solidarność droht nichts mehr, aber in Lubraniec gibt es nur einen Betrieb, und in diesem Betrieb ist es nicht schlecht, und alle sagen, daß es Arbeitslosigkeit geben wird... Vor der Staatssicherheit fürchtete er sich nicht, aber mit dem Direktor sollte er es sich jetzt nicht verderben.«

6.

Das gesellschaftspolitische Klima in Sachen der Tafeln hat sich bis heute noch nicht verändert, dafür hat es sich aber in Sachen Friedhöfe deutlich verbessert. Vom Wojewoden kam die Anordnung, den Judenfriedhof zu durchprüfen und zu bezeichnen. Sie wurde sofort ausgeführt, und das Friedhofsgrundstück erhielt Rechtsstatus. Die Fläche ist bekannt: 1,26 Hektar und die Flurnummer: 660. Von nun an kann das Grundstück nicht mehr besetzt werden. »Doch«, sagt das Stadtoberhaupt von Lubraniec, Stanisław Pawlak, »daran liegt niemandem etwas, denn das Grundstück eignet sich zu nichts und es stört nicht.«

Das Stadtoberhaupt Pawlak machte auch noch einige andere nützliche Dinge: er baute ein Stadion und den Bahnhof, sorgte im Winter für die Kohle und nahm bei sich zu Hause das Bild der Mutter Gottes auf. Dank dessen sogar die Tante von Włodzimierz Wincławski, Frau

Kuśmidrowa, vom Stadtoberhaupt Pawlak sagt: »Parteimitglied, aber ein anständiger Mensch.«

Trotz der Meinung von Tante Kuśmidrowa meint das Stadtoberhaupt, daß sie ihn bei den nächsten Kommunalwahlen eh absägen werden. Alle Parteiler sägen sie ab. Doch, doch, absägen werden sie sie, in Polen hat es noch nie eine ausgewogene Linie gegeben. Dazu ist es gekommen, daß die Parteimitglieder, die alten aus dem Apparat, jetzt schon Angst haben, ob sie überhaupt irgendeine Rente bekommen werden. Sie verteidigten die Volksherrschaft in den vierziger Jahren, stärkten diese in den fünfzigern, entwickelten sie in den sechzigern und in den achtzigern wird überlegt, ob ihnen Rente zusteht.

7.

Die wiederaufgebaute Synagoge, an deren Giebelwand Włodzimierz Wincławski die erwähnte Tafel einmauern möchte, befindet sich im Zentrum der Stadt. Der Eingang ist an der Westseite. An der Ostseite (die Juden waren während des Gebetes gen Jerusalem gewandt, nach Osten) ist eine ovale Nische, genannt der Heilige Schrein, hebräisch Aron hakodesch. Dort befand sich die Tora, das wichtigste Buch der Juden, das die fünf Bücher Moses beinhaltet, über dem Heiligen Schrein gibt es ein rundes Fenster, durch das der Strahl Gottes in den Tempel einfiel.

Im Heiligen Schrein der Synagoge von Lubraniec liegt ein Transparent mit der Aufschrift: »Wähler! Sei kein Zuschauer, frage, wäge ab, stimme ab!«, sowie Schachteln von Glühbirnen, die den Saal während der Diskothek beleuchten. Das Fenster, durch das der Strahl Gottes einfiel, ist zugehängt, denn wenn die Diskothek früher anfängt, dann stört das Tageslicht die Tanzenden. Nur die Nische beim Eingang, in der das Gefäß für das rituelle Händewaschen stand, ist leer.

»Diese Ihre Gottheit stand hier«, erklärt mir die Dame, die für die Betreuung der Synagoge zuständig ist, »die Bedeutendste.«

»Sie haben keine Gottheit«, erklärt Włodzimierz Wincławski, »und das habe ich Ihnen doch schon erklärt. Sie haben Gott, wie wir, den Gott aus dem Alten Testament.«

»Ich kenne mich da nicht aus«, stimmt freundlich die Betreuerin der Synagoge zu. »Ich weiß nur, daß hier Ihre Gottheit stand, an dieser Stelle.«

Schön, daß sie wiederaufgebaut wurde, die Synagoge.

Als Kulturhaus ist es schließlich nicht einmal der schlechteste Verwendungszweck. In anderen Synagogen sind Warenlager untergebracht, Geschäfte, Einkaufszentralen, Restaurants, Bäckereien, Feuerwehrremisen, Müllabfuhr, Bierhallen, Schwimmbäder ... *

Hier waren mal schöne bunte Malereien an den Wänden. Sie sind zerstört worden, als in der Synagoge ein Lager für Kunstdünger untergebracht war, und man mit Pferdefuhrwerken ins Innere fuhr, also übertünchte man die Fresken bei der Renovierung. Angeblich ist das wieder rückgängig zu machen. Angeblich läßt sich dieses Weiß abwaschen, denn darunter sind immer noch die bunten Wandmalereien ... Aber welchen Sinn hätte das eigentlich?

Włodzimierz Wincławski spricht auf der Straße Jungen an, die aus der Schule zurückkehren, ob sie wüßten, was das hier ist. Sie wissen: eine Diskothek. Der jüngere weiß, daß diese Diskothek Synagoge genannt wird, der ältere, daß hier eine jüdische Kirche war. Keiner sah jemals einen Juden mit eigenen Augen.

Włodzimierz Wincławski spielte in seiner Kindheit mit älteren Freunden Juden. Seine Freunde erinnerten sich an die früheren gemeinsamen Spiele, noch vor dem Krieg, und Włodzimierz Wincławski beneidete sie schrecklich um diese Erinnerung. Nach Jahren erfuhr er, daß die Abzählreime, »Entele-bentele-schekele-scharafete-fafete-knot«, oder »Ene-due-fake-torbe-borbe ... «, jüdische Abzählreime sind und daß das Übernehmen von Spielen über Zeiträume hindurch in der Ethnographie als kulturelle Übermittlung bezeichnet wird.

Die Freunde aus der Zeit von Włodzimierz Wincławskis Kindheit stehen heute auf dem Marktplatz und an den Ecken der Hauptstraßen von Lubraniec. Schwanken ein wenig, am meisten schwanken jene, die ehrgeizig waren, denn sie ertränken im Alkohol all ihre Nichterfüllung, und sie lachen mit einer seligen Zahnlückenlache:

* Eleonora Bergman / Jan Jagielski, Die Verwendung der Synagogen in der Volksrepublik Polen im Jahre 1988 (Manuskript)

»Włodzio ist gekommen! Unser Professor!« – »Und weißt du noch Włodzio wie wir zusammen beim Sportwettkampf für Kinder bis zwölf gestartet sind? Und weißt du noch, daß ich erster beim Speerwerfen war?«

»Włodzio« sagt, daß wenn der Opa Chicago nicht gebaut hätte, dann stünde er auch so, leicht schwankend. Doch der Opa brachte aus den Vereinigten Staaten Geld, ließ die Tochter bilden, und die Tochter wußte dann schon, daß Kinder Bildung benötigen und schickte ihren Sohn zum Studium, Włodzimierz Wincławski also, der nicht mehr zurückkehrte nach Lubraniec.

Weil halt der Opa und weil Chicago …

Weil der Opa von Deutschen abstammt, die sich ans Mauern machten …

Weil das polnische Tuch … und so weiter.

8.

Der letzte Jude von Lubraniec hieß Kałme Lewkowski. Er wohnte am Marktplatz, hatte ein Pferd und einen Wagen, er fuhr Milch aus, er starb vor vierzehn Jahren.

Vor dem Krieg wohnte er im selben Haus am Marktplatz, mit Frau und fünf Kindern. Die Frau kam in Chełmno um, vier Kinder in Auschwitz, in der Gaskammer. Er war auch in Auschwitz. Außer ihm überlebte nur noch der älteste Sohn. Beide arbeiteten im Sonderkommando, sie trugen das Holz aus dem Wald herbei, machten Feuer im Krematorium und warfen die vergasten Leichen in den Ofen. Die Leichen waren schwer und der Sohn schwach, zum Glück fiel es den SS-Männern nicht auf, daß Kałme für beide arbeitete.

Eines Tages angeblich warf Kałme die Leichen seiner vier Kinder in den Ofen.

So erzählen sie es in Lubraniec, und alles, was sie über Juden, die die Vernichtung überlebten, erzählen, konnte sich so zugetragen haben.

Nach dem Krieg kehrten Kałme Lewkowski und sein Sohn nach Lubraniec zurück. Es kehrten noch fünf oder sechs andere Juden zurück – von neunhundert, die hier vor dem Krieg gelebt hatten.

Alle bis auf Kałme verließen Polen, auch sein Sohn. (Józef Luks, der reichste der Juden, Besitzer eines Ladens mit Eisenwaren in Lubraniec und einer Fabrik in Włocławek, erklärte Stefan Balcerski, dem späteren Bürgermeister, warum er Polen verläßt: »Es kommt jemand, stellt sich auf den Marktplatz und schreit: ›Juden raus‹. Und was dann? Dann ist es zu spät, man muß sofort fahren.«)

So fuhren alle also, und geblieben ist einer: Kałme Lewkowski.

»Das war seine Stadt«, sagt Tante Kuśmidrowa, »und in ihr wollte er sterben. Wie Pfarrer Maternowski, der Propst, der auf den Stufen der Pfarrei die Deutschen bat: ›Meine Herren, erschießt mich hier, erlaubt mir hier in Lubraniec zu sterben‹, doch sie erlaubten nicht und quälten ihn in Dachau zu Tode.«

Kałme wohnte mit Marysia zusammen.

Marysia war Waise, sie war gebrechlich und kehrte von der Zwangsarbeit mit einem Kind zurück. Die Verkrüppelung, die sie nach der Kinderlähmung erlitt, verschlimmerte sich in Deutschland, als die abrückenden Soldaten zusammen mit den polnischen Arbeiterinnen das Haus anzündeten und Marysia aus dem Fenster springen mußte.

Vorher arbeitete sie beim Bauern. Die Kollegen, die in der Mühle arbeiteten, gaben ihr ein paar Eier und Brot. »Ich hab mir das Bündel untern Arm geklemmt, aber das sah ein deutscher Junge und fragt, was ich hab. Nischt, sage ich, Schajsse, ich nahm den Schuh und knall ihm den an den Schädel. Am Morgen kam der Polizist: ›Maryśka, komm mit.‹ Er führte mich in die Mühle, und dort hing schon der Strick. Ich denk: ganz egal, bist sowieso hin – und ich ging auf den Schemel, und die Schlinge baumelte mir überm Kopf. Da geht die Tür auf und herein kommt mein Bauer Erich: ›Komm runter, Maryśka, wir gehen.‹ Ich geh nicht runter, sage ich. Sie erschlagen mich so und so, warum soll ich runter, wenn ich schon hier bin, doch er schnappte mich an der Hand, zog mich vom Schemel runter und ließ mich nicht umbringen.«

Marysia kehrte gleich nach dem Krieg zurück. Sie war zwanzig Jahre alt, das Kind zwei. Wer nimmt schon eine Waise, Krüppel mit unehelichem Kind?

Kałme Lewkowski sah sie bei Leuten, bei denen sie im Dienst war. »Komm, Marysia«, sagte er, »bei mir wirst du es gut haben.« Und er war ihr gut, die ganzen dreißig Jahre hindurch, die sie miteinander lebten. Gut war er, schön war er, was er verdiente, brachte er und überschrieb ihr das ganze Haus, dieses am Marktplatz. Einzig, daß er traurig war. Er saß am Tisch und weinte. »Er beweinte seine Söhne, beweinte die Tochter, er beweinte seine Frau und ich weinte mit ihm. Wir saßen zusammen und weinten«, sagt Marysia, und aus ihren blauen Augen eines staunenden Kindes fließen Tränen. Wegen Kałme? Wegen seiner Frau? Wegen seiner vier Kinder, die er selbst ...

Er sprach einige Male von Taufe, aber sie riet ihm ab. »Wozu denn? Hast deinen Glauben, dann behalt den ... «

Er hatte seinen Glauben, aber er hatte kein Gotteshaus (in der Synagoge war noch das Warenlager für Kunstdünger untergebracht), und er ging mit ihnen in die Kirche. Er setzte sich stets auf denselben Platz, in der Seitenbank unter den Chor. Beide Hände stützte er auf den Stock, er betete nicht, kniete nicht, saß nur da und schaute vor sich hin.

Eines Tages sagte er, »Marysia, und wenn der Pfarrer mich nicht beerdigen will wie einen Menschen?« (Der Jüdische Friedhof war noch nicht registriert, da weideten noch Kühe und Schafe.)

Er suchte sich die Taufpaten selbst aus und bat dann um den Pfarrer. »So wollte er es«, sagt Marysia, »und so mußte ich es für ihn tun.«

Der Pfarrer kam. Er gab Kałme einen Namen, Karol. Am nächsten Tag ist Karol Lewkowski, der letzte der Juden aus Lubraniec, gestorben. »Die Augen habe ich ihm zugedrückt. Münzen habe ich ihm keine auf die Augenlider gelegt, denn er hatte die Augen so schön geschlossen, daß sie sich nicht öffneten, und der Pfarrer führte ihn auf den Friedhof.«

9.

Die Juden, der Kałme-Karol nicht mitgerechnet, waren in Lubraniec bis zum Frühling 42.

Die Deutschen bis zum Frühling 45.

Die Rede ist hier von den ortsansässigen Deutschen, den mit Lubraniec seit Generationen verbundenen, vielleicht mit Tuch und mit dem Mauern.

Linde hatte eine Molkerei, den ganzen Krieg hindurch gab er polnischen Arbeitern Butter und Käse.

Kusmahli war Tierarzt, seine Mutter lud während des Krieges Tante Kuśmidrowa zum Radiohören ein, und seine Frau warnte die Tante vor der Aussiedlung.

Der Schuster, der den buckligen Sohn hatte, keiner kann sich an seinen Namen erinnern, der machte der Frau Łanowska, der derzeitigen Besitzerin des Süßwarenladens am Markt, Schuhe aus deutschem Leder auf Bezugsschein, in denen ging sie nach dem Krieg noch viele Jahre.

Dann war da noch Tesman, noch Kopp...

Der Chef der örtlichen Sicherheitspolizei führte sie in den Wald.

(Dr. Władysław Hofman sah, wie sie gingen.)

Es war ein Kiefernwald, am Rande wuchs ein wilder Birnbaum, darunter zogen sich die Schützengräben entlang.

An den Gräben hat der Chef der Sicherheitspolizei die Deutschen aus Lubraniec erschossen, und die Liegenden stach er mit dem Bajonett zu Tode.

Das war am 19. März 45. Der Chef der Sicherheitspolizei sagte später, daß es ein persönliches Geschenk von ihm zum Namenstag von Josef Stalin gewesen wäre. Er bedeckte die Leichen mit Reisig und ließ sie im Graben.

(Tante Kuśmidrowa sah sie am nächsten Tag, sie lagen noch unter dem unordentlich hingeworfenen Reisig; sie sah Kusmahli, Linde, den Schuster, an dessen Namen sich niemand erinnern kann, seinen Sohn, den Buckligen, an den Vater geschmiegt...)

Da ist der Wald. Da ist der wilde Birnbaum. Da ist eine Spur vom Graben, eine leichte Vertiefung, gleich am Rand. Und keine Tafel, kein Zeichen, sondern eine ganz gewöhnliche Umgebung des Tötens, denn das Verbrechen hat sein beliebtes Landschaftsbild, so eines eben: Sand, Schluchten, ein lichter Kiefernwald...

An Włodzimierz Wincławski.

»Sehr geehrter Herr Professor,

ich möchte mit Ihnen einen Gedanken teilen, der mich seit meinem Besuch in Lubraniec quält. Wir haben noch eine Angelegenheit zu erledigen: noch eine Tafel. Sie wäre an den Birnbaum anzubringen. Die Tafel sollte daran erinnern, daß Deutsche in Lubraniec waren.«

Tadeusz Pieńkowski, der Stellvertretende Vorsitzende der »Solidarność« der Landwirtschaftlichen Genossenschaft, hatte gar keine Angst und kam dann schließlich.

Er stellte klar, daß der Direktor ihn beauftragte während des Kriegszustandes die Tafel der »Solidarność« abzunehmen, doch er führte den Auftrag nicht aus; es wurden wirklich Kerzen in der Werkstatt des Mannes aufgestellt, der die Tafel abnahm, doch wer sie hinstellte, das weiß man bis heute nicht.

Ist denn das übrigens so wichtig?

Wichtig ist, daß die Deutschen aus der BRD schon zwei Landwirtschaftliche Produktionsgenossenschaften aufkauften, und in der Gemüseverarbeitung von Lubraniec sitzen sie seit einer Woche und sie werden sicher auch diesen Betrieb kaufen.

»Also was?« fragt Tadeusz Pieńkowski. »Dann werden wir jetzt beim Deutschen schaffen?«

Hypnose

… da war ein Junge,

der stammte aus der Gegend von Polin, auf Grund von »Volksunruhen« ist er nach Prag verschlagen worden. Er hatte Verwandte, die blieben in der Gegend von Polin, und denen wurde wohl Leid zugefügt bei diesen Unruhen. In Verbindung mit diesem Leid oder auch wegen des Jungen, das ist nicht genau bekannt, wandten sich diese Verwandten an den Rabbi. Die Antwort des Rabbi, von der keiner weiß, in welcher Angelegenheit sie der Familie erteilt wurde, von der niemand weiß, woher sie stammt (aus »Prmt« steht in Hebräisch geschrieben, das ist vielleicht Przemyśl, vielleicht Przemęt), dieses Rabbinatsrespons aus dem Jahre 1029 ist das älteste Zeugnis jüdischer Anwesenheit auf polnischem Boden.

Es ist wichtig, was »Prmt« bedeutet. Wenn Przemyśl, dann also Grody Czerwieńskie, das würde die Annahme bestätigen, daß die Juden von Byzanz nach Polen kamen. Wenn Przemęt, dann also Wielkopolska, so kamen die Juden aus dem böhmischen Prag, und nach Prag aus Regensburg in Süddeutschland, und nach Süddeutschland aus dem nördlichen Italien … und so weiter.

Das ist wichtig, woher sie kamen. Wenn sie in der Gegend von Polin die größte und in der gesamten jüdischen Diaspora bedeutendste Ansammlung gebildet haben, ist die Frage, von woher sie sich hier eingefunden haben, eine grundsätzliche Frage.[1]

Das Diaspora-Museum in Tel Aviv. Juden in Mesopotamien, Juden in Persien, Juden im Osmanischen Reich, Juden in Toledo, Alexandrien, Venedig, Amsterdam … Juden mit würdevollen Gesichtern, in reichen Gewändern, zwischen kostbaren liturgischen Gefäßen aus Silber und Gold, in einer großen, wohlhabenden Welt. Und polnische Juden: in schwarzen Chalats, mit traurigen Augen, vor einem Krämerlädchen, in schmutzigen Straßen, in einer kleinen, armen Welt. Die Stimme im Kopfhörer informiert in einer der ausgewählten europäischen Sprachen, daß sie mit Handwerk und Handel befaßt waren, sie lernten in Schulen, genannt Jeschiwot, sie beteten – waren sie Chassidim – in Gebetshäusern, genannt Schtibl, und während des zweiten Weltkrieges, neunzehnhundertneununddreißig, neunzehnhundertfünfundvierzig ... und so weiter.

Professor Matatiahu Minc, Historiker an der Tel Aviver Universität, war vor kurzem in Krakau, im Stadtteil Kazimierz. An einem Freitagabend ging er durch die stillen und leeren Straßen und dachte, daß bestimmt noch alle in den Häusern sind, beim Sabbatabendbrot, sie sich gleich vom Tisch erheben und zu einem Spaziergang herauskommen. Er ging und ging, es wurde schon hell, Milchmänner begannen die Milch auszutragen, doch kein Jude kam aus irgendeinem Haus heraus.

Freitagabend in Mea Shearim, dem chassidischen Stadtteil in Jerusalem. Ruhe – doch nicht die Ruhe während des Abendmahles. Die etwas frühere Ruhe ist es, wenn das Abendbrot schon vorbereitet ist, auf dem Tisch die Kerzen brennen, der Tschulent in der großen gußeisernen Kasserolle längst in die Bäckerei von Fajnsylber gebracht ist und die ganze Familie im Gotteshaus betet.

(Nein, nicht zum Fajnsylber wurde der Tschulent gebracht, den Tschulent brachte man auf die Rybnastraße oder die Grodzkastraße. Und nicht in Mea Shearim, sondern in Lublin. Und auch noch die Lokschenkugel brachte man hin, ein Teig aus Nudeln, Eiern, Rosinen, Honig und Zimt, unbedingt in einem Lehmgefäß. Und nicht in Mea Shearim ...)

Professor M. führt durch die Jerusalemer Gäßchen und Höfe, gebaut nach dem Muster JENER Städte: einstöckige Häuser, enge Läden, jüdische Schilder, ein Schtibl mit einem Fenster, durch das ein beleuchteter Raum mit langen Tischen zu sehen ist. Auf dem Tisch liegt ein großes Buch, auf einem Stuhl wackelt im Halbschlaf ein bärtiger Alter hin und her, zwei Jünglinge gestikulieren, als stritten sie sich – streiten sie um einen Versett des Talmud oder über Maimonides?

Professor M. bittet, sich nicht in Rührung zu ergehen. Ständig gibt es mit ihnen Schwierigkeiten. Sie sind reaktionär, sie sind rückständig. Sie werden vom Militärdienst zurückgestellt, für die Dauer ihres Studiums, doch sie studieren den Talmud das ganze Leben lang, also dienen sie überhaupt nicht beim Militär. Solange es nur fünfhundert waren, da machte es nichts, aber fünfzehntausend, das ist schon eine Division. Sie wollen ganz Jerusalem für sich haben, denn hierher wird der Messias kommen. Wir alle kommen hierher, wenn wir aus den Gräbern auferstehen werden am Tage des Jüngsten Gerichts, doch sie kaufen jetzt schon Jerusalem auf, stückweise, und sie wollen auf dem Ölberg bestattet werden, um nicht zum Messias durch die Welt zu wandern. Um sofort am Ort zu sein und in nächster Nähe.

Sie schreiben seltsame Dinge.

Ihr geistiger Führer, Rabbi Yoel Taitlbaum, Schutzherr der Bewegung »Stadtwächter«, schrieb, daß der Holocaust eine gerechte Strafe sei für den Versuch, Gottesurteile umzuwenden. Nach Gottes Urteil sind die Juden heimat- und staatenlos, verstreut über die ganze Welt und der Verfolgung ausgesetzt. Nur Gott hat das Recht, die Entscheidung zu ändern und das Urteil abzuwenden. Die Menschen, die versuchen, sich selbst aus der Diaspora herauszulösen, erheben die Hand gegen Ihn.

Schlimmer noch, die Menschen verharren in der Sünde. Trotz der Warnung, wie der Holocaust eine war. Sie verharren in Sünde: sie bauen einen jüdischen Staat.

Eine Strafe ist unumgänglich. Die Katastrophe überstehen diesmal nur einige, und nur sie werden Zeugen einer wahrhaftigen Erlösung sein.

So lehrt es Rabbi Taitlbaum[2], aber da endet auch schon das Gebet, und aus der Synagoge ergießt sich die Menge in die eben noch stille und leere Straße. Männer in schwarzem Gehrock, weißen Strümpfen und mit Fellbarett, die kleinen Jungen mit geflochtenen Schläfenlocken, den Peies, die Frauen in langen Kleidern und mit Kopftüchern, die so eng um den Kopf geschlungen sind, daß es keiner Haarsträhne herauszurutschen gelingt … Die schwatzende, fröhliche Menschenmenge füllt die Gehsteige und die ganze Fahrbahn und eilt zum Sabbatabendbrot nach Hause.

(Der Deckel der Kasserolle mit dem Tschulent sollte mit Papier umwickelt sein und mit einem Faden zugeschnürt. Das Papier brennt nicht an, es wird höchstens gelb von der Hitze. Und wenn der Deckel nicht ganz dicht ist, dann muß er erst mit Teig aus Mehl und Wasser rundherum zugeklebt werden. Und nicht in Mea Shearim …)

… da war eine Familie,

Kuszmowa, Nachum und deren Kinder. Sie wurden geschieden. Nachum war reich, und kurz darauf heiratete er wieder. Und auch die Kuszmowa verehelichte sich nochmals – aber Geschiedene waren in jüdischen Familien verstoßene Frauen: häßlich, unfruchtbar, treulos oder Verbreiterin von Gestank. Die Kuszmowa war weder häßlich noch stank sie, da sie Szymon heiratete, und das war wohl gut so, denn Nachum gab in der neuen Beziehung alsbald seine Seele an Gott … Seine zweite Frau Muncha heiratete noch einmal, David den Zöllner – eine jüdische Witwe sollte jedoch den Bruder ihres verstorbenen Mannes heiraten (es sei denn, sie kauft sich frei und das in Anwesenheit eines Richters – Chaliza heißt der Brauch, vom Fuße des Schwagers den Schuh auszuziehen).

Muncha zeigte eine noble Geste: aus Anlaß der neuen Heirat befreite sie alle ihre Schuldner von deren Verpflichtungen. Nach der Hochzeit verlieh sie erneut, doch nicht mehr für Zinsen, sondern für die Obhut der Ochsen und am liebsten an Frauen …

Muncha ging mit der Mode: in ihren beiden Häusern, in Przemyśl wie in Lemberg, ließ sie sich bunte Scheiben in die Fenster einsetzen.

Muncha führte ein reges Gesellschaftsleben, und ihr Mann war sogar mit dem Starosten befreundet. Als dann, tja, leider, David der Veruntreuung von fünfhundert Geldstrafen angeklagt wurde, da half der polnische Starost persönlich seinem Freund aus der Not.

Die gesamte große und energische Familie lebte in ungewöhnlichem Einvernehmen miteinander: Die Kuszmowa, ihr zweiter Mann, die zweite Frau von Nachum, David, die Söhne von Nachum aus erster Ehe... Gemeinsam kauften sie, liehen, bauten, pendelten in geschäftlichen Angelegenheiten zwischen Przemyśl und Lemberg hin und her. Darum bauten sie, und darum genau hier – sagt der Historiker nach fünfhundert Jahren – wegen der Privilegien, die den Juden von Litauen und Polen durch Witold und Jagiełło verliehen wurden... und so weiter. Alles was wir über die Familie Nachum wissen, wurde niedergeschrieben in den Büchern des Schöffengerichts von Przemyśl. Sowohl das von den Hochzeiten wie das von den Ochsen und das von den bunten Scheiben... Niedergeschrieben im Jahre 1423 zum ersten Mal, im Jahre 1460 zum letzten Mal.[3]

Weiter der Freitag. Die Sabbatfeierlichkeiten beginnen später als gewöhnlich. Es wird auf die Kinder gewartet: vielleicht bekommen sie im letzten Augenblick doch noch einen Passierschein beim Militär und schaffen es noch rechtzeitig zum Abendbrot.

Am Freitag vormittag spazieren die »Kinder beim Militär« in den gewundenen Straßen von Jerusalem. Auf dem Rücken haben sie Schnellfeuergewehre, auf der Brust herunterhängende Gasmasken und am Gürtel lange hölzerne Schlagstöcke. Den Passanten auf dem Weg zur Klagemauer durchsuchen sie die Taschen, den Passanten in Richtung Via Dolorosa versichern sie, daß sie sicher sind. Sie machen den Eindruck, als wären sie verlegen.

Die arabischen Geschäfte in der Via Dolorosa sind geschlossen, als Zeichen des Streiks, gehandelt wird an einigen wenigen Ständen. Der Kreuzweg windet sich nicht zwischen Wiesen hindurch und über Anhöhen wie im Wallfahrtsort Kalwaria Zebrzydowska, sondern zwischen Läden, Verkaufsständen und Passanten. An der zweiten Station (Jesus nimmt das Kreuz auf sich) steht ein Verkaufsstand mit Baumwolle, an der vierten Station (Jesus begegnet seiner Mutter), ein Stand mit einem Kessel, in dem Hackfleisch in Öl geschmort wird, an der fünften (Simon aus Cyrene) werden riesige Brezeln verkauft, die in Teile gebrochen und mit Gewürzen bestreut werden.

So hätte es wohl aussehen können: Verkaufsstände, Händler, Gewühl, Gedränge. Inmitten der Menge geht ein Mensch mit einem Kreuz... Einige wenige verhöhnen ihn, einige haben Mitleid, die Mehrheit kümmert sich um die eigenen Angelegenheiten, geht gleichgültig an ihm vorbei. Höchstens, daß beim Sabbatabendbrot jemand sagt: »Ach, wißt ihr, was ich heute sah?«

Die letzten Stationen, Golgatha und das Grab, befinden sich innerhalb der Grabeskirche.

In die Grabgrotte gelangt man durch die Engelskapelle. Hier setzte sich am Tag der Auferstehung der Engel auf den Stein, den er vom Grab weggeschoben hatte – »Seine Gestalt leuchtete wie ein Blitz, und sein Gewand war weiß wie Schnee« – und verkündete den frommen Frauen die freudige Nachricht. Bruchstücke des Steines sind in einem viereckigen Marmorsockel am Eingang zur Grotte eingemauert. Von Zeit zu Zeit hält ein Mönch, der an diesem Marmor lehnt, die Besucher an – es naht die Zeit der Beweihräucherung des Grabes. Aus der Tiefe der Kirche kommen die Geistlichen hervor. Erst kommt der Katholik mit dem Weihrauch, geht an dem Mönch vorbei, verschwindet in der Grotte, kehrt zurück und geht davon. Nach ihm der Armenier mit seinem Weihrauch. Nach diesem der Grieche mit seinem. Diese drei Glaubensgemeinschaften sind die Hausherren der Basilika, und jede von ihnen wahrt das Recht der eigenen Beweihräucherung. Jede von ihnen ist übrigens Besitzerin bestimmter Räumlichkeiten des Heiligtums und hat das Recht zur Benutzung bestimmter Gegenstände: der Bilder, Lampen, liturgischen Gefäße. Die Reparatur eines Wandstückchens oder des Daches gibt dem Reparierenden das Recht der Benutzung dieses Teils ausschließlich durch ihn, und wenn ein Bild erneuert, ein Kandelaber verbessert oder ein Nagel in die Wand geschlagen wird, erhält man das Recht auf die Mauer, an der der Kandelaber oder das Bild festgemacht ist. Das erschwert die Konservierung, es droht die Vernichtung der Grabeskirche, doch das rührt an niemandes Recht.

Und so verläuft die feierliche Eröffnung des Heiligtums der Grabeskirche: »Die Gemeinschaft, die das Öffnen erbittet, klopft an das Fenster im Tor. Der griechische Küster, der allein über die Schlüssel verfügt, ruft die muslimischen Pförtner und reicht ihnen durch das selbige Fenster eine Leiter, die es ermöglicht, an das Schloß heranzureichen. Drei Glöckchen hinter dem Tor läuten zum Zeichen der Öffnung. Das erste gehört der Gemeinschaft, die öffnet, die beiden anderen zu den Gemeinschaften, die ihr Einverständnis bekunden. Auf diese Weise hält weiterhin die muslimische Kontrolle über das Grab Christi an.«[4]

Der Sturm über Jerusalem ist gelb. Nicht so sehr der Sturm, vielmehr die Luft einen Moment vorher, bevor der Wind lostobt und der Himmel schlagartig sich verdunkelt und dunkelgrau sein sollte.

Der Jerusalemer Himmel, die Luft und der Wind werden gelb.

Angeblich trägt der Wind Wüstensand mit sich, doch dies ist nicht die Farbe des trockenen Sandes der Düne von Leba, auch nicht die des feuchten Sandes vom Brunnen an der Narew. Die Maler nennen solche Farben ocker, gelberde, dottergelb, golden gefärbt, feuerfarbig, schwefelfarbig, orangenfarbig.

Unruhig und gefährlich die Welt, in der Stürme gelb sind ...

Alle Gelbfärbungen sind in der Wüste Judäa zu sehen und an den Felsen von Masada.

Masada, eine Bergfestung in der Nähe des Toten Meeres, in der die Zeloten sieben Jahre lang den Römern Widerstand leisteten, ist für die Juden Symbol der Ehre und Männlichkeit. Im Jahre 73 (drei Jahre nach dem Fall Jerusalems), wählten die Aufständischen, um der Schande der Gefangenschaft zu entgehen, gemeinsam den Freitod.

Zur Zeit legen die Soldaten der israelischen Armee jedes Jahr zwischen den Mauern der Festung den Eid ab: in Treue den Verteidigern von Masada.

Die Römer eroberten die Festung von Westen, der Weg zum Gipfel war von hier um ein Vielfaches kürzer als vom Meer her. Es wurde eine große Anhöhe aufgeschüttet, dreihundert Fuß hoch, verstärkt durch eine Plattform aus Felsbrocken, und darauf Steinwurfmaschinen gerollt, die Steinschleudern wurden auf die Festung gerichtet.

Diese Anhöhe haben Juden aufgeschüttet: Gefangene, die, nachdem der Tempel von Jerusalem gefallen war, in Gefangenschaft gerieten.

Die Verteidiger von Masada betrachteten sie von den Mauern aus. (Ob sie etwas sagten? Ob sie sagten: »Nein, nein, sie machen das nicht. Ein Jude stellt sich nicht gegen einen Juden ... «) Und die jüdischen Gefangenen trugen weiter die Erde auf, geduldig, in Säcken, Tag für Tag, bis die Höhe des Hügels ausreichte, um die Wurfmaschinen aufzustellen.

Die Mauern der Festung blieben bis heute erhalten, und die rituellen Bäder und die Synagoge und die Lager für die Lebensmittel. Es blieb auch die westliche Anhöhe.

Der Ankläger im Eichmann-Prozeß wollte wissen, warum sich niemand auflehnte, weder die Juden, die ins Gas gingen, noch die Juden, die deren Leiber in den Öfen verbrannten. Hannah Arendt wollte wissen, warum die Judenräte mit den Deutschen zusammengewirkt haben bei der Vernichtung von Juden.

Ein deutscher Militärarzt, dessen Erinnerungen Hannah Arendt anführt, erklärt, warum er nicht protestierte, obwohl er die Wahrheit über die Ausrottung kannte. Er wußte, daß er selbst spurlos verschwunden wäre und daß es ein anonymer Tod gewesen wäre. Hätte man ihm einen großen Tod, einen dramatischen Märtyrertod zusichern können, dann hätte er sich vielleicht zu einem Protest entschlossen, doch ein stummer, anonymer Tod, das wäre ein nutzloses Opfer gewesen.

Hannah Arendt meint, daß es keine Zonen des Vergessens gibt. »Einer wird immer bleiben, um die Geschichte zu erzählen.«[5]

Vom Selbstmord der neunhundert Helden erzählten zwei Frauen, die überlebten – Ehefrauen oder Mütter. Und auch von der Auflehnung der Gefangenen hätte jemand berichtet, doch sie lehnten sich nicht auf.

Für eine Auflehnung bedarf es eines Minimums an Menschlichkeit. Es scheint so, daß den Gefangenen von Masada dieses unbedingt notwendige Minimum nicht gelassen wurde. Wie auch den Menschen dies nicht gelassen wurde, die in die Gaskammern gingen.

Der Vergleich der Ereignisse, die 1870 Jahre voneinander trennen, ist nicht ganz passend, aber schließlich schwören die gegenwärtigen israelischen Soldaten auf die Aufständischen von Masada. »Masada darf nie wieder fallen«, lautet der Eid. Letztendlich könnten sie noch einen Satz hinzufügen, einen weniger stolzen: »Nie wieder werden wir Anhöhen aufschütten.«

Uri Orlew wohnt in einem exklusiven Stadtteil der Schriftsteller und Künstler. Erbaut wurde dieser von Sir Moses Montefiore, einem englischen Millionär und Philanthropen, Mitte des letzten Jahrhunderts, und das sind die ersten Jerusalemer Häuser, die außerhalb der Mauern der Altstadt gebaut wurden. Obwohl es innerhalb der Mauern eng war, fürchteten sich die Menschen anfangs, in den Häusern von Sir Montefiore zu wohnen – in der Einöde, in der Räuberbanden ihr Unwesen trieben. Tagsüber hielten sie sich hier auf, in der Nacht kehrten sie hinter die Mauern zurück. Doch Sir Montefiore wollte Jerusalem so gern ausbauen, daß er noch Weberwerkstätten errichten ließ, damit die Leute dort auch etwas zu arbeiten hatten, und eine Mühle, damit sie etwas zum Essen hatten, und er zahlte ihnen noch etwas dafür, damit sie in seiner Siedlung rund um die Uhr wohnten.

Uri Orlew erzählt, daß ihm im vergangenen Jahr Amerikaner für diese Wohnung vierhunderttausend Dollar boten, letztlich besteht sie aus drei schlichten Zimmern, zwar mit einer schönen Holzdecke in der Küche, mit Gewölbebögen im Wohnzimmer, mit Aussicht auf den Berg Zion, den Raum des Heiligen Abendmahls, auf die Dormitio-Kirche und das Gedenkseil.

Uri Orlew kam nach Palästina, als er fünfzehn Jahre alt war, im August 1945. Vier Monate, nachdem die Amerikaner den Zug übernommen hatten, mit dem die Deutschen ihn zusammen mit seinem Bruder, der Tante, dem Onkel und einem Transport ungarischer Juden aus Bergen-Belsen zum Erschießen brachten.

Nach Bergen-Belsen wiederum kam er durch das Hotel Polski. Er hatte schon das Ghetto und die arische Seite hinter sich; und als die Deutschen bekanntgaben, daß Juden, die im Besitz ausländischer Pässe sind, sich im Hotel auf der Długastraße melden könnten, um von hier aus sich ins Ausland zu begeben, schickte die Tante von Uri, Jurek noch zu jener Zeit, sofort Onkel Frenkel los, alles zu erlangen, was nötig war.

Dokumente kaufte man bei jüdischen Agenten der Gestapo, doch gab es gute und schlechte Dokumente. Gut waren Pässe für südamerikanische Länder. Schlecht eine Zusage für ein Visum nach Palästina.

Der Onkel ging und brachte, was nötig war: vier vollständige Dokumentensätze. Zwei für Palästina für eine Menge Geld, und zwei für eine noch größere Menge Geld nach Honduras.

Beim Anblick der Dokumente verwandelte sich die Tante in eine

Furie. »Du Idiot«, schrie sie den Onkel an. »Weißt du denn nicht, daß ich meiner Schwester Zosia versprochen habe, daß ich mich niemals von ihren Söhnen trennen werde?!« (Die Mutter der Jungen lebte nicht mehr, und jeder, außer diesem Idioten von Onkel, weiß doch, daß Versprechen, einer Sterbenden gegeben, eingehalten werden müssen.) Der Onkel ging also noch einmal und kehrte mit vier schlechten Dokumenten, für Palästina, zurück.

Am 13. Juli 1943 rückte der Transport der Juden »ausländische Bürger« nach Bergen-Belsen aus. Es waren dreitausend Personen. »Palästinenser« gab es zweihundertundfünfzig, der Rest waren »Südamerikaner«.

Am 21. Oktober 1943 brachte man die »Südamerikaner« nach Auschwitz. Alle kamen um. Den Krieg überlebten einzig die Leute mit der Palästinaversprechung.

Eine andere Darstellung von guten und schlechten Dokumenten findet sich in dem Buch »Hasidic Tales of the Holocaust«[6]. Unter den Juden mit ausländischen Pässen befand sich die Schwiegertochter des Zaddik Alter und ihr Kind. Ihr Schwiegervater, Abraham Mordechaj Alter, der letzte Zaddik von Góra Kalwaria, und ihr Mann, Israel Alter, befanden sich schon in Palästina, was die Häftlinge des Lagers wußten, und die Anwesenheit des Enkels des Zaddik und seiner Mutter machte ihnen Mut. Wenn die beiden heiligen Männer sicher das Gelobte Land erreicht hatten, dann würde es ihnen mit Hilfe himmlischer Mächte und des britischen Imperiums wohl gelingen, die beiden zu retten und mit ihnen, wer weiß, vielleicht alle Juden aus Bergen-Belsen.

Am siebten Tage des Sukkotfestes versammelten sich die Menschen auf dem Lagerplatz, und es wurden Listen erstellt. Jeder trat an den Lagerkommandanten heran und zeigte seine Dokumente. Die amerikanische Liste wurde immer länger. Die Schwiegertochter des Zaddik hatte beide Dokumente, gute und schlechte. Als sie an der Reihe war, fällte sie eine Entscheidung: sie schluckte das dünne weiße Papier, die Zusage des Palästinavisums, und reichte dem Kommandanten den amerikanischen Paß.

Aus den Archiven des Museums in Auschwitz ist bekannt, daß der Transport aus Bergen-Belsen am 24. April an der Rampe in Birkenau stand. Kurz vor dem Betreten der Gaskammer entriß eine der Frauen dem SS-Mann Schillinger den Revolver und erschoß ihn, und einen anderen SS-Mann, Emmerich, verwundete sie. Die übrigen Frauen stürzten sich mit bloßen Händen auf die Wachmannschaft. Die SS-Männer forderten Hilfe an. Als diese kam, töteten sie einen Teil der Frauen auf der Stelle mit Maschinenpistolen und Granaten, den Rest schleppte man in die Gaskammer. Alle Leichen verbrannten sie im Krematorium Nr. 2 und 3.

Wir kennen den Namen der Frau, die geschossen hatte, nicht. War es vielleicht die Schwiegertochter des Zaddik von Góra Kalwaria? Aber vielleicht schoß sie gar nicht, sondern betete? Was hätte der Schwiegervater Abraham Mordechaj Alter von ihr erwartet, Schüsse oder Gebete?

»Einer wird immer am Leben bleiben, um die Geschichte zu erzählen ... «

Keine jener Frauen ist vorm Tod errettet worden, doch zum Glück blieb der SS-Mann Broad aus der Mannschaft von Auschwitz am Leben und berichtete davon nach dem Krieg.[7]

Uri Orlew verbrachte in Bergen-Belsen annähernd zwei Jahre. Im April 1945 wurde er zusammen mit einigen tausend ungarischen Juden in Waggons verladen. Unterwegs eroberte die 9. amerikanische Armee den Zug. Der amerikanische Hauptmann besetzte ein nahegelegenes Städtchen, in dem sich eine Siedlung für Offiziersfamilien befand, und befahl den Bewohnern, innerhalb von fünf Minuten alle Häuser zu verlassen. Anschließend stellte er die Häuser den Häftlingen zur Verfügung. Die kräftigsten Häftlinge drangen als erste ein. Sie stießen die schwächeren zur Seite und begannen die Villen zu plündern, Anzüge, Pelze und Kostbarkeiten. Nachdem sie all die Schätze in die für sie vorgesehenen Wohnungen gebracht hatten, erlaubten sie den schwächeren Häftlingen, die verwüsteten Häuser zu betreten.

»Tante Stefa war eine kräftige Frau«, sagt Uri Orlew. »Sie konnte, wenn es nötig war, jedem Mann eine in die Fresse knallen, doch sie stand ungerührt und befahl uns, ruhig dazustehen.« »Für uns ist der Krieg zu Ende«, sagte Tante Stefa. »Wir werden uns nicht um Lumpen prügeln.«

Uri Orlew schreibt zur Zeit für Kinder und Jugendliche, er übersetzt auch aus dem Polnischen, er übersetzte unter anderem Korczak.

Zu schreiben begann er in Bergen-Belsen, als er vierzehn Jahre alt war.

Er begann mit Poesie.

Eines seiner ersten poetischen Stücke lautet wie folgt:

Wachte auf, freute mich
Ging umher, sorgte mich
Manchmal, vergnügte ich mich
Letzendlich, bettete ich mich
Krepierte und beendete mein Leben.

Als ich das Haus von Uri Orlew verlasse, schaue ich auf die in der Dämmerung sich hell abzeichnenden Mauern der Altstadt und das vom Himmel sich dunkel abhebende Seil. Ein senkrechter deutlicher Strich verläuft in der Luft, vom Berg Zion über den Raum des Heiligen Abendmahls, die Dormitio-Kirche und weiter in Richtung des Davidturms.

Es ist hier als Andenken gelassen worden. Als während des Krieges 1948 die jüdischen Stellungen durch die Jordanier mitten hindurch geteilt wurden, schickten die Juden mit diesem Seil, über die Köpfe der jordanischen Soldaten hinweg, Waffentransporte.

Vor einem Jahr überquerte ein Mensch, wohl ein Franzose, das Seil, ohne Sicherung. In der Mitte des Seils zog er seine Schuhe aus und schob sich barfuß weiter, die Leute in der Menge fingen die Schuhe auf zum Andenken.

Das Überqueren sollte den Frieden zwischen Arabern und Juden symbolisieren.

Uri Orlew saß im Garten mit seinem fünfjährigen Sohn und erklärte ihm: »Schau mal, was für ein tapferer Mann und für was für eine wichtige Sache er da geht..« Doch der Sohn sagte: »Ach was, Papa, ich gehe ins Haus.« Er stand auf und ging.

… da war ein Zaddik,

als Sitz wählte er sich ein Städtchen aus, klein und arm. Er war Schüler großer Zaddikim aus kleinen und armen Städtchen: des Maggid von Kozienic, des Symcha Bunam von Przysucha und des Mendel von Kozk. Als 1839 der Mendel von Kozk sich aus dieser Welt in die Isolation zurückzog (er schloß sich hinter zwei Türen ein und blieb dort zwanzig Jahre lang bis zu seinem Tode), da wurde Jizchak Meir Alter als dessen Nachfolger gewählt. Nach dem Tode des Meisters zog er nach Góra Kalwaria, wo er eine Dynastie und einen Hof gründete.[8]

Die dortigen Juden waren fleißig und fromm. Sie erbauten das Rathaus, ein Schlachthaus, eine Remise für Feuerlöschgeräte, Rinnsteine, die Straßenbeleuchtung und auch drei große Fabriken, eine Tallitfabrik, eine für Essig und eine Seifenfabrik.

Sie waren fromm, und so priesen sie die Größe ihres Zaddik im ganzen Königreich. Im Jahre 1898 wurde die Schmalspurbahn von Warschau nach Góra Kalwaria in Betrieb genommen. Sie wurde Rebbes-Bahn genannt, und mit ihr kamen Tausende Chassidim herbeigefahren. Der Zaddik zeigte sich ihnen auf dem Balkon, am Nachmittag, an jedem Samstag.

Wenn er zu den Gewässern ging, mußte die polnische Polizei ihn vor dem Andrang der Pilger schützen. Wenn jemand versuchte, ihn zu fotografieren, dann mußte die Polizei den Photographen vor der Menge in Schutz nehmen.

1940 gelang es dem letzten Zaddik von Góra Kalwaria, zusammen mit zwei Söhnen nach Palästina durchzukommen. Im Jahre 1941 wurden dreitausend Juden aus Góra Kalwaria ins Ghetto gebracht. Sie fuhren mit der Rebbes-Bahn.

Auf dem Hof des Gebetshauses erschossen die Deutschen die übrigen Juden, verbrannten die große Buchsammlung des Zaddik, anschließend richteten sie hier eine Reparaturwerkstatt für Panzer ein.

Nach dem Krieg befand sich in der alten Synagoge das Kino, es fanden Versammlungen und Tanzabende statt. Jetzt befinden sich hier Geschäfte und Wohnungen. Im Jahre 1967 beseitigte man die letzten Spuren, die auf die ehemalige Bedeutung des Gebäudes hinwiesen; auf dem Giebel ist eine Aufschrift angebracht: »Es lebe die Freundschaft zwischen den Völkern.«

Im ehemaligen Gebetshaus ist ein Möbellager untergebracht. Unter dem Dach blieb der Ofen für das Matzebacken erhalten und auf der nicht benutzten Tür die Mesusa.*

... da waren Zaddikim,

die sich sehr um Polen sorgten. Rabbi Pinchas von Korc meinte, daß es gelte, sich deshalb um Polen zu sorgen, weil »die Vertreibung hier weniger bitter ist als sonstwo.« Sie beteten also für Polen, vor allem in Zeiten der Gefahr. Der Rabbi Pinchas von Korc war übrigens der Meinung, daß dank der Gebete seines Freundes, des Rabbi Nachman von Horodenka, es den Russen nicht gelang, einen Sieg über Polen davonzutragen. Leider begab sich Rabbi Nachman von Horodenka 1764 ins Heilige Land, und während seiner Abwesenheit wurde die erste Teilung Polens vorgenommen. Seinerseits nun betete Rabbi Pinchas inbrünstig für eine Begrenzung der Folgen. Erst nach dem Tode von Pinchas von Korc (er starb 1790) gelang es den Teilungsmächten, das Land durch eine zweite und dritte Teilung zu unterjochen.[9]

Um einundzwanzig Uhr werden alle Gespräche unterbrochen. Die Tagesschau beginnt. Es beginnt der Bericht darüber, wem es gelang, wen heute zu erschlagen. Später gibt es die weniger wichtigen Nachrichten, zum Beispiel vom Streik der Ärzte oder vom Prozeß von Demianiuk, dann wird zu den Gesprächen und dem Abendbrot zurückgekehrt. Die laufenden Ereignisse werden nicht kommentiert. Gesprochen wird über Allgemeines. Zum Beispiel: wieder sind wir alleine. Oder: wieder ist die ganze Welt gegen die Juden. Oder: sie rotten uns aus, und die ganze Welt wird gleichgültig zuschauen.

* Mesusa, hebr. Türpfosten – in der religiösen Sprache der Juden bezeichnet es die Inschrift einer in Metallzylinder eingeschlossenen Pergamentrolle mit Versen aus der Bibel, die von der Liebe und Hingebung an den einen Gott handeln sowie von der göttlichen Vergeltung und der entsprechenden Verantwortlichkeit des Menschen. Die Mesusa wird an der Tür der Wohnräume festgemacht.

Allein darum geht es, und warum gibt die Menschheit vor, als würde sie es nicht verstehen. Möglich, daß die Araber recht haben. Möglich, daß die Juden sie schlagen oder töten. Doch am Ende werden die Juden getötet, und die Welt wird gleichgültig zuschauen.

Danach wird über weniger wichtige Sachen geredet.

»Am schlimmsten waren die Ukrainer (dieses nun in Verbindung mit dem Prozeß von Demianiuk). Schlimmer noch als die Polen. Denn die Polen waren schlimmer als die Deutschen, und schlimmer noch als die Polen waren nur noch die Ukrainer.«

Derjenige, der von den Ukrainern redet, der war während der Besatzungszeit nicht in Polen, doch er weiß es. Nach Palästina kam er vor dem Krieg, und die, die vor dem Krieg hierher kamen, wissen es am besten.

Sie kamen zu den unterschiedlichsten Zeiten – vor dem Krieg, nach der Besatzungszeit, nach dem März 68. Mit Haß auf Polen sprechen nur die Vorkriegsankömmlinge, normal reden die Märzleute. Vor allem die jungen Märzleute, die ihr Studium schon in Israel abgeschlossen haben. Das sind keine Provinzler. Es sind Hiesige, und zugleich sind sie weltoffen. Sie haben Geld für Reisen, Zeit zum Lesen, haben eine berufliche Stellung und ehemalige polnische Freunde, bei denen sie weilen und die sie nach Israel einladen. Sie sind die erste normale Generation polnischer Juden.

Sie sind die letzte Generation polnischer Juden.

Derjenige, der von den Ukrainern sprach, rückt näher heran und erzählt von Płock, der Böschung, der Weichsel, der Fabrik für Landwirtschaftsmaschinen, da die Siedlung am Fluß, dort der Fischer. Ein alter, ergrauter Mensch. Er hinterläßt seine Visitenkarte mit Adresse, da wird wohl noch über Płock zu reden sein. Die Adresse auf der Karte: »Kolegialna 24«.

Ein Vertreter Israels in einer großen internationalen Organisation: er kam nach Palästina mit der Anders-Armee. Mit einem Kollegen besuchten sie eines Tages ein Café, vom Nachbartisch sprach sie jemand an: wie sie denn nur polnisch reden könnten, wo doch in Polen Millionen von Juden umgekommen sind. Die Leute, die sie rügten, sprachen selbst deutsch.

Er ist der Meinung, daß die Juden ihre polnische Angelegenheit noch nicht bewältigt haben. Die deutsche schon, denn das war einfacher. Es ist einfacher, den zugefügten Tod zu verzeihen als eine Erniedrigung. Die Sache mit den Polen, das ist die Erinnerung an die Erniedrigung und die abgewiesenen Gefühle. Nichts erzeugt größere Aggressionen und dauerhaften Haß als abgewiesene, nicht benötigte Liebe.

Geboren ist er in Strzemboszyce Wielkie. Er war der einzige jüdische Schüler auf dem Gymnasium, und keiner seiner polnischen Mitschüler hat ihn jemals zu sich nach Hause eingeladen. Später war er in der Anders-Armee, dann schloß er an der Sorbonne sein Studium ab, kehrte nach Israel zurück und vertrat Israel in einer großen internationalen Organisation. Später wurde er pensioniert und zog nach Paris um. »Alles in meinem Leben war Warten auf etwas, und alles war vorläufig. Das Studium war Warten und der Aufenthalt in Israel und Paris. So wirklich und auf Dauer hatte ich vierzehn Jahre in meinem Leben. Von Dauer war das Leben in Strzemboszyce Wielkie.«

Ein Kollege von mir aus dem Nachkriegswaisenhaus, ein Professor der Geologie in Jerusalem, weilte in Krakau auf einer internationalen Konferenz. Wenn er allein übrigblieb im Raum, wenn auch nur für einen kurzen Moment, erschienen sofort polnische Studenten, schlossen die Tür hinter sich und fragten: »Mal ganz ehrlich, Herr Professor, wie waren die Polen zu euch Juden während der Besatzungszeit?«

Dann erzählte mein Kollege aus dem Waisenhaus ihnen von Siedlce. Sie versteckten sich auf der arischen Seite, seine Mutter, die Oma und er, und irgendeine Frau denunzierte sie bei der Polizei. Das machte sie ohne einen Hintersinn, sie verlangte nicht einmal eine Belohnung dafür. Es verhörte sie ein Polizist, von dem die ganze Stadt wußte, daß er schrecklich war und daß er eines Tages persönlich zwanzig Juden erschoß. Der Kollege aus dem Waisenhaus ist beschnitten, die Sache war also klar. Sie wurden in den Keller des Kommissariats gesperrt. Am Abend kam dieser Polizist, öffnete das Fenster und half ihnen zu fliehen. Zuvor nahm er den Jungen auf den Arm, machte ihm ein Kreuzzeichen und sagte: »Gott beschütze dich, Junge.«

»Also, wißt ihr nun, wie die Polen waren während der Besatzungszeit?« endete mein Kollege, doch kaum, daß er einen anderen Raum betrat, da gingen die Studenten sogleich hinter ihm her und schlossen die Tür. Da erzählte er ihnen von einem Freund, der aus dem Ghetto in den Wald geflüchtet war, zu der »Armia Krajowa«, der polnischen Heimatarmee im Untergrund. Diese AK-Leute hatten die Absicht, ihn zu erschießen, doch der Freund sagte:

»Gut, doch ihr solltet wissen, wer meine Tante ist. Der Mann meiner Tante, das ist Morgenthau.« (Morgenthau war der Finanzminister in der Roosevelt-Regierung, der bestbekannte Jude während der Besatzungszeit, darüberhinaus war es der einzige Name, welcher dem Freund in den Sinn kam.) »Wenn das so ist«, sagte der Offizier, »dann werden wir zum Kommandanten gehen«, doch zum Glück griffen die Deutschen die Abteilung an, und dem Freund gelang es, in dem Durcheinander zu fliehen. Einige andere Polen halfen ihm ein Versteck zu finden, in dem er die übrige Besatzungszeit verbrachte.

»Also, wißt ihr nun, wie die Polen waren während der Besatzungszeit?« fragte der Kollege aus dem Waisenhaus die Studenten.

Auf der Straße Aleje Jerozolimskie –

(seit 1774 der Weg zur der Siedlung Nowa Jerozolima: Nowa Jerozolima wurde auf dem Gut Czyste für die jüdische Bevölkerung gegründet, die man aus Warschau aussiedelte; der Jerusalemer Weg wurde später in eine Hauptverkehrsader umgewandelt[10],

also: auf der Straße Aleje Jerozolimskie,

(warum aber hat man die jüdische Bevölkerung aus Warschau ausgesiedelt? Da beteten Pinchas von Korc und Nachman von Horodenka für das Wohlergehen Polens, und die Juden werden ausgesiedelt? Wie ist das zu verstehen?),

auf der Straße Aleje Jerozolimskie, zwischen dem Kinderkrankenhaus und dem Bahnhof, befand sich das Kommissariat.

Zum Kommissariat führten sie vom Hauptbahnhof eine Frau mit einem Mädchen. Das Mädchen hatte ein schlechtes Aussehen. Die Frau hatte ein gutes Aussehen und sehr gute Dokumente. Sie hieß Emilia Ostrowska, war die gebürtige Schwester der Maria Ostrowska, römisch-katholischen Glaubensbekenntnisses, wohnhaft in der Siennastraße 90. Der Polizist, der die Dokumente in den Händen hielt, wußte, daß sie echt sind und so betrachtete er die Augen und die Zöpfe des Mädchens. »Wie heißt du?« fragte er. Sie antwortete. »Wie alt bist du?« Sie antwortete. »Das ist deine Mama?« Sie nickte. Er legte die kenkarta auf den Tisch, holte eine Zigarette heraus und begann, den Tabak zwischen den Fingern zu krümeln. Es war eine hülsengestopfte Zigarette. Das Mädchen, die sich selbst als Fachmann des Tabakstopfens in Hülsen betrachtete, mußte zugeben, daß der Polizist das ganz ordentlich machte.

»Sie kennen das Gebet ›Engel des Herrn‹, nicht wahr?« wandte sich der Polizist der Frau zu. »Sagen Sie es auf.«

Es war früh am Morgen, es fing gerade zu dämmern an, der zweite Polizist räkelte sich und streckte seine Beine. Sie waren nicht rasiert, sicher hatten sie Dienst vom Vortage. Beide schauten auf die schweigende Frau.

»Dann werden Sie uns den ›Engel des Herrn‹ nicht aufsagen?« lächelte der Polizist wehmütig. »So ist das also«, dachte das Mädchen. »Sie hat es nicht gelernt. So ein einfaches Gebet hatte sie nicht lernen wollen. Durch sie fallen wir rein.« »Und du?« lächelte der Polizist jetzt das Mädchen an. Sie sprach sofort, eifrig, in einem Atemzug: »Der Engel des Herrn brachte Maria die Botschaft, und sie empfing vom Heiligen Geist, gegrüßet seist Du Maria, Du bist voller Gnaden, der Herr ist mit Dir ... « Sie schaute auf die ausgestreckten Beine des Polizisten, wandte sich aber nun direkt Ihr zu. »Siehe ich bin die Magd des Herrn ... «

»Das reicht«, unterbrach der Polizist. »Aber was mache ich bloß mit euch? Die eine sieht aus wie eine Jüdin, kann aber beten, die andere sieht nicht so aus, kann aber nicht ... Wißt ihr was? Am besten ihr entscheidet das selbst, wer von euch eine Katholikin und wer eine Jüdin ist. Die Jüdin bleibt, die Katholikin geht. Überlegt es euch, und dann sagt mir, was ihr entschieden habt.«

Die Zelle hatte keine Fenster, sie wurde von einer schwachen, nackten Glühbirne aus einer Vertiefung heraus beleuchtet.

»Du gehst und ich bleibe«, sagte die Mutter. »Du bist jung, du solltest leben. Ich habe es schon hinter mir.«

»Du solltest leben«, sagte das Mädchen. »Du kannst die Oma retten. Ich schaffe das nicht, es lohnt sich nicht für mich rauszukommen.«

»Du bist ein großes Mädchen«, sagte die Mutter, »du bist schon sechs Jahre alt. Du sprichst jemanden auf der Straße an... Du weißt ganz genau, wen du ansprechen kannst.«

Das war wirklich wahr. Jedesmal, wenn sie sich an jemanden Fremden wenden mußten, fragte die Mutter: »Geht das bei der, was meinst du?« und das Mädchen erlaubte es manchmal und ein anderes mal sagte sie: »Nein, bei der nicht.« »Sie kennt sich aus mit den Leuten«, erzählte die Mutter voller Stolz. »Sie ist zwar ungezogen, aber zwei Sachen kann sie tadellos: den roten Barschtsch abschmecken und sich mit Leuten auskennen.«

Das Mädchen war müde. Sie legte ihren Kopf auf die Knie der Mutter. »Schade, daß du dieses einfache Gebet nicht gelernt hast«, sagte sie vorwurfsvoll. »Aber mach dir keine Sorgen, ich weiß, was wir machen. Wir bleiben beide hier.«

Die Grotte der Verkündigung in Nazareth befindet sich in der Krypta, doch eine Schnur versperrt den Weg, und so schaut man die Grotte vom oberen Teil der Kirche an. Zu sehen sind der beleuchtete Altar, Blumen, ein Kreuz. Hier an dieser Stelle ist es, an der der Erzengel Gabriel der Maria verkündete... Ein passender Ort, um ihr jene Ereignisse in Erinnerung zu rufen. Das war eine gute Idee, die Maria Ostrowska zum Kommissariat zu schicken (»Meine Schwester Jüdin?!«, schrie sie, daß es bis zur Zelle zu hören war, »Emilka, wo bist du, ich werde mit diesen Herrn schon noch reden!«), die Polizisten dazu zu bringen, ihrem Geschrei Glauben zu schenken und dann auch noch eine Droschke zu bestellen, die genau dann am Kommissariat vorfährt, als sie es verlassen, damit sie nicht einmal einen Schritt mit der Kleinen über die Straße machen müssen, am hellichten Tage...

Ein erstklassiger Gedanke war das, doch die Kirche, die die Frische des zwanzigsten Jahrhunderts ausstrahlt, mit der Schnur, die die Grotte abgrenzt, eignet sich nicht für Erinnerungen. Dann eher schon in Kapernaum und am See Genezareth. Die Menschheit hat es hier noch nicht geschafft, Tempel zu erbauen, hier gibt es nur Hügel, Wasser, den Berg der Seligpreisungen am See und Olivenbäume, deren Wurzeln tausend Jahre leben, somit sind das Bäume von JENEN Wurzeln...

Ja, der See Genezareth wäre der am besten geeignete Ort, um zu danken für das Erhören des Gebets, das mit eifriger Eile in Richtung der ausgestreckten Beine des gelangweilten Polizisten gesprochen wurde, doch der israelische Fremdenführer beginnt mit der Erklärung, was wir zur unserer Rechten sehen. Hier also sehen wir die Golan-Höhen. Einst stand da die syrische Artillerie, und ihre Granaten erreichten das andere Ufer, und die Geschosse waren sowjetische, und darum mußten wir die Höhen einnehmen, und darum haben sie, und darum haben wir, und wir nie und sie – und so weiter.

In der Josephskirche wird unter der Erde die Stelle gezeigt, an der sich die Werkstatt befand. Darüber hängt das Bild der »Heiligen Familie.« Und diese Familie von dem Bild befindet sich genau hier in der Zimmermannswerkstatt des Heiligen Joseph. Der junge Jesus stapelt Leisten, Joseph schaut zu, ob er es auch richtig macht, Maria sitzt auf einem Schemel mit einem Schiffchen Garn, sie reißt sich von der Spindel los und kommt auf ein Schwätzchen her. Alle sind barfuß, obwohl auf dem Boden überall Hobelspäne liegen, doch was das Seltsamste ist, der Heilige Joseph hält die Säge des Herrn Mietek Lalak in den Händen. Es besteht kein Zweifel: das ist die Säge unseres Nachbarn aus Dzbędz. Das Sägeblatt ist in einen Holzrahmen eingesetzt und mit einer Schnur gespannt, die mit einem Holzscheit gedreht wird. Sogar Größe und Proportionen sind dieselben, nur daß der Künstler die Klinge türkis malte, passend zum Kleid von Maria und zum Gürtel von Joseph. Ja, gibt's denn so etwas. So weit weg von der Narew, so nahe am See Genezareth, und dann diese Säge des Herrn Mietek. Und gleich ist es anders in Nazareth, gleich so heimisch.

Mein Kollege aus dem Waisenhaus kam 1946 nach Palästina und besuchte eine Schule mit Internat. Das waren die Zeiten des britischen Mandats, in England gehören Internate zum guten Ton, somit war auch die Schule, die der Kollege besuchte, eine exklusive.

Mein Kollege aus dem Waisenhaus war der einzige Junge aus Polen in der ganzen Schule, doch keiner stellte ihm irgendeine Frage. Übrigens konnte er auch nicht hebräisch, und dazu kam er aus einer Welt, in der sich die Juden hatten kampflos abschlachten lassen. In einem guten Internat, das auf englische Art geführt wurde, mußte das geschmacklos wirken, also beunruhigten sie den Kollegen nicht mit unnötiger Neugier. Und schließlich, wovon sollte er auch den Jungen erzählen? Vom Polizisten, der ihm half, zum Fenster hinaus zu fliehen? Oder, daß man ihn an seinen traurigen Augen erkannte? Mein Kollege ist damit nicht einverstanden, daß man jüdische Augen daran erkennen konnte, daß sie schwarz waren. Bei Polen kommen auch schwarze Augen vor. Jüdische Augen waren gefährlich traurig, und mein Kollege, zum Beispiel, wurde ständig ermahnt, daß er nicht traurig sein sollte. Speziell deswegen führten sie ihn in den Zoo: »Ah, was für eine Giraffe«, wurde gesagt, »also das ist doch eine ganz lustige Giraffe, und du solltest lachen. Verstehst du denn nicht, daß du fröhlich sein solltest?«

Die Jungen aus dem Internat fragten also nicht, er erzählte nichts, und es war ganz gut so. »So wirklich«, sagt mein Kollege aus dem Waisenhaus, »stellten die Einheimischen die Fragen erst nach dem Eichmann-Prozeß. Nach 1961.«

Matatiahu Minc wurde nach seiner Ankunft aus Polen ausgefragt. Es waren die ersten Wochen des Jahres 1941: das Ghetto war schon abgeriegelt, doch noch vor dem deutsch-russischen Krieg. Matatiahu, damals noch Matys, erzählt also von Ghetto, Menschenjagd, Exekutionen, doch wurde er schnell unterbrochen, sie baten ihn, nicht solche Propagandamärchen zu verbreiten und sich nicht dem englischen Imperialismus anzubiedern. Matys Minc hatte es nämlich mit einer sehr fortschrittlichen Jugend zu tun, der Haschomer Hazair, und die Aktivisten dieser Organisation wußten gut Bescheid darüber, daß in Europa ein imperialistischer Krieg tobt und daß der bessere Imperialismus der deutsche war und der schlechtere der englische.

Es war sein älterer Schulfreund Mordechaj Anielewicz, der Matys in den Verband Haschomer Hazair einführte. Anielewicz war erst Gruppenführer und später dann Chef der Schar. Haschomer Hazair war eine Organisation in der Art der Pfadfinder, die die Jugend auf die Ausreise nach Palästina vorbereitete. Sie war der am weitesten linksorientierte Verband in der ganzen zionistischen Bewegung, mit enormer Neigung zum Kommunismus, der, wie man weiß, ein für allemal die Sorgen der Juden lösen sollte, vor allem aber das Problem des Antisemitismus.

Zum letzten Mal sah Matys Anielewicz in Równo, als beide nach Wilna flüchteten. Sie schliefen in irgendeiner Wohnung auf dem Fußboden, am Morgen verabschiedeten sie sich und verabredeten sich in Wilna, doch Anielewicz wurde nach Warschau zurückbeordert, um die Untergrundarbeit zu organisieren, und danach sahen sie sich nie wieder. In Wilna erhielt er von Anielewicz Briefe. »Du darfst keine Zeit verlieren«, schrieb der ehemalige Gruppenführer, »und auch nicht faulenzen. Hilfe und Unterstützung für das Joint, die Gemeinde, das sind heilige Sachen. Jedoch die auf diesem Boden gedeihende Psychologie des Flüchtlings, wonach dieser der Meinung ist, daß ihm alles zusteht, daß jeder ihm Fürsorge und Betreuung schuldig ist, ist eine verfluchte Sache, die im Menschen jegliche schöpferische Initiative erschlägt wie auch die Fähigkeit zur Arbeit. Fordert Projekte zur Einrichtung von Fachfortbildungskursen, faulenzt nicht... Lies viel. Lerne. Nicht nur hebräisch... « (Absender: Anielewicz, Warschau, Solecstraße 113/15)

Zusammen mit Matys Minc kamen an die tausend Juden nach Palästina. Bis heute ist nicht genau bekannt, warum die sowjetische Regierung sie ausreisen ließ. Vielleicht darum, weil Joint für jeden Juden 850 Dollar zahlte...

Von Wilna nach Moskau fuhren sie mit einem Luxuszug, und die Babuschka, die ihm in das Erste-Klasse-Abteil Essen brachte, wunderte sich nur, daß der Gast der Sowjetischen Republiken gar kein Gepäck bei sich hatte. So einen Status besaßen sie nämlich: Gäste der Sowjetischen Republiken.

In Moskau wohnten sie im Hotel Nowomoskowskaja. Zum Abendbrot spielte ein Orchester auf, es sang eine Sängerin, und niemand sprach vom Krieg.

Nach Palästina kam er von Konstantinopel über Syrien. Er war im Kibbuz Haschomer Hazair. Den Kibbuz verließ er 1955 in Verbindung mit der sogenannten Sezession des Sne, eines Aktivisten, der vorhatte, die Organisation noch schneller zum Kommunismus zu führen. Zum Glück fand schon nach einem Jahr der 20. Parteitag statt, der den Kommunismus von Sne und Matatiahu Minc zur Strecke brachte, aber ein wenig auch die Haschomer Hazair, wie schließlich den ganzen Sozialismus in Israel. Die zweite Generation der Kibbuzim sorgte sich schon mehr um die gesteigerte Leistungsfähigkeit der Milchkühe, die übrigens imponierende Ausmaße annahm, und die dritte Generation fährt auf Besuch in die USA, wo sie versuchen, so lange wie möglich zu verweilen.

Im Jahre 1942, das heißt mehr oder weniger damals, als das Mädchen den »Engel des Herrn« aufsagte, der Kollege aus dem Waisenhaus zu der Giraffe zu lächeln versuchte und Gabriel Moked auf der arischen Seite hinter dem Schrank saß, hinter dem es jedoch genügend Licht gab – in dieser Zeit rührte Gabriels Tante den Kogel-Mogel an, ein Quirlei mit Zucker.

Gabriel zeigt in Tel Aviv, am Boulevard Ben Gurion, das Haus der Tante. Wir können leider nicht eintreten, es ist ein Museum, das um diese Zeit geschlossen ist. Es ist das Museum Ben Gurion, dessen Frau Pola Munwes war, die Tante Gabriels.

»Die Juden nehmen es der polnischen Heimatarmee übel, daß diese ihnen nur fünfzig Revolver gab«, sagt Gabriel. »Und Ben Gurion? Hat er ihnen fünfzig Revolver ins Ghetto geschickt? Hat er ihnen zehn Revolver geschickt? Das wäre schwer gewesen, ich weiß, aber einen Kurier, der hätte erfahren können, wie es war, den hätte er schicken können. Keinen einzigen Revolver, keinen einzigen Kurier, keinen einzigen Brief schickten die Juden aus Palästina den Juden im Ghetto. Sie schwirrten zwischen New York und London hin und her, und wichtig war für sie nur eins: der zukünftige Staat und der zukünftige Krieg, für den sie hier Waffen horteten. Ich verstehe«, sagt Gabriel, »das war eine wichtige Sache, ein jüdischer Staat, doch hätten sie nur einen, einen einzigen Revolver geschickt, für meinen Vater, Dr. Jakub Munwes im Krankenhaus auf der Gęsiastraße ... «

In den Pausen zwischen den Fahrten nach New York und London beschäftigte sich Ben Gurion mit der Lage der Arbeiterbewegung.

Von der Mapai-Partei spaltete sich gerade die Fraktion B ab, und diese Fraktion war sehr stark, und so mußte festgestellt werden, wer wichtiger sein wird, die Fraktion B oder die Mapai-Partei. Und damit verfloß das Jahr neunzehnhundertzweiundvierzig in Tel Aviv: mit Streitigkeiten, wer wichtiger sein wird. Stundenlang saßen sie im Haus von Ben Gurion und diskutierten, sie konnten fünfzehn, zwanzig Stunden sitzen, es waren Sozialdemokraten, und es ist ja bekannt, wie viel Sozialdemokraten schwätzen können, und wenn ihnen der Hals vom Schwätzen völlig austrocknete, machte Tante Pola einen Kogel-Mogel.

Nach dem Krieg erfuhr Gabriel Moked, wie sein Vater gestorben ist, der Dr. Jakub Munwes aus dem Krankenhaus in der Gęsiastraße.

Ein Patient des Doktors, der Sergeant bei der Blauen Polizei* war, schlug ihm vor, bei sich unterzuschlüpfen, doch der Doktor lehnte ab, er wollte ausharren bis zum Aufstand im Ghetto. Nach dem Aufstand trieb man eine Gruppe von Mitarbeitern des Krankenhauses zum Umschlagplatz, in ein Gebäude hinein, in dem sich eine Schule befand, in einen Raum im ersten Stock.

»Jemand, der am Fenster saß, steht auf... Im selben Augenblick ist das Krachen eines Schusses zu hören; die Kugel zischt am Kopf vorbei, schlägt durch den oberen Teil der Tür hindurch und hinterläßt ein Loch in der Decke des Korridors. In den Raum stürzen zwei SS-Männer.

Verflucht! Wer hat geschossen? Wer hat eine Waffe?

Sie traktieren die Menschen, die auf dem Fußboden liegen, machen halt vor Dr. Munwes, dem Ordinator der Abteilung für Innere Krankheiten.

»Du hast geschossen!?!«

Munwes kriegt kein Wort aus sich heraus.

»Komm mit.«

Sie schnappen ihn am Kragen und schleppen ihn auf den Flur: »Du sagst uns jetzt... !«

* Polnische Polizisten des Generalgouvernements in blauen Uniformen, die von den Widerstandskämpfern verachtet und der Kollaboration bezichtigt wurden. [A.d.Ü.]

Sie durchsuchen ihn. Selbstverständlich finden sie keine Waffe.

»Was hast du mit dem Revolver getan? Du willst es nicht sagen?!«

Die Schergen schlagen ihn mit einer Eisenstange auf den Kopf. Munwes fällt blutüberströmt zu Boden ... «[11]

Gabriel Munwes, nun Moked, verbrachte die Besatzungszeit hinter dem Schrank. Es gab genügend Licht, und er las die ganzen Tage lang Bücher. Als er hervorkam hinter dem Schrank, war er zwölf. Seit damals ist er Gelehrter. Sein Doktorat machte er in Oxford, er schrieb Abhandlungen über Ethik, Kafka und Berkeley, er unterrichtet Philosophie an der Ben-Gurion-Universität.

Vorbild der hiesigen Juden waren die Sabrim. Sabra (was hebräisch Kaktusfeige bedeutet) war ein Jude aus Palästina – er war stark, mutig, kannte jeden Pfad in den Bergen, bewässerte die Wüste und war bodenständig.

Die Ankömmlinge aus Polen erinnerten leider nicht an die stolzen Sabrim. Im Gegenteil. Sie waren das Symbol von Wehrlosigkeit und Erniedrigung. Sie stammten aus einer Welt, die die Sabrim so schnell wie möglich vergessen wollten. Der israelische Staat wurde allein deswegen aufgebaut, um all dieser traurigen Tradition entgegenzutreten: den Jeschiwot, den Judenröcken, den kleinen armen Städtchen und dem Holocaust.

Vor dem Verlassen des Schiffes bestreuten sie die Ankömmlinge mit DDT-Pulver oder übergossen sie mit Petroleum: erst anständig desinfiziert konnten sie den israelischen Boden betreten.

Anschließend änderten sie ihre Namen in hebräische um, gingen in den Kibbuz, schwiegen über die Vernichtung und träumten davon, Sabrim zu werden.

Vor einigen Jahren veranstalteten die ehemaligen Kinder des Waisenhauses ein Treffen. (Das Waisenhaus wurde gleich nach dem Krieg in Otwock eröffnet, für die auf der arischen Seite geretteten Kinder; bis auf einige Ausnahmen verließen später alle Polen.) In der Zeitung gab es eine Bekanntmachung, und es begannen sich Leute zu melden. Eine Frau rief an, die während des Krieges ein Kind war, sie weiß nicht, wie sie wirklich heißt, wie alt sie ist und wer sie ist. Sie hatte einen Bruder Jurek und fragte, ob er nicht in Otwock gewesen sei.

Diese Frau erzählte niemals ihren Kindern etwas davon, doch vertraute sie sich unlängst einer Freundin an. Da gestand ihr die Freundin, daß sie ebenfalls nicht wüßte, wer sie sei. Sie waren seit Jahren befreundet, und sie bekannten sich nicht zu der beschämenden Tatsache: daß sie den Holocaust überlebten.

Danach meldete sich ein Mann aus Griechenland. Er verlor in Polen drei Kinder, und so fragte er nach, ob sie nicht in Otwock gewesen wären.

Leute meldeten sich, die gar nicht im Waisenhaus gewesen waren, doch zu diesem Treffen kommen wollten.

Zum Schluß meldete sich eine Studentin der Psychologie, die eine Magisterarbeit schrieb und zwei Fragen hatte: ob die jüdischen Kinder während des Krieges geweint haben und ob sie irgendeinen Talisman in den Händen hielten.

Die Studentin sprach darüber, daß nicht nur die Älteren zu erzählen begonnen hätten. Deren Kinder, die schon nach dem Krieg geboren sind, schreiben in ihren Lebensläufen: »Ich gehöre zur zweiten Generation des Holocaust.« Die zweite Generation organisiert sich sogar in einem Verband und gibt ein Informationsblatt heraus. »Deren Kinder« zu sein, schafft ernste Lebensprobleme, so daß dies einen Austausch an Erfahrungen notwendig macht.

(Meine Kollegin aus dem Waisenhaus:

»Die Juden nehmen es den Polen übel, daß sie zu wenig Menschen gerettet haben. Und wenn sie selbst retten müßten, unter Gefahr für das eigene Leben wie für das ihrer Familien, wieviel arabische Kinder würden sie retten?

Und wieviel polnische Kinder würden sie retten?

Und wieviel jüdische ... ?«)

Der Schriftsteller Amos Oz sagte, daß einst die Juden von der Zukunft hypnotisiert waren. Jetzt hat sie die Vergangenheit hypnotisiert. Das eine wie das andere ist fatal, sagt der Schriftsteller. Die Juden sollten im Jetzt und Heute leben, ganz gleich, wie es ist.

Im Kibbuz der »Kämpfer des Ghettos« gibt es tausend Kühe, zweihundertfünfzig Hektar Baumwollfelder, sechzig Hektar Zitrusplantagen, Fischteiche, Hühnerfarmen und zwei Fabriken. In einer Fabrik werden Kondensatoren gebaut, in der zweiten wird aus Soja ein Lebensmittel hergestellt mit dem Geschmack von Fleisch, frei von Cholesterin. Es wird in die USA und nach Westeuropa exportiert. Diese Lebensmittel sind koscher. Ein Computer herrscht über die Produktion, und ein Vertreter des Rabbinats kontrolliert, ob die Leute, die am Fließband arbeiten, nicht treife sind; ob sie während der Frühstückspause nichts Treifes essen, ob die Frauen vielleicht gerade ihre Tage haben, und so weiter.

Die Kühe im Kibbuz geben jährlich an die neuntausend Liter Milch. Wie bekannt, ist der Milchertrag israelischer Kühe der höchste auf der Welt (achteinhalbtausend Liter von einer Kuh), doch der Kibbuz der Kämpfer des Ghettos erreichte eine noch höhere Ergiebigkeit. Der Stall hat einen Computer, der alles weiß, von jeder Kuh: wer ihr Vater ist, welche Krankheiten sie hatte und welches Futter sie bekommen soll.

Im Kibbuz wohnen fünfhundert Leute, dreihundert arbeiten, der Rest sind Kinder, Studenten und Rentner. Diese dreihundert Leute bedienen die beiden Fabriken, die Kühe, die Obstplantagen, Farmen, Felder und so weiter. Für die Saison müssen leider Leute zur Arbeit angeheuert werden. Leider, denn als Sozialisten sind die Mitglieder des Kibbuz Gegner von Lohnarbeit, die Mehrwert erzeugt, und die Ausbeutung des Menschen durch den Menschen. Hingegen als Produzenten sind sie dem System der Marktwirtschaft angeschlossen, was seine guten Seiten hat.

Seit einigen Jahren wohnen die Eltern zusammen mit ihren Kindern. Sie haben schöne geräumige Häuser. Gehälter werden nicht ausgezahlt, alle Bedürfnisse werden vom Kibbuz befriedigt, ebenso das Studium und Auslandsreisen. Der Kibbuz bestimmt die Pflichten und Privilegien seiner Mitglieder. Dem Maler Mosche Kupferman wurde einst erlaubt, einen ganzen Tag lang in der Woche zu malen, die restlichen Tage arbeitete er auf dem Feld. Später konnte er an zwei Tagen malen. Jetzt befinden sich seine Bilder in den größten Museen der Welt, und er hatte eine Ausstellung im Centre Pompidou. Der Kibbuz befreite ihn von der Feldarbeit und erlaubte die ausschließliche Beschäftigung mit der Malerei.

Der Kibbuz der Kämpfer des Ghettos wurde von einer Gruppe von Ankömmlingen aus Polen nach dem Krieg gegründet, unter anderem durch den stellvertretenden Kommandanten der Jüdischen Organisation für einen Bewaffneten Kampf, Icchak Cukierman und seiner Frau Cywia Lubetkin. Hier befindet sich das Museum des Ghettos. An den Wänden hängen Photographien, in Vitrinen »Trachten der Epoche«: Lagerstreifenanzug und SS-Uniform, unter Glas liegen Spuren materieller Kultur: Löffel, Schüsseln, Armbinden mit Davidsstern, in einem der Säle steht das interessanteste Ausstellungsstück: der Glaskäfig, in dem während seines Prozesses Eichmann saß; auf dem Modell des Ghettos leuchten bunte Lichter. Eben wie im Museum.

Das Gebäude des archäologischen Museums in Jaffa erbauten die Engländer während ihrer Mandatszeit. Das Haus wurde auf den Trümmern der türkischen Festung aus dem 16. Jahrhundert errichtet (die es Napoleon übrigens nicht gelang zu erobern).

Die Türken stellten ihre Festung auf die Trümmer der mameluckischen Festung aus dem 13. Jahrhundert.

Die Mamelucken errichteten die Festung auf den Trümmern eines Baus der Kreuzritter aus dem 12. Jahrhundert.

Die Kreuzritter erbauten die Befestigungsanlagen auf einem byzantinischen Bauwerk aus dem 6. Jahrhundert.

Die Byzantiner auf einer hellenistischen Festung des 3. Jahrhundert vor unsrer Zeitrechnung.

Die Griechen auf der persischen Festung, die Kambizes, Sohn des Cyrus, im 7. Jahrhundert vor unserer Zeitrechnung aufstellen ließ.

Die Perser auf ägyptischen Ruinen aus der Zeit des Übergangs vom 14. zum 13. Jahrhundert vor unserer Zeitrechnung.

Die ägyptischen Ruinen befinden sich auf irgendetwas, von dem niemand weiß, von wem es erbaut wurde.

Denn in Israel ist alles, und alle Welten, die irgendwann einmal existierten, können hier wiedergefunden werden.

Eine Welt gibt es jedoch nicht. Die, in der es die Bäckerei von Fajnsylber gab und den gußeisernen Topf, zugeklebt mit Teig, und in der es die Familie gab, die an den Sonnabendmittagen sich zum Tschulentessen zusammensetzte.

Und von wo sollte auch diese Welt herkommen, war sie doch dreitausend Kilometer entfernt von hier. War sie doch in Lublin, auf der Złotastraße (nein, eigentlich nicht auf der Złotastraße, Fajnsylber nahm doch überhaupt kein Tschulent an; in die Rybnastraße oder in die Grodzkastraße wurde er gebracht, zusammen mit dem Lokschenkugel, unbedingt in einem Lehmgefäß ...).

... da waren Gelehrte

(Schriftsteller, Dichter, Musiker, Maler, Ärzte, Mathematiker, Physiker, Historiker, Philosophen, Sprachwissenschaftler ... Alle kamen sie aus kleinen Städten. So stammten zum Beispiel fast alle Sprachwissenschaftler aus galizischen Kleinstädten, von armen und frommen Familien).

Mojschesch Schorr aus Przemyśl: war nicht nur ein Kenner des babylonischen und assyrischen Rechts und Professor an der Universität in Lemberg, er wurde auch der oberste Rabbiner von Warschau und Senatsabgeordneter der Republik Polen. Als Senator und Rabbiner wurde er während des Krieges aus Lemberg nach Usbekistan gebracht, wo er starb;

Hersch Isaak Oesterreicher aus Przemyśl: im Jahre 1920, während des polnisch-sowjetischen Krieges, meldete er sich als Freiwilliger an die Front und wurde von Schrapnellsplittern verwundet; als Mitglied der Polnischen Akademie der Wissenschaften führte er eine Reform der Orthographie durch, die bis heute gilt; Verfasser einer weithin anerkannten Abhandlung über das Partizip Perfekt; ein ausnahmslos freundlicher Mensch, trotzdem hatte er einen Blutdruck, der an die dreihundert heranreichte; im Alter von sechzig Jahren, als alter Junggeselle, vermählte er sich mit einer Polin und trat zum Katholizismus über, sein Taufpate war Prof. Ignacy Chrzanowski; im Ghetto trug er die Armbinde mit Stern; Prof. Lehr-Spławiński brachte ihn auf das Gut seiner Frau, wo er an Harnvergiftung starb;

Salomon Jaszuński aus Lodz: hätte das größte Talent der polnischen Sprachwissenschaften sein können, wenn er nicht Kommunist gewesen wäre: Sekretär der KPP in Krakau, zu vier Jahren Gefängnis verurteilt und von der Liste der Studenten gestrichen; ins Gefängnis lieh ihm die Universitätsbibliothek Bücher aus, aus den folgenden Gefängnissen schrieb er Briefe an Prof. Nitsch, mal war es über die Hinterlassenschaft des alt-orthodox-slawischen »Kodex von Supraśl«, mal war es über den Stand der polnischen Gegenwartssprache; Prof. Nitsch sprach beim Staatsanwalt vor, Jaszuński wurde entlassen, doch nach seiner Freilassung war er weiter aktiv und kam erneut ins Gefängnis; er fiel am Ebro im Spanischen Bürgerkrieg;

Alfred Fei aus Mińsk: ging in die Geschichte der Sprachwissenschaft als Verfasser zweier Abhandlungen ein: »Die allgemeinen und die vornehmen Redewendungen bei Jan Kochanowski« sowie »Aus den Studien der Belagerung von Jasna Góra«; er starb im Ghetto.[12]

... da waren Juden in Polen,

es waren im fünfzehnten Jahrhundert dreißigtausend,

im siebzehnten Jahrhundert – vierhunderttausend,

im neunzehnten Jahrhundert – zwei Millionen,

in der ersten Hälfte des zwanzigsten Jahrhunderts – drei Millionen,

in der zweiten Hälfte des zwanzigsten Jahrhunderts – zwanzigtausend.

»Die Zahl der jüdischen Opfer während des letzten Krieges (ähnlich wie in den Kriegen 1648-1657) war geringer als die der polnischen«, sagte ein Professor und Spezialist für historische Demographie, »doch prozentual kamen tatsächlich mehr um.«[12]

1 Henryk Samsonowicz, Początki gmin żydowskich na ziemiach polskich w średniwieczu (Die Anfänge jüdischer Gemeinden in Polen im Mittelalter). Referat gehalten auf der internationalen Konferenz »Geschichte und Kultur polnischer Juden«, Jerusalem 1988

2 Amos Funkenstein, Theological Interpretations of the Holocaust, in: The Tel Aviv Review, Vol. 1, 1988

3 Hanna Węgrzynek, Stosunki w rodzinie żydowskiej w piętnastowiecznym Przemyślu (Die Beziehungen in der jüdischen Familie des 15. Jahrhundert in Przemyśl). Referat gehalten auf der internationalen Konferenz »Geschichte und Kultur der polnischen Juden«, Jerusalem 1988

4 Donato Baldi, W Ojczźynie Chrystusa... (In der Heimat Christi...), Krakau/Assisi 1982
5 Hannah Arendt, Eichmann in Jerusalem, München 1964
6 Yaffa Eliach, Hasidic Tales of the Holocaust, New York 1985
7 Jerzy Rawicz, Oświęcim w oczach SS... (Auschwitz in den Augen der SS...), Warschau 1985
8 Eleonora Bergman, Góra Kalwaria (Ger): Osadnictwo żydowskie i dwór cadyków (Das jüdische Siedlungswesen und der Hof der Zaddikim). Referat gehalten auf der internationalen Konferenz... (Die Verfasserin beantragte beim Ministerium für Kultur und Kunst, den Hof und das Gebetshaus in Góra Kalwaria in das Denkmalschutzregister aufzunehmen. Die Verfasserin schlägt vor, dort ein Museum des polnischen Chassidentums einzurichten.)
9 M.J. Rosman, Polacy i Królestwo Polskie w żydowskich źródłach (Die Polen und das polnische Königreich in jüdischen Quellen). Referat gehalten auf der internationalen Konferenz...
10 Eugeniusz Pankowski, Ulice i place Warszawy (Straßen und Plätze von Warschau), Warszawa 1970
11 Tadeusz Stabholz, Siedem piekieł (Sieben Höllen), Stuttgart 1947
12 Stanisław Urbańczyk, Żydzi w polskim językoznawstwie (Juden in der polnischen Sprachwissenschaft). Referat gehalten auf der internationalen Konferenz...
13 Zygmunt Sulowski, Ludność żydowska na terenach polskich podczas ostatniego tysiąclecia (Die jüdische Bevölkerung auf dem Gebiete Polens während der vergangenen tausend Jahre). Referat gehalten auf der internationalen Konferenz: »Geschichte und Kultur der polnischen Juden«, Jerusalem 1988

Auf dem Grunde des Auges

1.

Das Dorf liegt im Tal. Der Lokalkünstler, der Postkarten herstellt, zeigt ein unveränderlich ungetrübtes Panorama. Ein dunkles Grün bewaldeter Hügel, heller die Flächen der Wiesen, rot die schrägen Dächer über den weißen Häusern und mitten drin ein Streifen Blau, der Fluß Murg. Der Fluß entspringt in den nahegelegenen Bergen und mündet im Rhein. Die Berge sind Teil des Schwarzwaldes.

Auf einer der Postkarten lichtete der Künstler eine Sitzbank ab. Sie steht an einem Hang, unter einem Baum, zusammengezimmert aus vier Brettern.

Die Bretter stammen sicherlich vom örtlichen Sägewerk. Sie sehen alt aus. Es ist nicht ausgeschlossen, daß sie herausgesägt worden sind aus den Stämmen, die französische Soldaten zum Sägewerk fuhren.

Sie fuhren diese nach dem Krieg. Kaum daß sie das Dorf erobert hatten, begannen sie sofort Stämme aus dem Wald zu fahren. (Wozu waren den französischen Befreiern die Bretter nötig? Für Tische? Für Särge? Für eine Brücke? Für einen Tanzboden?).

2.

Die französischen Soldaten und ihr *capitaine* wohnten in einem nicht sehr großen Haus, inmitten des Dorfes. Gespeist haben sie im ehemaligen Café. Über dem Café arbeitete Gisela. Sie arbeitete bei der Familie. Ihre Qualifikationen waren ausgezeichnet, die Klosterschule der Franziskanerinnen brachte gut ausgebildete Wirtschafterinnen hervor: Nähen, Kochen, Babypflege, Backen (lokale Spezialität: Schwarzwälder Kirschtorte, eine nicht nachzuahmende Komposition aus Biskuit, Creme, Schokolade, Kirschwasser und Kirschen) und einwandfreie Manieren. Die Absolventinnen erhielten mühelos Anstellungen in den besten Familien, und als der Weltkrieg zu Ende ging und die besten Familien vor der anrückenden Front wichen, da nahmen sie ihre Wirtschafterinnen mit.

Die Familie, bei der Gisela arbeitete, wohnte im ersten Stock, unten war das ehemalige Café, besetzt von den Franzosen, in das Café kam Stani.

Stani war hochgewachsen, wortkarg und er tanzte am besten vom ganzen Dorf den Foxtrott. Und als Stani und Gisela zum erstenmal zum Tanzen gingen, zeigte es sich, daß unter den Frauen eine gewisse Flüchtlingsfrau aus Ostpreußen am besten tanzte. Es ist nicht ausgeschlossen, daß die Flüchtlingsfrau aus Ostpreußen in Stani verliebt war, doch sie hatte drei Kinder und wartete auf ihren Ehemann, der noch nicht zurückgekehrt war von der Ostfront.

Gisela und Stani wohnten in einem der weißen Häuser mit rotem Schrägdach. Es ist auf der Postkarte. Auf derselben Postkarte sieht man den Turm der Kirche, in die Stani mit seinem polnischen Gebetbuch ging, und die Hotels für die Touristen. Die Touristen waren nicht reich. Die vermögenden Leute fuhren in die nahegelegene Schweiz, Gäste des Dorfes waren die erschöpften Bewohner des Ruhrgebietes. Kurzbehost und in selbstgestrickten Wollkniestrümpfen wanderten sie eifrig durch die umliegenden Wäldern und atmeten tief. Sie mochten die Wälder – Gott sei dank, dadurch hatte Gisela Arbeit, das ganze Jahr hindurch.

Stani wollte nicht nach Polen zurück. Seine Mutter lebte nicht mehr, und er hatte den Eindruck, daß er die Kommunisten wohl nicht mögen würde. Er wollte auch nicht in Deutschland bleiben. Stani und Gisela beabsichtigten nach Australien zu gehen, doch kaum hatten sie gepackt, da mußten sie gleich wieder auspacken, denn Gisela war schwanger. Sie blieben im Dorf. Gott sei dank. Was hätte sie in einem fremden Land machen sollen mit vier Kindern und ohne Stani?

3.

Stani war ordentlich, arbeitsam und mochte nicht viel reden. Er erzählte weder vom Krieg noch von Polen, aber manchmal stellte er Fragen.

»Hast du gewußt, daß es Konzentrationslager gab?« fragte er Gisela.

»Nein«, antwortete Gisela.

»Und dein Vater?«

Sie antwortete: »Mutter erlaubte nicht, über solche Sachen zu reden.«

Nur kurz vor dem Ende des Krieges sah sie in Düsseldorf Menschen in Streifenkleidung. Sie stiegen vom Lastwagen, schrecklich mager, Passanten warfen ihnen Zigarettenschachteln zu, die sie mit zitternden Händen unter die Kleidung steckten. Es nahten zwei in schwarzen Uniformen mit Peitschen und Gebrüll. Die Passanten liefen auseinander. Sie war überrascht. Sie hätte nie vermutet, daß ein Mensch so mager sein kann.

Sie erzählte diese Szene Stani: »Ich dachte, sie wären aus einem normalen Gefängnis. Woher sollte ich wissen, daß sie aus dem KZ waren?«

»Das ist gut«, erwiderte Stani. »Gut, daß du nichts gewußt hast.«

Sie fragte: »Was hätte ich denn wissen sollen?«

»Nichts.«

»Wie denn nichts? Wenn du meinst, daß ich etwas hätte wissen müssen, warum antwortest du nicht?«

Sie verstand das nicht, Stefan, der Sohn von ihnen, auch nicht. Als Stefan heranwuchs, fragte er sie, wie sie einst der Stani gefragt hatte: »Hast du gewußt, daß es Konzentrationslager gab? Und dein Vater?«

Stani erzählte zwei Vorfälle: wie sie barfuß um die Baracke im Schnee und Frost liefen und wie sie beim Appell abzählten: Eins – zwei – DREI – vier – fünf – SECHS – sieben – acht – NEUN. Die Häftlinge mit den Zahlen drei, sechs und neun traten aus der Reihe, und das Abzählen begann von neuem: Eins – zwei – DREI – vier – fünf – SECHS. Am Ende verließen die Dreier, Sechser und Neuner das Lager, die anderen begaben sich an die Arbeit.

Man sagte, daß die Dreier, Sechser und Neuner im Dorf beim Bauern arbeiteten. Stani war neidisch. Er träumte von einer einfacheren Arbeit und vom Landessen, und er betete, daß beim nächsten Abzählen auf ihn eine Drei, Sechs oder eine Neun fallen möge. Sein Gebet wurde nicht erhört. Nach dem Krieg erfuhr er, daß die Dreier, Sechser und Neuner nicht zum Bauern, sondern zum Erschießen gingen.

Sie erzählte davon Stefan, als er älter war, doch der Sohn nahm es Stani übel: »Er hätte kämpfen sollen. Warum haben sie sich nicht gewehrt?«

Eines Tages sagte Stefan: »Mutter, ich glaube, jetzt verstehe ich ihn.«

Das war viele Jahre nach Stanis Tod. Sie sprach mit Stefan durch eine dicke kugelsichere Scheibe. Die Scheibe trennte die Zelle in zwei Hälften, und sie war rundherum eingemauert und mit einem Stahlrahmen eingefaßt. In den beiden Seitenrahmen befanden sich Öffnungen. Der Ton daraus kam dumpf, unscharf, zudem wirkte die Scheibe manchmal wie ein Spiegel. Statt den Menschen auf der Gegenseite sah man dann das eigene Spiegelbild. Zu dieser Scheibe, zu dem Bild darauf, sprach Stefan, mehr zu sich selbst, mit gedämpfter Stimme: »Mutter, ich glaube, jetzt verstehe ich ihn.«

»Was verstehst du?« rief sie zur Scheibe.

»Ihn. Ich las...«

»Was?« wiederholte sie, doch sie konnte die Antwort nicht mehr vernehmen.

Der Wärter gab ein Zeichen, die Besuchszeit war zu Ende.

4.

Stanisław W., seine Geschwister und Eltern wohnten vor dem Krieg in Lodz. Der Vater war Weber. Ihre Bleibe war ein Dachzimmer, es war schmal, mit einem kleinen Fenster und einer schrägen Mansardenwand... Darin schliefen sieben und wenn die Großeltern kamen, neun Personen. Außer den Betten fanden noch ein Eisenofen mit Rohr, eine Schüssel zum Waschen und zwei Eimer Platz, einer für das saubere Wasser, der zweite für Schmutzwasser. Unter dem Bett auf dem Fußboden lagen die Kartoffeln. Unter dem zweiten Bett auf dem

Fußboden lag Kohle. Stühle, irgendwelche, mußte es da auch noch gegeben haben, einen wenigstens, denn wenn die Mutter von ihren Schmuggeltouren zurückkehrte, durchgefroren und durchnäßt, setzte der Vater sie auf diesen Stuhl, wickelte sie in eine Decke und stellte neben die Füße die Blechschüssel mit angezündetem Brennspiritus. Die Kinder versammelten sich um sie und schauten auf die flackernde blaue Flamme und die Mutter schwitzte sich aus.

An die Wohnung erinnert sich noch der jüngere Bruder von Stanisław W. Nach dem Krieg zog er in eine Kleinstadt in den Westgebieten. Er arbeitete in den Uranbergwerken. Nach ein paar Jahren wurden sie geschlossen. Als sie noch betrieben wurden, fiel die Kleinstadt unter das Militärgeheimnis, Fremde wurden nicht hereingelassen, und Soldaten überprüften in den volkseigenen Autobussen die Papiere der Fahrgäste. Die Frau des Bruders arbeitete in der Teppichfabrik. Die Teppiche sind immer noch schön, doch werden jetzt weniger produziert und Leute entlassen. Absatz finden einzig Kelims mit der Mutter Gottes von Tschenstochau, im Format einmeterzwanzig auf neunzig. Den Mitarbeitern werden sie für einhundertundsiebzigtausend Złoty verkauft, auf dem freien Markt erzielen sie so eine Million. Die Mutter Gottes von Ostrabrama versuchten sie auch zu weben, leider kam das Gold zu fad heraus, wegen Schwierigkeiten mit den Pigmenten. Vor kurzem trat beim jüngeren Bruder von Stanisław W. etwas an den Beinen auf. Bei vielen Leuten im Städtchen tritt etwas an den Beinen auf: sie sacken ganz plötzlich zu Boden und können nicht mehr aufstehen. Einige sagen, das kommt von den Uranhalden, die anderen meinen von Tschernobyl, von dem die nahegelegene Schneekoppe sehr viel abbekam, andere wiederum sagen, es kommt vom Wodka.

Der jüngere Bruder war während des Krieges noch ein Kind, und er weiß nicht, wofür Stanisław ins Lager kam.

Erst brachten sie den Vater zur Zwangsarbeit. Die Mutter nahm dann die Kinder, fuhr mit ihnen aufs Land und versteckte den ältesten Sohn im Heuhaufen, aber sie fanden ihn und schickten ihn ebenfalls zur Zwangsarbeit. Im Herbst 40 kam die Tante zu Besuch, doch da waren weder Vater noch Stanisław W. mehr da.

Im Herbst darauf stand die Tante am Fenster und zählte leise die Namen der Verstorbenen auf, für die es galt, eine Messe zu Allersee len zu bestellen: »Für den Vater, für die Mutter, für meine Schwester Czesława...« Sie schauderte: Warum für Czesława, sie lebt doch? In diesem Augenblick sah die Tante durch das Fenster ihre Schwester auf sich zukommen, mitten auf der Straße. Sie war wie einst schön und jung... »Was sind das nur für Vorstellungen?« wunderte sich die Tante, doch öffnete sie das Fenster vollständig. Sie lehnte sich hinaus, auf der Straße war niemand. Einige Tage nach Allerheiligen bekam sie einen Brief: »Liebe Tante, komm zu uns, Mutter lebt nicht mehr und uns ernährt die Straße.«

Der jüngere Bruder weiß, wo die Mutter beerdigt wurde: vierte Parzelle, fünfte Reihe, neunzehntes Grab. So sagte es den Kindern der Totengräber, damit sie es behalten. Sie wiederholten im Chor:

»Vierte Parzelle, fünfte Reihe...«

Die Mutter von Stanisław W. war fünfunddreißig Jahre alt, als sie starb. Sie kehrte vom Schmuggeln zurück, sie machte in Lodz bei einer Bekannten halt, die sie um ein Glas Tee bat. Die Bekannte ging in die Küche, und als sie mit dem Glas zurückkam, lag die Mutter auf dem Fußboden.

Die Mutter sah älter als fünfunddreißig aus. Das Foto gibt eine schlanke, altersgebeugte Frau mit ausgezehrtem Gesicht und erschöpften Augen wieder. Die Frau versucht ins Objektiv zu lächeln, doch es wird eine Grimasse, die die Furchen um den Mund unterstreicht und die eingefallenen Wangen.

Sie hatte ein schlichtes Begräbnis an einem kühlen, wolkenbedeckten Tag. Auf dem Foto ist eine Menschengruppe am ausgeschaufelten Grab zu sehen, Erde, ein bemalter Sarg und die Stricke der Totengräber.

Am Grab stehen kleine, traurige Kinder.

Hinter den Kindern steht ein hochgewachsener Junge, seinen Blick auf den Sarg geheftet.

Dieser Junge ist Stanisław W.

Zur Zwangsarbeit brachten sie ihn zu Lebzeiten der Mutter, und nun steht er am Sarg.

Gisela erzählte er etwas von einer Flucht aus der Zwangsarbeit.

Vielleicht ist er zur Beerdigung geflüchtet, und dafür schickten sie ihn dann ins KZ. Nur woher wußte er, daß die Mutter gestorben war?

Vielleicht sah er eine Frau, die wie einst jung und schön mitten auf der Straße entlangging? Doch er hätte sich an die junge und schöne Mutter gar nicht erinnern können... Er sah eher die schlanke, altersgebeugte mit der Grimasse um die Mundwinkel...

Die Schwägerin von Stanisław W. fragte sich, ob er und Gisela sich während des Krieges kennengelernt haben. Wenn ja, dann hätte er für Gisela ins KZ kommen können. Als die Schwägerin zur Zwangsarbeit war, da haben sie einen Jungen, der mit einer Deutschen eine Romanze hatte, mitten auf dem Platz gehängt. Alle Polen jagten sie auf dem Platz zusammen, sie mußten dort bis zum Ende bleiben und zuhören, wie der Junge, den Strick lockernd, zum Henker schrie. Die Schwägerin weiß nicht, ob es richtiges Deutsch war, doch es klang so wie: »Laß mich leben, laß mich leben...« Wenn also Stanisław W. und Gisela sich während des Krieges kennengelernt hätten... Aber nein, sie lernten sich nach dem Kriege kennen, beim Tanzen. In das Lager mußten sie ihn für etwas anderes gesteckt haben.

5.

In drei Lagern war er, unbekannt ist, wann und wie lange. Im Archiv in Warschau befindet sich eine Kartothek aus Dachau; kleine rosa und gelbe Karteikarten, angefertigt von polnischen Häftlingen nach der Befreiung des Lagers. Sie stützen sich auf Informationen und das Gedächtnis, auf jede Karte schrieben sie den Namen des Häftlings, die Lagernummer, von wo er gekommen war und wohin er geschickt wurde. Karteikarten mit dem Namen W. – neben »Kowalski« einer der verbreitetsten polnischen Namen – gibt es im Archiv fünfundachtzig. Karteikarten mit Stanisław W. gibt es sieben.

Stanisław W. aus Bolmow kam aus dem Lager Flossenbürg, er wurde zur Gestapo überführt. Stanisław W. aus Pieścirogów kam aus dem Lager Dziadów, verschickt nach Mauthausen. Stanisław W. aus Sierpce... Stanisław W. aus Zielonki... Stanisław W. aus Anieliny, Stanisław W. aus Horbaczow, Stanisław W. aus Kutno. Er kam mit dem Sammeltransport, verschickt in das Lager Natzweiler.

Stanisław W. aus Kutno, das ist der zukünftige Mann von Gisela und der zukünftige Vater von Stefan W. Die Lagernummer stimmt: 12962.

Stanisław W. starb am 9. Oktober 1953 um 7.30 Uhr in der Klinik von Tübingen. Dank des Obduktionsberichtes wissen wir, daß er 180 cm groß war, 69,7 kg wog und an einer chronischen Nierenentzündung litt.

Er war siebenundzwanzig Jahre alt.

6.

Die letzte Woche verbrachte Gisela in der Klinik. Am letzten Tag kam der Professor, betrachtete Stani und ordnete an, ihn in ein gesondertes Zimmer zu verlegen. Stani tröstete sie: »Morgen habe ich es besser, du wirst sehen...« Er schlief ein, wachte auf:

»Morgen habe ich es besser...«

Als sie wieder zu sich kam, merkte sie, daß sie wieder zu Hause war, sie saß am Tisch und umklammerte mit beiden Händen eine Pappschachtel. In der Schachtel war der Anzug von Stani und ein verschlissenes polnisches Gebetbuch: »Wir lobpreisen den Herrn«.

7.

Dunkles Grün, ein helles Grün, ein Streifen Blau, das schräge Dach des Hotels, Gisela machte den Abwasch und räumte die Zimmer auf, ein flaches Dach der Wäscherei, Gisela arbeitete hart, sie legte Herrenhemden zusammen und verpackte sie...

Eine beliebte Beschäftigung der Touristen waren Spaziergänge in den umliegenden Wäldern. Ein beliebtes Spiel der Kinder war das Bewerfen der Touristen mit Tannenzapfen. Der Schulleiter bestellte Gisela zu sich: »Ihr Sohn wirft mit Tannenzapfen auf unsere Touristen.«

»Alle Kinder werfen«, sagte Gisela. »Warum beschweren Sie sich nur über mein Kind?

»Ihre Tochter«, sagte ein anderes Mal der Schulleiter.

»Ihr Sohn...«

»Ihre Tochter...«

»Das alles nur darum«, erklärte Gisela, »weil die anderen Väter sich als Helden aufspielten.«

Die anderen Kinder erzählten von Helden schöne erhabene Geschichten. Die Väter schossen, vorwiegend übrigens an der Ostfront. Die Väter fielen, doch bis zum letzten Blutstropfen. Und was konnten ihre Kinder erzählen? Daß der Vater davon träumte, daß auf ihn die Zahl DREI, SECHS... fällt? Kann ein Vater, der barfuß um die Baracke herumläuft und betet, daß auf ihn eine der Zahlen fallen möge..., kann so ein Vater sich messen mit den Helden der Ostfront? Kann der Sohn von so einem Vater Sympathie beim Schulleiter wecken?

(Eine gewisse Frau aus ihrem Dorf, die am selben Tag Geburtstag hat wie Stefan, schickt ihm jedes Jahr eine Glückwunschkarte. Als PS fügte sie den Satz hinzu: »Wäre nicht der Schulleiter, dann wäre aus dir ein anständiger Mensch geworden.«)

»Schließlich«, sagten die anderen Mütter den anderen Kindern, »wenn deren Vater im Lager war, dann war da auch was. Laß Hitler Hitler sein, aber grundlos wurde keiner eingesperrt.«

Nach mehrmaligem Schulschwänzen Stefans fragte Gisela bei Erziehern der Jugendhilfe um pädagogischen Rat. Sie rieten ihr, ihren Sohn ins Heim zu geben. »Früher oder später kommt er ohnehin dorthin«, sprachen die Pädagogen, »und wenn Sie ihn freiwillig hingeben, dann ist es einfacher, ihn wieder herauszuholen, wenn er zur Vernunft kommt.«

Stefan war ein Jahr im Heim.

Stefan sitzt im Gefängnis, in einem besonders bewachten Teil, genannt Hochsicherheitstrakt.

In der Zelle sitzt er zwölf Jahre.

8.

Der Leiter des Heimes war ein Pastor, ein kräftiger Mann mit bulligem Gesicht und starken Fäusten.

Der Pastor erteilte seinen Zöglingen drei Noten wöchentlich: fürs Arbeiten, fürs Lernen, fürs Verhalten. Auf der Skala von eins bis sechs. Hatte man auch nur eine sechs, dann verbrachte man das Wochenende im Isolationsraum. Dort gab es zwei Bretter. Auf dem niedrigen konnte man sitzen, auf dem höheren konnte man die Hände und den Kopf aufstützen.

Von Zeit zu Zeit versuchten die Heimzöglinge zu fliehen, doch schnell kamen sie wieder zurück, herbeigebracht von der Polizei. Nach der Rückkehr erzählten sie, was es draußen zu hören gab. Einer, der nach Frankfurt geflüchtet war, erzählte, daß Studenten gegen die Heimerziehungsmethoden protestierten. Irgendeine Frau hätte ein Filmdrehbuch darüber geschrieben, und irgendwelche anderen Leute wollten eine Wohngemeinschaft gründen, mit völlig anderen Methoden.

Die Frau mit diesem Drehbuch hieß Ulrike Meinhof, und die Frau mit diesen ganz anderen Methoden hieß Gudrun Ensslin.

9.

Nach Stanis Tod wandte Gisela sich an die Ämter: ihr Mann starb an den Folgen eines Nierenleidens, die Krankheit war Folge des Aufenthaltes im Konzentrationslager. »Den vier Kindern des Stanisław W.«, schrieb Gisela, »steht eine Entschädigung zu.«

Dem Anwalt von Gisela W. wurde mitgeteilt, daß das Land Baden-Württemberg der eigentliche Adressat für Fragen der Entschädigung sei.

Dieses Amt bat die Klinik um die Krankheitsgeschichte von Stanisław W.

Die Klinik konnte nicht eindeutig feststellen, ob die Krankheit von Stanisław W. eine Folge des KZ-Aufenthaltes war. Insbesondere der Augenhintergrund von Stanisław W. lieferte keine überzeugenden Gründe für einen Befund. Die Klinik bat das Pathologische Institut um seine Meinung.

Das Pathologische Institut konnte es nicht feststellen.

Der Anwalt legte Einspruch ein gegen den ablehnenden Bescheid.

Gisela W. schrieb einen Brief: »Oder steht man im neuen deutschen Staat auf dem sozialen Standpunkt, daß meine Kinder einfach verrecken müssen? (...) So billig aber lasse ich mich nicht abweisen, ich bin kein Bettler, sondern kämpfe um ein Recht, das mir zusteht.«

Dem Anwalt war es unangenehm, daß Frau Gisela einen so unsachlichen Brief geschrieben hatte.

Das Amt für Wiedergutmachung lehnte den Antrag ab, da der Verstorbene die Bedingungen nach § 1,2 nicht erfüllte, doch könnte nach § 167 um eine Entschädigung ersucht werden.

Acht Jahre nach dem Tode von Stanisław W. bekam Gisela W. eine Nachricht vom Präsidenten der Stadt Köln: Die Bundesregierung hat mit dem Hohen Kommissar der Vereinten Nationen ein Abkommen geschlossen, wonach die wegen Volkszugehörigkeit Verfolgten unter eine neue gesetzliche Regelung fallen würden.

Der Präsident der Stadt Köln informierte Frau Gisela: Es gibt keine Beweise dafür, daß der Verstorbene aus politischen Gründen verfolgt wurde, wegen seines Glaubens, seiner Ideologie oder Rasse. Wenn er Verfolgter wäre, dann aus Gründen der Volkszugehörigkeit (§ 167)... Eine Entschädigung dafür gilt nicht für die Hinterbliebenen.

10.

Während der ersten Besuche im Gefängnis sprach Gisela zu der kugelsicheren Scheibe, mit Öffnungen an den Seiten.

»Wäre dein Vater noch am Leben, hätte er sicher das alles nicht gutgeheißen. Als die Amerikaner das Lager befreiten, gaben sie deinem Vater einen Knüppel in die Hände und sagten: ›Räche dich.‹ Und weißt du, was dein Vater ihnen antwortete? ›Ich danke Ihnen, meine Herrn, aber ich eigne mich nicht für solche Sachen.‹«

Nach diesen Besuchen seiner Mutter führte Stefan für gewöhnlich lange Gespräche mit seinem Vater.

»Das war keine Maschinenpistole«, begann Stefan. »Das war nur ein Knüppel. Nicht einmal einen Knüppel wolltest du in die Hand nehmen?«

Er war sich der Antwort seines Vaters nicht sicher. »Ich eigne mich nicht...« ist keine ausreichende Antwort, also begann er von neuem:

»Sicher dachtest du, daß die Welt sich ändern muß nach Dachau. Nun sieh sie an, diese Welt. Sieh dir die Fäuste des Heimleiters an. Sieh dir die zwei Bretter in dem Isolationsraum an. Sieh dir mich an, wie ich auf einem Brett sitze und den Kopf auf das zweite stütze. Und vergiß nicht das Gesicht der Mutter, als sie von den Beamten des Amtes für Wiedergutmachung zurückkam. Wenn du den Knüppel nicht wolltest, dann eben nicht, aber sieh dir bitte das Gesicht der Mutter an.«

Er wandte sich an seinen Vater mit wachsender Verbitterung. Als bestünde eine Verbindung zwischen den Fäusten des Heimleiters und dem Knüppel, den Stanisław W. nicht in die Hand nehmen wollte.

Als bestünde eine Verbindung zwischen dem Knüppel, den der Vater nicht nahm, den Beamten für Wiedergutmachung und der einsamen Zelle im Hochsicherheitstrakt.

11.

Aus dem Lebenslauf, der den Prozeßakten beigefügt ist: Einige Monate fuhr er zur See. Zwei Wochen war er als Mechaniker tätig. Er nahm Kontakt mit den Linksradikalen auf. Er nahm teil an Demonstrationen gegen unmenschliche Haftbedingungen. Seine Arbeitslosenunterstützung ließ er *amnesty international* überweisen. Er hatte Verbindungen zu den Leuten, die die deutsche Botschaft in Stockholm überfielen. Er schloß sich der RAF an und ging in den Untergrund...

Aus den Prozeßakten: Mitglieder der RAF mieteten Wohnungen an. Sie stahlen einen Mercedes, Farbe: gelb und einen weißen VW-Bus. Einsatzbereit waren zwei Gewehre der Firma Heckler & Koch, eine Maschinenpistole WZ 63 polnischer Bauart mit einem Magazin des Typs Makarow, ein Revolver Colt...

Um 17.30 Uhr kam der blaue Mercedes mit Dr. Hanns Martin Schleyer und seinem Fahrer die Straße entlang, dahinter ein weißer Mercedes mit drei Polizisten. Sie bogen nach rechts ein, in dem Augenblick fuhr vom Gehweg ein gelber Mercedes auf die Fahrbahn. Der Fahrer von Schleyer bremste. Aus dem VW-Bus sprangen Männer heraus und eröffneten das Feuer gegen den Fahrer und die Polizisten, Dr. Schleyer zogen sie unverletzt in den VW-Bus hinein und fuhren ab in Richtung Westen. Der Überfall dauerte zwei Minuten. Der Fahrer und die Polizisten starben an Ort und Stelle. Der Fahrer wurde von fünf Kugeln getroffen, davon eine tödlich, der eine Polizist wurde von dreiundzwanzig Kugeln getroffen, davon zwei tödlich, der zweite von vierundzwanzig, davon drei tödlich, der dritte von zwanzig, davon zwei tödlich, zusammen trafen hundert Kugeln. Es geschah in Köln, am 5. September 1977.

Hanns Martin Schleyer war der Präsident des Arbeitgeberverbandes der BRD. Die Kidnapper verlangten im Austausch für ihn die Freilassung von zehn gefangenen RAF-Mitgliedern, unter ihnen Andreas Baader und Gudrun Ensslin.

Am 13. Oktober entführten vier arabische Terroristen ein Passagierflugzeug der Lufthansa, landeten in Mogadischu und wiederholten die Forderungen der RAF.

Am 17. Oktober befreite ein deutsche Spezialtruppe die Passagiere und tötete drei Entführer. Der Flugkapitän starb, erschossen von den Terroristen.

Einige Stunden später fanden Wärter des Gefängnisses Stammheim in den Zellen die Leichen von drei RAF-Mitgliedern. Baader und Raspe starben durch Pistolenschüsse, Gudrun Ensslin hing im Fenster. Es wurde gesagt, daß es Selbstmord war.

Zwei Tage später fand man die Leiche von Dr. Schleyer im Kofferraum eines abgestellten Audi 100.

Sieben Monate später, im Jahre 1978, wurde unter dem Verdacht der Entführung und Ermordung von Hanns Martin Schleyer, Stefan W. auf dem Pariser Flughafen Orly verhaftet.

1980 fand der Prozeß statt. Stefan W. verweigerte die Aussage zum Thema Entführung und Ermordung, bereitwillig dagegen verkündete er die Meinung über die wirklichen Ziele der bundesdeutschen Bourgeoisie, die Machenschaften des Neokolonialismus in der Dritten Welt und über den Vietnamkrieg, der das wahre Antlitz des USA-Imperialismus darlege. Er wurde zu lebenslänglichem Entzug der Freiheit verurteilt.

12.

Den Terroristen schlug Haß und Angst entgegen. Es gab Befürchtungen, daß sie eine Atombombe herstellen könnten und diese auch benutzen wollten. Meinungsumfragen zeigten ein rapides Anwachsen der Anhänger der Todesstrafe. Dem kleinen Sohn der Gudrun Ensslin goß man Salzsäure ins Gesicht. Es war während der Ferien. Der Junge spielte, und Erwachsene warfen die Flasche. Sein Gesicht erlitt schwere Verbrennungen. Er wurde in die Vereinigten Staaten gebracht. Amerikanische Ärzte nahmen drei Transplantationen vor. Die sind gelungen, die Ärzte hatten Erfahrung, denn sie operierten die Soldaten, die im Vietnamkrieg Verbrennungen durch Napalm davontrugen. Die drei Terroristen aus Stammheim wollte niemand auf einem Friedhof beerdigen. Man verlangte die Verbrennung der Leichen, und die Asche sollte in alle Winde verstreut werden, oder man sollte die Leichen auf die Müllhalde werfen. Schließlich wurden sie auf dem Friedhof in Stuttgart begraben, es geschah auf Empfehlung des Bürgermeisters. Der Bürgermeister war Manfred Rommel, Sohn des Feldmarschalls, des »Wüstenfuchses« aus den Kämpfen in Afrika und später einer der Verschwörer gegen Hitler. Der Bürgermeister appellierte an die Barmherzigkeit. Weil er nämlich Christ ist. Weil sich nämlich unter den Verstorbenen Gudrun befand, ein Kind aus der Nachbarschaft. Weil nämlich, lang ist es her, in Ulm die Eltern von Gudrun Ensslin zwei Häuser entfernt von Manfred Rommel wohnten.

Herr Ensslin war Pastor. Nach dem Krieg fragten ihn seine Töchter Christiane und Gudrun dasselbe, was der Stani Gisela W. gefragt hatte.

»HAST DU ES GEWUSST?«

Im Gegensatz zu Gisela wußte der Pastor. Er gehörte zum Umkreis der Bekennenden Kirche. Er wußte um die Umstände des Todes von Rommel in den nahegelegenen Steinbrüchen.

Die Töchter waren empört darüber, daß er das Verbrechen nicht verurteilte. Er hätte es öffentlich verurteilen sollen, von der Kanzel herunter, während des Gottesdienstes.

Der Pastor erklärte, daß an den Gottesdiensten die Gestapo teilnahm.

»Das ist noch lange kein Grund zu schweigen«, antworteten die Töchter.

13.

Christiane Ensslin hat einen kurzen Haarschnitt und tiefliegende schwarze Augen und trägt einen übergroßen Pullover, sie wohnt zusammen mit einem ehemaligen Terroristen, der sechzehn Jahre saß und vom Bundespräsidenten begnadigt wurde. Sie ist mit einer »Terroristin« befreundet, die noch sitzt, doch schon Freigang hat, sie nächtigt im Gefängnis, am Tage aber näht sie in der örtlichen Oper Kostüme für »La Traviata«. Wenn sie im Sommer begnadigt wird, dann fährt sie in die Ferien zu einer schwedischen Gräfin, genannt der Engel der Gefangenen. Christiane Ensslin ist beim Frauenfilmverband tätig. Sie kämpft um bessere finanzielle Bedingungen für Filmemacherinnen. Am liebsten würde sie einen Film finanzieren über den ersten Tag der Freilassung von Rosa Luxemburg. Es ist das Jahr 1918, Rosa verläßt das Breslauer Gefängnis, sie steigt in den Zug, fährt nach Berlin, betritt die Redaktion, begrüßt Liebknecht, setzt sich hinter den Schreibtisch und beginnt zu schreiben. Sie schreibt einen Artikel über die Situation in Deutschland. Schön und gut, aber wer sieht sich den Film an? »Ich«, sagt der »Terrorist«, der sechzehn Jahre saß. »Ich«, sagt die »Terroristin«, die Kostüme für »La Traviata« näht. »Ich«, sagt Christiane, deren Vater das Verbrechen nicht verurteilte. »Ich«, sagt Dr. Ronge, der die deutsch-polnischen Gespräche übersetzt. »Ich«, sage ich, mit Christiane Ensslin mitfühlend.

14.

Den Hochsicherheitstrakt baute man speziell für Stefan W. und seine Freunde aus der RAF. Der in Köln befindet sich im Inneren des Gefängnisses. Die Räume haben nur abgeblendetes Tageslicht. Die Wände sind aus Materialien, die die Geräusche und Gerüche schlucken. Keine Schlüssel klappern, kein Knirschen der Kodeschlösser, der Kaffee, hergestellt von Stefan W., duftet nicht. Stefan brachte in die Besucherzelle eine Thermosflasche mit heißem Wasser und Glasgefäße. Aus den Gefäßen schüttete er Nescafé und Zucker in die Tassen, rührte dies ganz lange, indem er peu à peu heißes Wasser hinzufügte, heraus kam ein Cappuccino. Die Besucherzelle ist ein Betoncontainer, geschmückt mit einigen Stichen. Sie stellen Peter den Ersten auf einem Pferd aus Stein dar, Abnahme der Militärparade auf dem Senatsplatz und die Brücke über den Fluß Moika im Winterkleid.

Stefan war heiter, er hat ähnlich seinem Vater graugrüne Augen und ein vertrauensvolles Lächeln. Mit dem Ausruf »dzień dobry pani« war sein Vorrat an polnischen Wörtern erschöpft, und so wechselte er ins Deutsche über. Er erzählte, er wäre in Polen gewesen, einmal, auf dem Flugplatz, auf Durchreise. Als er und sein Kollege die Transithalle betraten, sahen sie einen Steckbrief mit der Fotogalerie gesuchter Terroristen an der Wand. Mühelos entdeckten sie ihre eigenen Fotos. Zum Glück nahm niemand Notiz, weder von den Fotos noch von ihnen; nach einer halben Stunde wurde ihr Flug aufgerufen. Den zweiten Kontakt hatte er mittels der polnischen Maschinenpistole WZ 63. Sie wurde im Ausland gekauft. Eine sehr sympathische Pistole, weil halt klein, nicht viel größer als ein Revolver. Die Kollegen mögen sie, weil sie leicht zu verstecken ist. Leider hat sie einen entscheidenden Nachteil, die Munition ist zu kurz. Bei einem Schußwechsel gegen eine NATO-Pistole hat sie keine Chance. Das Magazin Makarow paßt nur in die polnische Maschinenpistole. Mit der Makarow-Munition wurden die Polizisten und der Fahrer erschossen. Stefan W. sagte, daß der Fahrer gar nicht umkommen sollte. Also ein Fehler. Die Polizisten sollten auch nicht umkommen, denn niemand wußte, daß da Polizisten sein würden. Vorher hatte Schleyer keinen Polizeischutz gehabt, die Bewachung bekam er kurz vor der Entführung, nach einem anderem Anschlag auf einen Bankdirektor. Mit einem Wort, Pfusch. Obwohl anderseits, sagte Stefan W., wenn ein Mensch eine Pistole in die Hand nimmt, dann muß er auch damit rechnen, daß er tötet.

In den Aktionen, die mit der Entführung von Schleyer begannen, gab es mehrere Opfer: Schleyer, sein Fahrer, drei Polizisten, drei Flugzeugentführer, der Flugzeugkapitän, die Häftlinge von Stammheim... Ja, viele Opfer, stimmt Stefan W. zu. Doch niemandem kam es in den Sinn, daß die Regierung die Forderungen nicht erfüllte. Niemandem kam es in den Sinn. Sie wußten seit langem, daß der Imperialismus blutrünstig ist, doch sie hatten nicht angenommen, daß es solche Ausmaße annimmt.

15.

Zum erstenmal nach zwölf Jahren betrat Stefan W. den allgemeinen Besucherraum des Gefängnisses. Das war ein geräumiger Saal mit zwei Türeingängen. Die eine Tür öffnete sich für die eintretenden Häftlinge, durch die zweite ließ man die Besucher hinein. Jeder Gefangene wurde von einem Wärter begleitet. Der Gefangene hielt eine Karte in der Hand, die auf einem Tisch abgelegt wurde. Hinter diesem Tisch, mit dem Gesicht zum Saal, saß eine Aufseherin. Das war eine mächtige Brünette, mit goldenen Ohrringen und einem riesigen Dekolleté, das mit einer schwarzen Spitze abschloß. Sie trug einen Rock, an der Vorderseite geknöpft. Die unteren Knöpfe waren nicht zu, und der Rock gab die Schenkel frei, die so dick waren, daß die Aufseherin die Knie nicht zusammen bekam. Sie saß da mit gespreizten Füßen, in durchsichtigen gemusterten Strumpfhosen.

Außer dem Schreibtisch der Aufseherin befanden sich in dem Saal noch sechs Tische, jeweils mit einigen Stühlen drumherum. Zuerst führte man die Gefangenen hinein. Das waren vorwiegend junge Männer. Sie betraten langsam den Raum, schauten sich um, in den Händen hielten sie Plastiktüten mit Schmutzwäsche. Später ließ man die Besucher hinein. Das waren Frauen. Sie traten schnell ein, eher liefen sie fast, stießen die Stühle auseinander und warfen sich in die Arme der Männer. Sie trugen lange weite Röcke. Sie setzten sich mit dem Rücken zum Saal und begannen sofort zu reden. Sie hörten eine Weile der Antwort zu, lachten laut auf und begannen wieder zu reden.

Stefan W. fing an, die ideologischen Quellen der RAF zu erklären. Sie leiteten sich von der Stadtguerilla in Südamerika ab. Der Imperialismus lebt von der Ausbeutung der Dritten Welt. Die RAF-Leute wollten mit ihren Aktionen im Zentrum des Imperialismus die Dritte Welt und ihre Freiheitsbewegungen unterstützen. »Wir griffen die imperialistischen Machtzentren an«, sagte Stefan W. »Die Militärbasen, Banken...«

Die Frauen zogen von den Stühlen auf die Knie der Männer um. Ihre langen Röcke ergossen sich nun bis zum Boden und schirmten ab, wie spanische Wände. Ihr Lachen veränderte sich in ein ununterbrochenes gedämpftes Kichern.

»Marcuse lehrte, daß die Arbeiterklasse in den imperialistischen Ländern nicht mehr die revolutionäre Klasse ist...« führte Stefan W. aus. »Auch sie ist ein Nutznießer der ausgebeuteten Dritten Welt. Zum revolutionären Subjekt der Gesellschaft...«

Die Frauen öffneten den Männern die Knöpfe, das Gekicher wurde allmählich leiser.

»...entwickelten sich die Menschen der gesellschaftlichen Randgruppen. Obdachlose, Arbeitslose, ehemalige Straffällige, Jugendliche aus Heimen. Sie waren es, auf die wir uns stützen wollten in unserem Kampf.«

Die Frauen begannen auf den Knien der Männer zu wogen, leicht, wie Boote auf windstillem Wasser; im Besucherraum des Gefängnisses von Ossendorf war jetzt nur noch die Stimme von Stefan W. zu hören:

»Verstoßene müssen sich organisieren.

Gefordert wird die Macht!

Und wenn das Kapital nach Polizeigewalt ruft, wird die Antwort gewaltig sein.

Gewalt ist der Geburtshelfer der neuen Welt, sagte Marx. Die Freiheit ist allein eine Frage der Zeit!«

Die Aufseherin gab Zeichen. Besuch zu Ende. Die Frauen knöpfen langsam die Knöpfe zu, erst sich, dann den Männern, rücken sich Blusen und Haare zurecht.

»Osteuropa?« sagte Stefan W. jetzt leise, in Gedanken versunken. »Nun Europa, ein einziges gescheitertes Experiment, doch die Idee lebt, und Millionen von Menschen auf der ganzen Welt sind weiterhin im Elend.«

Um die Häftlinge abzuführen, kamen die Wärter. Der Saal leerte sich.

16.

Die Gespräche mit dem Vater, abgehalten im Hochsicherheitstrakt, endeten mit Schweigen, hinter dem Stefan W. eine eigensinnige und unversöhnliche Ablehnung verspürte. Anfangs erfüllte ihn das mit Groll. Mit der Zeit kam er zu dem Schluß, daß jede weitere Überredung sinnlos sei. Es ist nicht möglich, einen Menschen überreden zu wollen, der Dachau ohne Widerstand überlebte und der später nach der Gerechtigkeit in dem Büchlein »Lobpreiset den Herrn« suchte. Er wandte sich an eine andere Person. An die Mutter des Vaters, seine Oma. Sie war abgearbeitet. Sie war arm. Sie wurde von den Fabrikbesitzern ausgenutzt. Sie war der Mensch, den Stefan W. und seine Freunde vor der Ausbeutung durch das Kapital zu verteidigen suchten. Sie wäre eine Gefährtin in seinem Kampf gewesen. Sie hätte ihn verstanden. Er fühlte ihr Mitgefühl, und er wandte sich an sie mit grenzenlosem Vertrauen. Er sehnte sich nach ihr. Er wußte nicht, wie alt sie war. Er konnte nicht wissen, daß sie, als sie starb, jünger war als er jetzt, auf der Pritsche im Hochsicherheitstrakt sitzend. Würde er die Erzählungen des jüngeren Bruders des Stanisław kennen, von dem Zimmer unter dem Dach, von der Schüssel mit dem brennenden Spiritus, dann würde er sich ganz sicher an die auf dem Stuhl Sitzende wenden. An die vor Kälte Erstarrte, in eine Decke Eingehüllte, mit einer bläulichen Flamme zu ihren Füßen, wie ein Opferfeuer.

17.

Eines Tages erhielt Stefan W. einen Brief von einer Unbekannten. Sie schrieb, daß sie dreiundzwanzig Jahre alt sei, für die Rechte der Frauen kämpfe, mit ihm mitfühle und ihn besuchen möchte. Er lud sie ein. Sie war groß, schlank, in schwarzem Pullover und Lederhosen. Durch die kugelsichere Trennscheibe sprachen sie über die Rechte der Frauen, den Weltimperialismus und von Liebe. Von da an besuchte sie ihn jeden Monat, und mehrmals die Woche schrieben sie sich Briefe und Postkarten. In diesen Briefen gab es niemals einen Anfang und auch kein Ende. Es begann mitten im Satz, ja sogar mitten im Wort und endete in der Hälfte des Satzes. Vom Schriftcharakter zogen sie Schlüsse über ihre Stimmungen. Sie verabredeten, daß sie sich nichts vormachen werden. Wenn sie traurig war, unternahm sie nicht den Versuch zu lächeln, und wenn sie häßlich aussah, schminkte sie sich nicht. Sie befürchteten, daß sie besser voneinander denken würden als sie sollten, daß sie sich in Idealisierungen gegenseitig erschufen. Darüber waren sie ständig in Sorge, und es war ein bleibendes Thema ihrer Unterhaltungen: »Du denkst bestimmt, daß ich klug bin«, rief sie gegen die Trennscheibe. »Ich bitte dich, denk nicht so. Ich bin viel dümmer als du es dir wünschst. Du denkst bestimmt, daß ich gut bin«, rief sie an einem anderen Tag.

Sieben Jahre hindurch konnten sie sich nicht berühren. Sie liebten sich mit den Augen durch das kugelsichere Glas.

Drei Jahre lang trafen sie sich in der Besucherzelle im Hochsicherheitstrakt unter den Stichen von Petersburg im Winter.

Eines Tages schrieb sie Stefan, daß sie ihn nicht mehr liebe. Weil sie sich versprachen, sich nichts vorzumachen, besucht sie ihn nicht mehr und schreibt auch keinen Brief mehr.

Sie hielt Wort.

Er rechnete aus, daß sie zehn Jahre lang kam, also ist sie jetzt dreiunddreißig.

Er schaffte noch nicht die Briefe und Karten nachzuzählen, die sie über fünfhundert Wochen hinweg schrieb.

18.

Daniel Cohn-Bendit, Anführer der Pariser Studenten von 1968, ist seit kurzem multikultureller Dezernent der Stadt Frankfurt. Er hat ein geräumiges Büro mit Sekretärin, die den Kaffee und Kekse hereinreicht. Er sagte, daß der Terrorismus sich aus der Atmosphäre der fünfziger Jahre, dem damaligen Schweigen über den Krieg, herleitet. Die jungen Deutschen wollten wissen wie es war, und ihre Eltern sagten: »Wofür die alten Wunden wieder aufreißen?«

Erst nach dem Prozeß der Täter von Auschwitz in Frankfurt 1963 wurde öffentlich von den Verbrechen gesprochen. Als der Vietnamkrieg begann, sagten Andreas Baader, Gudrun Ensslin und deren Freunde: »Wir werden nicht schweigen wie unsere Eltern.« Sie begannen zu töten. Sie meinten, sie hätten ein Recht, amerikanische Soldaten, die in der BRD stationiert sind, zu töten als Vergeltung für Vietnam, und einen deutschen Richter als Vergeltung für die bourgeoise Gerechtigkeit. Sie meinten, daß sie im Recht sind. Wenn jemand meint, daß er im Recht ist, dann ist alles, was er tut, rechtens und sogar Morden wird zur heiligen Sache. Andreas Baader rief Cohn-

Bendit, den Helden von 1968, zum gemeinsamen Kampf auf. Cohn-Bendit lehnte ab, Baader nannte ihn Verräter. Cohn-Bendit sagte zu Gudrun Ensslin, zu Baader, daß das Einbeziehen der Heimjugend in die RAF ein Verbrechen sei. Er verurteilte den Terrorismus. Erstens mochte er das Töten nicht. Zum zweiten mochte er Andreas Baader nicht, und er hatte nicht die Absicht, mit ihm eine bessere Welt aufzubauen.

Die Regierung verfuhr grausam mit dem Terrorismus. An der Macht war damals die SPD, die den Deutschen versicherte, daß sich das Jahr 1933 und die damalige Schwäche der Sozialdemokratie niemals mehr wiederholen werde.

Die Terroristen sagten: »Niemand wird uns Schweigen vorwerfen.«

Die Sozialdemokraten sagten: »Niemand wird uns Schwäche vorwerfen.«

»Das war ein Psychodrama«, sagte Cohn-Bendit. »Ein deutsches Psychodrama, in dem beide Seiten ihr Verhältnis zum Nationalsozialismus ausagierten.«

19.

Eine der Postkarten des Mädchens im schwarzen Pullover war eine Reproduktion des Bildes der mexikanischen Malerin Frida Kahlo. Sie gefiel Stefan W., so schrieb er an den Verlag, der die Karte veröffentlichte. Die Verlegerin schickte weitere Reproduktionen und einen Brief: »Sie haben einen polnischen Namen. Sind Sie an polnischen Angelegenheiten interessiert?« In der nächsten Sendung waren einige deutsche Übersetzungen polnischer Autoren.

Stefan W. las immer mehr polnische Bücher über den Zweiten Weltkrieg. Das Warschauer Ghetto interessierte ihn besonders. Er stellte fest, daß es Ähnlichkeiten gibt zwischen den Juden im Ghetto und den Häftlingen in den Konzentrationslagern. Er las die Bücher von Bartoszewski, Moczarski und Gedichte von Miłosz. Gemeinsam mit dem Mädchen dachte er darüber nach, warum es unterschiedliche Darstellungen gibt in dem Bericht von Edelman in »Schneller als der liebe Gott« und dem Bericht von Stroop. Oder warum Edelman die Kommunisten nicht mag, obwohl doch gerade sie es waren, die den ersten Revolver ins Ghetto sandten, diesen, mit dem auf den Kommandanten der Polizei geschossen wurde. Alle Bücher gab er dem Mädchen zum Lesen, einige gab sie bis heute nicht zurück, vielleicht aus Vergeßlichkeit, vielleicht aber auch aus anderen Gründen. Fasziniert hat ihn ein Satz von Edelman über das Recht des Menschen auf Schwäche, in einem Interview, das er der Journalistin A. Grupińska gegeben hatte. Edelman wurde für ihn eine große Autorität. Das bestürzte den Anführer des Ghettoaufstandes, der nämlich meint, daß die Nichtachtung des menschlichen Lebens durch die Terroristen ein posthumer Sieg der Nazis ist.

Stefan W. sagte: »Schade, daß ich davon nicht früher wußte.«

20.

Der beste Tag für Gisela W. ist der Sonntag. Da arbeitet sie nicht und hilft auch nicht der älteren Dame aus der Nachbarschaft.

Zuerst ißt sie ihr Sonntagsfrühstück. Dann schreibt sie einen Brief. Daß die Beine etwas weniger schmerzen. Daß sie noch genug Kräfte hat, um der älteren Dame zu helfen. Daß die Kastanien am Fluß blühen und daß dieser Tage auch die japanische Kirsche aufblühen wird. Sie schließt den Brief und adressiert ihn: Ossendorf, Gefängnis.

Als nächstes betet sie. Sie beginnt mit dem Danken: für den neuen Tag, daß die Beine nicht schmerzen, daß die Kastanien..., danach stellt sie die Bitte dar. Nicht Gott, sie würde es nicht wagen, Ihn mit ihren Sachen zu behelligen. Mit der Bitte wendet sie sich an Stani, der soviel erleiden mußte, niemals klagte und jeden Sonntag in die Kirche ging. Mit Sicherheit ist er Gott lieber als sie, und wenn Stani darum bittet, wird Gott nicht ablehnen und erlaubt ihr, die Rückkehr des Sohnes zu erleben.

Nur in einer Angelegenheit wendet sie sich an Ihn direkt, ohne den Stani.

Wenn sie darum bittet, daß ihrer beider Sohn verziehen werden soll.

Legoland

2. Mai

An den Ständen in Zakopane verkaufte man in diesem Frühling türkische Baumwolle, indische Hemden, deutsche Säfte, polnische kierpce* und holländische Sahne. Ein Gorale verkaufte in der Krupówkistraße Kopien von Rząsa als Volkskunst-Schnitzereien, die Originale in der Galerie dagegen werden vom Schimmelpilz attackiert. Hasior verteilte an Freunde »Gedanken über die Kunst«, unterteilt in zwölf Teile: Gedanken über sich selbst, über die Kunst, über seine eigene Kunst, über Feuer, über Fahnen, über Messer, Scheiben und so weiter. Die Täler sind wieder länger geworden und die Bergpfade noch etwas steiler als vor einem Jahr.

Durch das Tal des Biały wanderte eine ergraute Dame. Ihr Gesicht war nicht geschminkt, sie war zierlich, ging in Wanderschuhen und mit einem Rucksack. Am Ende des Tales, am Wasserfall, holte sie ein Plastikdeckchen aus dem Rucksack und breitete es auf einem umgestürzten Baumstamm aus. Dann holte sie ein zweites Deckchen hervor und breitete es auf meinem Stamm aus. Dann klärte sich auf, daß sie den Schriftsteller kennt, den ich in der Geschichte »Hypnose« erwähnt habe. Vor dem Zweiten Weltkrieg wohnte er in ihrem Haus, und vor einem Monat kam er aus Jerusalem und setzte sich im Hof auf die Bank. Die Hausmeisterin fragte, ob er auf jemanden warte. »Ja«, erwiderte er, »auf Bohdan Liwski.« »Liwski, neunter Aufgang«, antwortete die Hausmeisterin. Er läutete an der Tür. »Ja, wer ist denn

* Schuhwerk der Goralen, der polnischen Bergbewohner [A.d.Ü.]

da?« Er erklärte, daß vor fünfundfünfzig Jahren er und Bohdan Liwski zusammen mit Bleisoldaten gespielt hatten. Die Tür öffnete sich, eine ergraute Dame sagte: »Mein Bruder kam im Warschauer Aufstand um.«

Der Besucher betrachtete sie mit Neugier.

»Also du bist Basia Liwska. Und ich bin Jurek, jetzt Uri. Ich schreibe Bücher. Mein erstes Buch hatte den Titel ›Chajalonej oferet‹. Das ist hebräisch und heißt Bleisoldaten.«

Wir erhoben uns von den Baumstämmen. Die ergraute Dame schüttelte die Plastikdeckchen aus und legte sie sorgfältig zusammen. Sie redete noch irgendetwas. Es sah nach Regen aus. Ein warmes gestreutes Licht verlieh dem Tal eine düstere Stimmung. Nachdem wir von der ersten Anhöhe heruntergekommen waren, sagte ich:

»Also Sie sind Basia Liwska. In eurer Wohnung stand vor dem Krieg ein Klavier, nicht wahr? Und neben dem Klavier stand ein Bett.«

»Ein Sofa«, verbesserte die ergraute Dame. »Und nicht daneben.«

Mit Stöckchen zeichneten wir auf der Erde das Klavier, Sofa, Fenster und Wände.

»Ein Mädchen?« wiederholte sie nachdenklich. »Ein Mädchen war da nicht. Da war ein Kind der Maniküre, dieser zierlichen, hellen. Die kam immer zu meiner Mutter, sie manikürte sie, und das Kind stand daneben. Ja, ein Mädchen. Sie war vier, fünf Jahre alt. Die Frau war freundlich, hatte blaue Augen und das Mädchen war dunkel und immer traurig. Sie spielte nicht. Sie stand ernst, in Schweigen gehüllt und schaute auf die Fingernägel.«

»Vielleicht interessierte sie der Nagellack?«

»Meine Mutter benutzte keinen Nagellack. Die Maniküre polierte die Nägel mit einem Tuch, es war ein Tuch aus Sämischleder, in einem speziellen Etui. Ich habe so eines heute noch mit Perlmutt, doch das Tuch der Maniküre war in einem aus Holz... Irgendein Geheimnis umgab beide, eine drohende Gefahr... Sie verschwanden dann, und ich sah sie nie mehr.«

»Bevor sie verschwanden, gab eure Mutter ihnen die Geburtsurkunden.

Die Kleine war bis Kriegsende...

Wissen Sie, wie die Kleine hieß bis zum Ende des Krieges? Basia Liwska.«

»Wirklich?« wunderte sich die ergraute Dame.

2. Mai (Fortsetzung)

Beim Mittagessen erzählte ich Paweł B., daß ich eine Bekannte von vor achtundvierzig Jahren getroffen hätte.

»Nahezu ein halbes Jahrhundert«, fügte ich wegen des größeren Effekts hinzu.

»Wo war das?«

»Im Biały-Tal.«

»Das dachte ich mir schon. Dort trifft man die seltsamsten Gestalten. Mal den Witkacy, dann mal den Schulz, den General Zaruski traf ich selbst mal. Ich ging mit einem Kollegen, der General ging vor uns, ›Zaruski‹ flüsterte ich, der General schaute sich um und tatsächlich ... «

»Aber ich bitte Sie. Das war nicht Witkacy. Das war auch nicht Zaruski. Und überhaupt, es war gar kein Geist. Das war eine ergraute Dame mit Rucksack, die ich seit einem halben Jahrhundert nicht gesehen habe. Sie glauben mir nicht?«

»Aber ja, ich glaube, ich glaube«, erklärte Paweł B. eilfertig sein Einverständnis, nahm seine dicke Brille ab und bemerkte, daß die Tortenstücke mit der rosa Creme, die auf dem Tisch standen, nicht von gleicher Größe sind.

2. Mai (Fortsetzung)

In den Fernsehnachrichten zeigten sie Budapest und den neuen Vorsitzenden des Parlaments, der die Pflichten des Präsidenten von Ungarn erfüllen soll. Es ist der Schriftsteller Arpad Göncz. Wir verbrachten mal unsere Ferien am Plattensee – Arpad mit seiner Frau, Romana Gimes, Übersetzerin polnischer Literatur, meine Familie und ich. Zwei Dinge sind mir in Erinnerung geblieben: die Geburtstagstorte, die Arpad unserer Tochter am 27. September schenkte und seine Erzählung über einen Lastwagen. Es war das Jahr 1980, und

Arpad fragte, wie »das alles« wohl enden werde in Polen. Ich gab ihm zur Antwort, mein Bekannter, Jacek K., habe kein gutes Gefühl und wenn »das alles« sein fatales Finale erreichen wird und man ihn, den Jacek K. an die Wand stellt, dann wäre ihm lieber, daß sie es nicht auf dem Hof täten, sondern auf der Straße. Nicht weil es dort mehr Zuschauer gibt, sondern mehr Bäume. Das erinnerte Arpad an eine Episode aus dem ungarischen Aufstand. Budapest war von der Roten Armee besetzt, und eine Gruppe von Aufständischen, unter ihnen befand sich auch Arpad, wurde auf einen Lastwagen verladen. Der Wagen fuhr aus der Stadt und drehte in den Wald ab. Es war Abend. Nach einigen hundert Metern hielten sie, und einer der Bewacher gab das Zeichen: absteigen. Alles wurde klar. Der älteste der Aufständischen sprang als erster vom Wagen, richtete sich gerade auf, zog seinen Pullover zurecht und begann, die Nationalhymne zu singen. Hinter ihm sprangen die anderen herunter, und mit Gesang auf den Lippen, rückten sie erhobenen Hauptes ab. Die russischen Soldaten schauten eine Weile erstaunt, schließlich sprach einer: »Eto nje budjet pif-paf. Eto budjet pi-pi.« Sie waren bestürzt: die Nationalhymne unterbrechen oder sie nicht unterbrechen ... ? »Wir halfen uns aus der Verlegenheit. Wir sangen die Hymne zu Ende, dann erst machten wir den Hosenlatz auf. Von daher verstehe ich Euren Jacek K. ausgezeichnet«, schloß Arpad Göncz, der zukünftige Präsident eines freien Ungarns. »Ich weiß genau, wie wichtig ein stilvolles Finale ist.«

3. Mai

Im Tal des Miętuś. Auf einem Balken der niedergebrannten Hütte der Skiläuferin Bronka Polankówna – Barbara Liwska über ihre Familie.

Der Vater war Architekt, der Großvater Hausbesitzer, die Urgroßeltern – Gutsherrn von Liw, Świerszczów und Gołembia, mit dem Wappennamen der Nachtreiher. Erhalten geblieben ist noch eine Photographie der Urgroßmutter in Wiesbaden. Die Urgroßmutter im weißen Kleid, in der Taille zusammengepreßt durch ein Korsett, stützt sich auf den Arm des Urgroßvaters, eines stattlichen Mannes mit Bart und einem Stock in der Hand.

Die Mutter hatte drei Bedienstete aus dem Nachlaß der Oma und einen weiten Horizont. Sie studierte Philosophie, spielte Stücke von Mahler auf dem Klavier, und als eine der ersten Frauen von Warschau besuchte sie am Institut für Gymnastik von Stefan Szelestowski Kurse für Jiu-Jitsu.

Kurz vor dem Krieg lernte Mutter Herrn Rysiek kennen.

Herr Rysiek war Kommunist. Er hatte Arme eines Ringkämpfers, liebte die Frauen und sang schön. Am liebsten sang er ein russisches Lied:

Proschtschajtie drugi, ja ujesshaju
A scharaban moj ja ostawlaju.
Mundir snossilssa, tabak skurilssa
Pagon swalilssa, prawitel skrylssa

Ech, scharaban moj, amerikanka
A ja djewtschonka, da scharlatanka –

Lebt wohl Kameraden, ich muß nun fahren
Zurück laß ich Euch meinen Wagen.
Die Uniform abgetragen, der Tabak aufgeraucht
Das Schulterstück in Fetzen, der Herr ist weggetaucht

Nach jeder Strophe folgte der Refrain:

Ach, du mein Wagen, du kleine Amerikanerin
Ich bin halt nur ein Mädel, eine kleine Gauklerin –

diesen sang der Herr Rysiek langsam, wie ungewollt, beschleunigte allmählich, begann aufzustampfen, kehrte an den Anfang zurück, sang noch mal und noch einmal, immer schneller, bis er ein schwindelerregendes Tempo erreichte, das alle berauschte, am meisten die Mutter.

Die Mutter wurde Kommunistin.

Sie verließ ihren Mann; zusammen mit den Kindern, den Bediensteten und dem Klavier zog sie in den Stadtteil Żoliborz; auf dem Klavier spielte sie jetzt »Schiroka strana moja radnaja« – Weit ist mein

Heimatland – und gab wiederholt von sich, daß der bessere Morgen dieser Welt der Kommunismus ist.

Während des Krieges traten ihre Kinder – die fünfzehnjährige Basia und der siebzehnjährige Bohdan – der Volksarmee bei.

Von Bohdan trennten sie sich während des Aufstandes. Zu zweit kehrten sie im Februar nach Warschau zurück, suchten die Volksarmisten auf und erfuhren, wo er zum letzten Mal gesehen wurde. Gesehen wurde er im Bunker, neben der Felińskastraße, in den Gärten. Überall lag Schnee, auf dem Hof im Schnee lag eine Leiche. Sie drehten sie mit dem Gesicht nach oben und erkannten Bohdans Kollegen aus der Schule und der Kampfabteilung. Im Garten wuchsen Bäume. Auf den Ästen hingen Kleiderfetzen, sie versuchten sie zu berühren, doch die Äste waren zu hoch. Die Erde war gefroren, die Mutter sagte, daß man warten müsse, bis sie auftaut. Sie kamen alle paar Tage, als es etwas wärmer wurde, räumten sie den Schnee zur Seite. Sie sahen eine Tür liegen, wohl von der Garage. Sie hoben sie an und sahen den Eingang zum Bunker. Die Deutschen mußten eine Granate hineingeworfen haben, denn zwischen den Ruinen lagen massakrierte menschliche Überreste. Die Mutter betrachtete die freigelegten Rippen und sagte: »Das ist nicht mein Sohn.« Sie legten die Tür beiseite und begaben sich zum Komitee der Polnischen Arbeiter-Partei (PAP), wo die Mutter Bekannte aus der Vorkriegszeit hatte. Sie erhielt eine Hacke, einen Spaten und eine viereckige Holzkiste. Der Vater kam hinzu. Die Mutter hieß ihn die Tür des Bunkers zu halten, und selbst begann sie zu graben. Der Vater wollte ihr helfen, doch sie sagte, es wäre nicht nötig. Sie klopfte die Erde von den Rippen und legte diese in die Kiste. Sie grub ein Büschel heller Haare aus, klopfte sie ab und legte sie in die Kiste. Sie grub ein Stückchen einer Jacke aus, einer khakifarbenen Wolljacke. Aus dem Bunker krochen monströs gemästete weiße Würmer hervor, die Mutter schlug mit dem Spaten auf sie ein und holte einen Schädel hervor. Sie säuberte ihn, sie sahen zwei Reihen schöner weißer Zähne mit einem abgeschrägten oben an der linken Seite. Vater weinte, die Mutter arbeitete schweigend. Als sie die Kiste mit dem Deckel schlossen, wischte sie sich die Erde von den Händen und sagte: »Das ist nicht mein Sohn. Jeder kann einen schiefen Zahn an der linken Seite haben.«

»Die ganze Zeit hindurch hielt ich mit dem Vater die Bunkertür«, erzählte Barbara L. »An der Seite, dort wo ich stand, war eine Aufschrift. Ich erkannte den Schriftzug meines Bruders. Wir besuchten während des Krieges Schreibkurse bei dem Architekten Jankowski, und die Aufschrift war so gemacht, wie uns die Frau Ingenieurin es beigebracht hatte; Antiqua ohne Serifen, unter Beibehaltung der genauen Abstände und Proportionen. Die Aufschrift umfaßte sieben Worte und zwei Ausrufezeichen: ES LEBE DER KOMMUNISMUS! ES LEBE STALIN!«

4. Mai

Am Tag vor dem Todestag meines Vaters zündete ich eine Kerze an.

Er kam am 5. Mai 1942 in Majdanek um.

Beim Anzünden überlegte ich, ob mein Vater je das Tal des Miętuś sah (mit dem Aufstieg vom Kościelski-Tal, mit dem Ausblick auf die Czerwone Wierchy). Sei es nur den Weg auf die Kondratowa Alm mit Krokussen unterhalb des Kałatówek-Tals. Wahrscheinlich sah er es nicht. Irgendwie sollte Gott ihm das vergelten. Ob jedoch die paradiesischen Gärten dem Tal des Miętuś gleichkommen?

4. Mai (Fortsetzung)

Gab es wirklich keinen Nagellack?

(Ich denke da an die Fingernägel, poliert mit Sämischleder.)

Meiner Meinung nach gab es ihn. Rot, nicht allzu dunkel, ein Kirschrot eher, doch bestehe ich nicht darauf, vielleicht war er auf ganz anderen Fingernägeln.

Solche Einzelheiten wie Nagellack behält man am getreusten in der Erinnerung, was ein wirklicher Beweis für das bruchstückhafte menschliche Aufnahmevermögen ist.

Meine deutsche Freundin, eine von den wichtigen, die ich auf der Welt habe, deren Vater im Nürnberger Prozeß angeklagt war, erzählte mir, daß ihr aus Nürnberg, wohin ihre Mutter sie als Kind mitgenommen hatte, einzig die Fingernägel der amerikanischen Sekretärin im Gedächtnis geblieben sind. Sie waren mit rotem, seltsam glänzenden Lack bedeckt. So ein glänzender Nagellack war damals in Europa noch unbekannt.

Perlmuttlack auf den Nägeln amerikanischer Sekretärinnen war ein wirklicher Beweis für die Überlegenheit der amerikanischen Technologie über die deutsche.

Die Deutschen produzierten Zyklon B. Die Amerikaner Polymere.

Wenn die Amerikaner gewollt hätten, dann hätten sie auch Zyklon produzieren können, aber zum einen hatten sie niemanden zu vergiften, und zum anderen waren Polymere erheblich billiger.

Sie setzten somit auf Polymere. Also auf die Schaffung einer Welt, die Gott nicht erschuf. Also auf die Zukunft.

5. Mai

Im Fernsehen zeigten sie den Präsidenten, der ein »guter Deutscher« ist. Unlängst erzählte Gräfin Dönhoff von ihm eine erstaunliche Geschichte. Sie ereignete sich während des Krieges, bei Leningrad. Der zukünftige Präsident befand sich mit seinen Offizierskollegen in einem Raum, in dem ein Portrait Hitlers hing. (Das konnte zum Beispiel im Haus des Stadtbezirkskomitee gewesen sein, umgewandelt für den Sitz des deutschen Stabes.) Es waren sechs Offiziere, und wahrscheinlich ging es ihnen nicht so gut, denn einer von ihnen stand plötzlich, im Anflug von Verzweiflung oder Hoffnungslosigkeit, auf, zog seinen Revolver und schoß auf Hitler. Auf den an der Wand, ganz klar. Die Gräfin erzählte keine Einzelheiten. Ich denke, daß Stille herrschte, obwohl auch ein Schrei des Entsetzens hätte ausbrechen können. Den Schrei oder die Stille unterbrach der zukünftige Präsident: »Meine Herren«, sagte er. »Bevor wir verstehen, was hier vorgefallen ist, müssen wir eine Entscheidung fällen. Ich schlage vor, daß ein jeder der Anwesenden das gleiche tut. Dann sind wir alle schuldig und keiner kann es verraten.«

Die Offiziere waren einverstanden, der Reihe nach schoß jeder auf das Portrait von Hitler.

(Das geschah im Jahre dreiundvierzig, im Frühling. Seit einem Jahr war mein Vater nicht mehr. Die Maniküre polierte die Fingernägel. Das Mädchen schaute zu. Die deutschen Offiziere schossen auf Hitler. Der deutsche Vater meiner Freundin … sei's drum. Bohdan Liwski bereitete sich auf den Kampf vor, auf der falschen Seite, wie sich herausstellen sollte. Rząsa nahm den Stechbeitel und ein Stück Lindenholz in die Hände. Ereignisse wie Steine eines nicht vollendeten Legolandes, die sich zur Welt zusammensetzen.)

Der Präsident wurde also gezeigt, und ich versuchte mir vorzustellen, wie er wohl ist und ob er Stefan W. begnadigen will.

Über Stefan schrieb ich in der Geschichte »Der Hintergrund des Auges«. Er ist der Sohn einer Deutschen und eines Polen, eines Häftlings in Dachau; er war Terrorist, Mitglied der RAF; verurteilt zu lebenslänglich wegen der Entführung von Hanns Martin Schleyer; er sitzt schon zwölf Jahre im Gefängnis in Köln.

Nach dem Erscheinen dieser Geschichte erhielt ich einen Brief von einer Studentin der Philosophie an der Universität in Breslau:

»Seit langem beschäftige ich mich mit der Erscheinung des Terrorismus. Ich fühle mich mit den Leuten geistig verbunden. Dabei geht es mir nicht um die politischen Ansichten, denn im Grunde bin ich apolitisch, sondern um die aufrührerische Einstellung, verbunden mit Handlung (unterstrichen von der Verfasserin des Briefes). Dieses Handeln muß, damit es bemerkt wird, drastisch sein und hervorkommen aus der Ablehnung der Spielregeln. Diese Leute sind für mich das Symbol einer Haltung, bei der nach der inneren Überzeugung die Tat folgt. Und das ist für mich das wichtigste. Das Gefühl von Überflüssigsein, das Verlangen in der Welt zu sein, ihre Veränderung sogar um den Preis der Vernichtung zu wollen, ist nicht allein mit materiellen Bedingungen in Verbindung zu bringen.

Man kann ewig Untermieter aus freier Wahl sein. Ich finde, das ist der einzige Weg, FREI zu bleiben, d.h. den Druck der Gesellschaft zu minimalisieren, die nur Würgen kann … Ich schreibe das im Namen meiner Freunde … Ich möchte mich verteidigen, und auf jeglichen Kompromiß verzichten … «

Was bleibt ist die Frage: Worin sind die Briefschreiberin und ihre Freunde von der Gesellschaft eingeschränkt? Was möchten sie tun, nachdem sie sich von ihrem Würgegriff befreit hätten? Wie würden sie über den gewonnenen gesellschaftlichen Raum verfügen? Ich schrieb der Verfasserin, doch ich bekam keine Antwort.

7. Mai

Der Weg auf die Kondratowa Alm.

... Die Tür mit »Es lebe der Kommunismus! Es lebe Stalin!« wurde weggelegt, die Kiste irgendwohin gebracht, sicherlich in die Leichenhalle. Kurz danach fand die Exhumierung von Volksarmisten statt. Ein General mit Soldaten fuhr vor, sie brachten Schaufeln und Särge, die Mutter der Barbara L. zeigte, wo zu graben ist. Woher die Mutter wußte, an welcher Stelle die Aufständischen begraben sind, ist nicht bekannt. Ist sie vielleicht weiterhin durch Żoliborz gelaufen, nachdem sie den Bunker fand, weil sie nach jemandem suchte? Tatsache ist, als mit den Exhumierungen begonnen wurde, wußte sie genau, auf welchen Höfen sich ein namenloses Grab von Volksarmisten befand, und ohne zu zögern zeigte sie den Soldaten die Orte.

Es war ein feierliches Begräbnis: Generäle, Ansprachen, eine Ehrenkompanie, Salutschüsse und einige dutzend Särge. Eine Grabzeile wurde errichtet für die Soldaten der Volksarmee auf dem Soldatenfriedhof des Friedhofes Powązki, dem Friedhof verdienter Polen.

7. Mai (Fortsetzung)

»Auf dem verlassenen Friedhof von Aix-en-Provence sah ich leere Aushöhlungen in Menschengestalt, ausgeschlagen aus dem Fels. Ich verspürte das Verlangen, diesen Akt zu wiederholen. Zwei Monate danach... Ich holte den ersten Abguß aus der Erde. Ich fühlte Freude ob des gelungenen Experiments, und gleichzeitig ging eine Erschütterung durch mich hindurch beim Anblick der Exhumierung. Ich wusch die Erde von der Skulptur, ich erblickte in ihr den gemarterten Sebastian, ich entzündete ihm eine Flamme in der Brust.« (Władysław Hasior, »Gedanken über Kunst«)

10. Mai

Der Weg oberhalb vom Hochwald.

... Die Mutter kränkelte. Sie kehrte von der Arbeit zurück (sie arbeitete im Warschauer Komitee der PAP als Instrukteurin für Frauenangelegenheiten) und sprach: »Ich sah ihn. Er ging auf der Straße, ich fuhr mit der Straßenbahn und schaffte es nicht auszusteigen. Er hat sich überhaupt nicht verändert. Er trug sogar dieselbe Jacke, die wollene, khakifarbene... «

Die Mutter fing an, sich zu ängstigen. Sie hatte Angst vor Geistern, den Nachbarn und vor Untergrundorganisationen, die sich gegen die Kommunisten verschworen. Sie schrieb Dossiers für die Geheimpolizei. Immer öfter und immer länger wurden ihre Aufenthalte in den psychiatrischen Anstalten. Sie bat darum, sie im Garten zu beerdigen in einen Sack gesteckt, und das über ihr nützliche Kräuter wachsen sollten. Gestorben ist sie im Jahre siebenundfünfzig. Auf dem Grab wachsen: Feuerdorn, Augentrost, Kuhblume und Farne, die sind besonders nützlich, weil sie negative Ionen haben.

Noch kurz vor dem Tode sagte die Mutter:

»Weißt du..., die, die ich von den Höfen einsammelte, das waren nicht nur welche von uns...

Ich sammelte auch die von der Heimatarmee...

Ich wollte, daß es etwas mehr von unseren waren... «

Einige Jahre später las Barbara L. das Buch von Stefan Korboński »Im Namen des Kreml«. Sie fand dort die Niederschrift einer Unterhaltung mit dem Oberst Radosław. Radosław erzählt:

»... und nun muß ich einen Kampf um Leichen führen. Was, ihr wollt es nicht glauben? Und doch, ich wiederhole, ich kämpfe um Leichen. Hier befindet sich die Zeile der Volksarmisten, doch es sind kaum Gräber da, darum befürchten sie, daß im Vergleich zu den Tausenden von Gräbern der Heimatarmisten die Menge der beerdigten Volksarmisten äußerst miserabel aussieht, und so haben sie mir verboten, weiter die Leichen auf unseren Zeilen zu bestatten. (...) Es ist kaum zu glauben, doch sie haben einen Teil gestohlen und in aller Heimlichkeit in der Zeile der Volksarmee beerdigt.«

Das stimmt alles.

SIE, das war ihre Mutter.

Ihre Mutter war es, die die Heimatarmisten von den Żoliborzer Höfen stahl, »daß es etwas mehr von unseren waren.«

12. Mai

Die Galerie von Antoni Rząsa nicht weit vom Eingang in das Strążyska-Tal.

Er lebte sechzig Jahre, die ersten dreißig im Dorf Futoma in der Gegend von Rzeszów, die zweiten dreißig in Zakopane. Er beendete die Schule von Kenar. Kenar war mit ihm nicht zufrieden, und er lud ihn von Zeit zu Zeit zu sich ein, reichte ihm starken Tee und redete darüber, daß man in der Kunst seinen eigenen Weg finden muß. Rząsa war einverstanden, und kehrte dann zu seinen Schnitzereien zurück, wenn auch zu denen für die staatlichen Volkskunstläden Cepelia, und so mußte Kenar ihn erneut auf einen Tee bitten. Im Jahre neunundfünfzig begann Kenar mit dem Sterben. Rząsa saß bei ihm, schaute, kehrte nach Hause zurück und fertigte Skizzen auf Holz an. Als Kenar starb, bat dessen Frau Rząsa um eine Schnitzerei für das Grab. Er vollendete eine der Skizzen, und von diesem Tag an war er ein genialer Künstler.

Bis an sein Lebensende schnitzte er auf verschiedene Arten eine Skulptur: das Leiden. Es hatte zwei Gesichter, das von Christus und das der Mutter. Manchmal waren es Gesichter von Indianern, manchmal von Negern, ein Christus trug den Auschwitzer Streifenanzug, ein anderer eine Toga und die Perücke eines englischen Richters. Der Christus von Hiroschima hatte ein verbranntes Gesicht, und vor der knienden Mutter Gottes verstreute er das, was er aus Bełżec, aus dem Judenvernichtungslager, mitgebracht hatte, Stückchen schwarzer Asche durchmischt mit weißen schroffen Splittern ...

Eine Skulptur, die Gierek dem Papst brachte, steht im Museum des Vatikan. Einmal in seinem Leben fuhr Rząsa selbst nach Italien. Nach seiner Rückkehr sagte er: »ER hat schon alles ausgedrückt, wozu also ich?« – und acht Monate lang machte er nur noch Bänke und Stühle. (ER, das war Michelangelo.) Nach acht Monaten schnitzte er Jesus mit einem Hahn auf der Schulter. Er schenkte ihn der Kirche in Nowa

Huta. Der Pfarrer schickte ihm etwas Zement und Ziegel. Die rundlichen Steine karrte er aus dem Bach in Biełce zusammen und fing an, das Haus zu bauen. Er verkaufte keine Schnitzereien, und so konnte er sich keinen Arbeiter leisten. Er baute allein, doch er war lungenkrank und hatte keine Kraft. Er trug einen kleinen Holzschemel mit sich. Er trug einen Stein, nach ein paar Metern legte er ihn ab, kehrte um, holte den Schemel, setzte sich ein Weilchen, trug wieder den Stein und holte den Schemel. Der Stadtvorsteher von Zakopane nahm den Bau der Galerie in das Programm zur Ehrung des 22. Juli auf und sandte Häftlinge zu Hilfe. Rząsa trank mit ihnen einen Magenbitter, erteilte ihnen Hilfe in rechtlichen Fragen, und sie erzählten ihm ihr Leben. Er baute den Saal fertig und stellte einige Schnitzereien auf. Beide, er und seine Frau starben in einem Jahr. Zu dem fünfzehnjährigen Sohn zog die Familie des Wojtek B., eines ihnen bekannten Studenten der Katholischen Universität Lublin. Es war Kriegszustand und drei von vier Brüdern des Wojtek B. saßen in Gefängnissen: einer in Strzebelinka, der zweite in Kwidzyń, der dritte in Suwałki. Niemand kam es in den Sinn, nach Wojtek B. in der Galerie von Rząsa zu fahnden.

In der Galerie sind hundertfünfzig Schnitzereien. Sie sind in einem Saal aufgestellt und in zwei kleinen dunklen Räumlichkeiten, die als Vorratskammer und Küche vorgesehen waren. Es ist kein Geld da, um den Bau des Hauses zu beenden, in diesem Winter war kein Geld für Koks da, auf den Wänden trat der Pilz hervor, das Eis riß ein Stück vom Dach ab. Auf den Schnitzereien von Antoni Rząsa zeigten sich die ersten Flecken Schimmel.

13. Mai

Das Jaworzynki-Tal.

... Das Beispiel der Mutter vor Augen, wurde Barbara L. Kommunistin. Im Lyzeum trat sie in den Verband Junger Kämpfer ein und in die Partei während des Studiums. Sie war erster Sekretär des Parteikomitees für die gesamte Hochschule. Als Stalin erkrankte, verlangte es sie, ihm zu Hilfe zu eilen. Es kam ihr in den Sinn, daß sich hundert, zweihundert Leute finden lassen müßten, die bereit wären, Stalin ihre

Gehirne abzugeben, und daß aus all den Hirnen, den durchschnittlichen, es vielleicht gelänge, das beste Gewebe zu entnehmen, für einen Austausch. Sie war bereit, ihr eigenes Gehirn auf der Stelle abzutreten, doch der Arzt sagte, daß die Medizin solche Operationen noch nicht durchführen könne. Nach dem Tode Stalins hielt sie in der überfüllten Aula eine Ansprache. »Auf ewig verbleibt er in unseren Gedanken und Herzen«, schloß sie, und der Prorektor, der an ihrer Seite saß, war zu Tränen gerührt. Viele Jahre später sagte sie, Kommunismus und Gott, das sind Wege der Wahrheitsfindung. Das sagte sie zu jemandem, mit dem sie immer öfter über Gott sprach. Dieser gewisse Mensch war der Sohn eines kommunistischen Schriftstellers, Verfasser des Buches »Altes und Neues«, darüber hinaus war er noch Theologe und Professor der Astronomie (beim Aufenthalt am Observatorium in Pasadena entdeckte er einen Kometen). Im September 80, als sie auf der Miętuś-Anhöhe vor der Hütte von Bronka Polankówna saß, die noch nicht niedergebrannt war von unbekannten Tätern, und die Czerwone Wierchy betrachtete, empfand sie ein sonderbares Gefühl: sie löste sich von sich selbst, wie die Netzhaut vom Hintergrund des Auges... »Und in alldem steckte ich drin?« dachte sie verwundert, als ginge es um jemanden Fremden.

Sie gab ihr Parteibuch zurück. Sie verließ die Hochschule. Sie lernte Goldschmiedin, und die von ihr gemachte Silberkette entdeckte Premier Soares in einer Vitrine und kaufte sie. Sie fing an, lange nicht gesehene Bekannte im Altersheim zu besuchen. Der Nachbarin – die aufs Alter aufhörte, Licht anzumachen, die nicht einmal den Klempner einließ und das Haus nur zum Mittagessen in der jüdischen Gemeinde verließ, dabei immer nur in drei Mänteln, einen auf den anderen – redete sie geduldig ein, daß eben daran die Flüchtenden aus dem Ghetto zu erkennen waren. Sie fand Interesse an Yoga. Sie begann, sich ökologisch zu ernähren, mit gesunder Nahrung. Verzichtete auf die traditionelle Medizin zugunsten von Chiropraktikern, Wünschelrutengängern und Heilpraktikern, die sie von allen Krankheiten heilten, an denen sie jemals gelitten hatte. Ein geringes Augenleiden, das noch übrig blieb, kann nur als der Beweis gewertet werden, daß ihr Organismus sich mit letzter Kraft gegen die Unsterblichkeit wehrt.

17. Mai

Die Soldatenruhestätte auf dem Powązki-Friedhof.

Drei Reihen Gräber ohne Kreuze: Ruhestätte der Volksarmee. Bohdan Liwski wurde am Rande beerdigt, doch irgendwann wurde die Ruhestätte in Ordnung gebracht und zwischen den Gräbern stellten sie schmucke Granitwürfel auf: ein Grab – ein Würfel – ein Grab – zwei Würfel – Grab – Würfel und so weiter. Der tieferen Logik der Granitwürfeln zufolge mußten die Tafeln mit den Namen verschoben werden, die Tafel von Bohdan fand sich nun ein paar Meter weiter entfernt wieder, und es entstand ein freier Raum, den es da niemals vorher gegeben hatte. Nach einem Jahr erschien an dieser Stelle eine Tafel über dem namenlosen Grab, das es ebenfalls niemals gegeben hatte. Nach zwei Jahren stellte sich heraus, daß im namenlosen Grab ein »Schütze Tadeusz« begraben liegt, nun schon in idealer Symmetrie zu den Granitwürfeln.

Auf dieser Ruhestätte gibt es zehn Gräber mit Tafeln »Unbekannter« Soldat und einige nur mit dem Pseudonym. Von den Volksarmisten gab es nicht sehr viele, im allgemeinen kannten sie sich alle, und Barbara L. meint, daß sie die Namen der Gefallenen mühelos hätten feststellen können.

Barbara L. meint, daß die unbekannten Soldaten auf der Ruhestätte der Volksarmisten Heimatarmisten sind, die von den Höfen durch ihre Mutter eingesammelt worden sind.

20. Mai

Żoliborz, neunter Aufgang.

Kein Klavier ist mehr da. Aus jenen Zeiten blieben einzig Türklinken, Dielen und der Ahorn hinter dem Fenster. Barbara L. erinnert sich, daß beide Damen stets am Fenster saßen, am kleinen Tisch. Frau L. saß mit dem Rücken und die Maniküre mit dem Gesicht zum Licht. Das Mädchen stand daneben. Sie war fünf Jahre alt, sie reichte nicht an das Fensterbrett heran, sie konnte den Ahorn nicht sehen, übrigens war auch der Baum damals niedrig, bis Parterre höchstens. Das Mädchen hätte die Astflecken in den Dielenbrettern sehen können, hätte die Klinken der Türen berühren können. Die Klinke ist aus Messing, mit abgewetzten Rändern. Kann sich die Berührung des Mädchens erhalten, das es nicht gibt... seit wann gibt es das Mädchen nicht mehr?

20. Mai (Fortsetzung)

... Bohdan Liwski hatte eine Verlobte, Teresa L. Sie hatte sechs Geschwister, um die sich eine Bedienstete sorgte, Helenka Kowalska. Das Hausmädchen war fröhlich, hatte ein ruhiges Gesicht und einen dicken roten Zopf. Nach einem Jahr trat sie ins Kloster ein und nahm den Namen Faustyna an. Nach vierzig Jahren wurde die Mutter von Teresa nach Krakau eingeladen, zum Informationsprozeß der Dienerin Gottes Faustyna Kowalska. Den Prozeß brachte Karol Wojtyla zum Abschluß, und die Akten wurden nach Rom überstellt, an die Kongregation für Angelegenheiten der Heiligen.

Faustyna hatte Offenbarungen. Vom siebten Lebensjahr an bis zum Tode offenbarte sich ihr Jesus, der ihre Lebensgeschicke und ihr Tun lenkte. Ihr wurde Hysterie nachgesagt, der Täuschung wurde sie verdächtigt oder daß durch sie der böse Geist sich äußern würde. Sie war eine einfache Person, demütig und sehr einsam, trotzdem bezichtigte sie sich ständig des Hochmuts und der Eitelkeit. In ihren Gebeten bat sie um Barmherzigkeit für die Menschen und die Welt. Eines Tages betete sie um Barmherzigkeit für Rußland. (»Nach der heiligen Kommunion sagte Jesus zu mir: länger kann Ich dieses Land nicht mehr ertragen, binde Mir nicht Meine Hände, Meine Tochter. Ich verstand, wäre nicht das Gebet Gott wohlgefälliger Seelen, dann hätte er das ganze Volk ins Nichts verkehrt. Ach, wie ich leide an diesem Volk, das Gott aus seinen Grenzen trieb«, notierte sie im Tagebuch am 16. Dezember 1936.) Sie starb an Tuberkulose im Alter von dreiunddreißig Jahren.

Die Arbeitgeber der Faustyna, die Herrschaften L., leben seit längerem nicht mehr.

Eine ihrer Töchter ist Malerin und malt die Geschichte der Juden, von der Entstehung der Welt angefangen, bis zum Aufstand im Ghetto. Als Juden erkannte sie sogar Adam und Eva an, doch eigentlich, wie mir Herr Kostek Gebert erklärte, nehmen die Juden ihren Anfang seit der Bundeslade und dem Berge Sinai. Und das Wort »Juden« als Volk, erklärte er, erschien noch später, in der Diaspora, im Buche Daniels und sogleich im Zusammenhang einer Klage. Die Chaladäer nämlich berichteten ihrem König, daß die Juden den goldenen Götzen nicht huldigen würden. Der König befahl den Ofen anzuheizen, »siebenmal stärker als man ihn gewöhnlich anheizt«, und die Juden in den Ofen zu werfen. Zum Glück schickte Gott einen Engel, der mit den Juden durch das Feuer ging, und »Kein Haar auf ihrem Kopf war versengt. Ihre Mäntel waren unversehrt, und nicht einmal Brandgeruch haftete an ihnen«.

So war es also Gott, wenn er es wollte, möglich, einen Engel hernieder zu schicken und die Juden aus dem Krematorium zu retten ...

Und soviel über die Tochter der Herrschaften L., die Malerin ist.

Die jüngste Tochter, die die Verlobte von Bohdan war, hat einen Mann, Kinder und Enkelkinder – djewtschonki, ich padrugi, wsje samushem dawno (ihr Mädchen, eure Freundinnen, sind alle längst verheiratet schon) – hätte Herr Rysiek gesungen, wenn er nicht während des Zweiten Weltkrieges von seinen Parteigenossen erledigt worden wäre, dafür, daß er aus Lemberg zurückkehrte, dafür, daß er antisowjetisch eingestellt war, dafür, daß er sich der Heimatarmee anschloß, mit einem Wort, für den Verrat der Parteiideale.

Zur Aussprache der polnischen Laute:

Im Polnischen spricht man alle Laute kurz und offen aus. Doppelvokale (au und eu) getrennt, ie als je. Die Betonung liegt, von seltenen Ausnahmen abgesehen, auf der vorletzten Silbe.
Anders als im Deutschen werden folgende Buchstaben ausgesprochen:

ą	=	on, wie französisch ballon
c	=	tz, auch vor k
ć oder ci	=	tj, zu einem Laut verbunden
ch	=	hart wie in Dach
cz	=	tsch wie in Peitsche
ę	=	in, wie französisch bassin
h	=	ch, hart wie in Dach
ł	=	w, wie englisch water
ń	=	nj, wie spanisch senor
ó	=	u
rz	=	j, wie französisch journal
s	=	ß
ś oder si	=	ßj, zu einem Laut verbunden
sz	=	sch, wie in Schule
z	=	s, wie in Rose
ź oder zi	=	sj (stimmhaft), zu einem Laut verbunden
ż	=	j, wie französisch journal